위대한 일은 없다

위대한 사랑이 있을 뿐

위대한 일은 없다
위대한 사랑이 있을 뿐

2019년 10월 18일 초판 1쇄 발행. 2021년 6월 24일 초판 3쇄 발행. 문숙이 지었으며, 도서
출판 샨티에서 박정은이 펴냅니다. 편집은 이홍용이, 표지 및 본문 디자인은 김경아가 하
였으며, 마케팅은 이강혜가 합니다. 인쇄 및 제본은 상지사에서 하였습니다. 출판사 등록일
및 등록번호는 2003. 2. 11. 제25100-2017-000092호이고, 주소는 서울시 은평구 은평로 3
길 34-2, 전화는 (02) 3143-6360, 팩스는 (02) 6455-6367, 이메일은 shantibooks@naver.
com입니다. 이 책의 ISBN은 979-11-88244-44-7 03800이고, 정가는 16,000원입니다.

이 도서의 국립중앙도서관 출판시도서목록(CIP)은 eCIP홈페이지(http://www.nl.go.kr/ecip)와 국가자료공
동목록시스템(http://www.nl.go.kr/kolisnet)에서 이용하실 수 있습니다.(CIP제어번호 : CIP2019038549)

위대한 일은 없다
위대한 사랑이 있을 뿐

문숙 지음

【샨티】

아름다운 순간은
지금도 이어지고 있다

5년 전 초가을, 가방 하나 가지고 한국에 다니러 온 뒤 아직도 여기에 살고 있다. 금방 다시 떠나야 할 것 같아서 살림살이라 할 만한 건 거의 마련하지 않았다. 겨울옷을 준비해 오지 않아서 대강 구한 옷으로 사시나무 떨듯 첫겨울을 보냈고, 그 뒤로도 미세먼지로 숨 쉴 수 없었던 봄날들과 끈적거리는 여름을 다섯 번이나 더 보냈다.

그동안 많은 일들이 일어났다. 예상치 않은 일들도 해보게 되었고 사람들도 많이 만났다. 한 가지도 내 마음 같지 않은 새로운 환경 속에서 좌충우돌 적응해 나아갔다. 다행히 호기심과 모험심이 강한 덕에 하루하루가 신선한 체험들의 연속으로 여겨졌다.

자연으로 둘러싸인 정돈된 환경에서 살다가 정신없이 빠르고 혼란스럽게 돌아가는 서울의 한복판에 머물기로 한 것은 결코 쉬운 일은 아니었지만, 금쪽같은 나의 황금 시기를 미지의 혼란 속으로 내던진 것은 분명 나의 선택이었다. 바라는 것이나 목적 의식이 있었던 건 아니다. 이루어야 할 일이 따로 있는 것도 아니었다. 육십이 넘었으니 다른 차원의 인생을 얻었다는 마음의 희열과 아직은 자유로이 따라주는 나의 몸이 있어서 선택할 수 있는 기회였다. 아름다운 곳에서 편안한 삶을 영위하면서 죽는 날을 향해 서서히 다가가던 날들을 단번에 포기하고 단지 삶을 위해 사는 '체험' 그 자체를 택한 것이다.

그동안 생각나는 일들을 여기저기 노트해 놓곤 했다. 지나간 일들도 그렇고 지금 일어나는 일들도 그랬다. 노트를 본 출판사에서 관심을 보였고 책을 내보자고 제안했다. 그러나 계약을 먼저 하고 나면 부담이 될 것 같아 우선 한번 써보겠다고 약속했다. 그리고 2년이 지났다. 원고의 진전이 없자 출판사에서 사무실로 출근하는 방법을 제시했다. 그게 지난겨울이다.

느닷없이 출판사로 출근하는 작가로 변신한 지 6개월 이상이 지나니 뭔가 윤곽이 잡혀왔다. 그동안 어딘가에 정기적으로 출근해 본 적이 없는 나에게 이는 또 다른 새로운 체험이었다. 단지 몸이 혼돈스러워하는 것이 역력했다. 하지만 매번 다 같이 모여서 나누는 점심 식사의 즐거움은 꾀를 잘 내는 나의 몸을 구슬리기에 안성맞춤이었다. 점심 메뉴 중에서 나의 담당은 신선한 채소 샐러드였다. 큰 양푼에 샐러드를 담아 분홍 보자기에 싸 들고 신나서 버스를 타고 출근하는 나의 모습은 내가 보기에도 가히 신통했다. 출판사에 글 쓰러 가는 것이 아니라 분홍 보따리 들고 소풍 가는 어린아이와 다름없었다.

이렇게 출판사를 들락거리는 동안 내 앞에서 쉬지 않고 흐르는 시간은 고귀한 삶의 순간들을 내게 선사했다. 다시는 돌아오지 않을 이 순간들을 나는 주저하지 않고 타고 오르내렸다. 크게 웃고, 초집중하고, 그리고 매일 다 같이 모여 맛나게 점심을 먹었다. 결국 27개의 스토리가 완성되었고, 중간중간 나의 생각을 스케치해 놓았던 그림들도 완성이 되었다.

글이 나의 생각을 정리해 놓은 것이라면, 그림들은 나의 느낌을 정리해 놓은 것이다. 특히 그림은 나의 손놀림과 몸의 움직임을 통해 자연에서 얻은 지혜와 느낌을 풀어놓은 '시각적인 시詩'라고 말할 수 있겠다. 이 그림들 45점은 이 책과 동시에 출간되는 《위대한 사랑이 있을 뿐—문숙의 그림 엽서책》에 모두 담아놓았고, 그중 일부는 이 책에도 실었다.

여기서 한 가지 주시해 볼 것은 글과 그림을 이루는 숫자들이다. 27편의 글과 45점의 그림은 둘 다 9라는 숫자로 떨어진다. 글 27편에서 2와 7을 합한 9와 그림 45점에서 4와 5를 합한 9를 다시 합치면 18이 되며, 1과 8을 합치면 또다시 9가 된다. 이렇게 나의 글과 그림을 엮어놓았다. 우주의 완벽함을 상징하는 숫자 9는, 완벽하지 않은 우리의 모습과 우리들의 이야기가 이미 완벽함 안에 존재하고 있음을 시사한다. 이 완벽함 안에서 우리는 자유롭게 자신을 내려놓을 수 있으며, 따라서 자유롭게 마음의 행복도 누릴 수 있다.

매일같이 우리가 대하는 일상의 삶은 위대하기는커녕 오히려 보잘것없는 작은 일들로 가득해 보인다. 그러나 기쁜 마음으로 노래하면서 감사하는 마음으로 매일 아침을 맞을 수 있다면, 그것은 어떤 높은 경지의 깨달음을 얻는 것보다도 더욱 소중하다. 수행을 하고 깨달음을 얻는 것 자체만으로 무슨 의미가 있겠는가? 우주의 신성과 하나됨을 알아차리고 행복한 순간순간을 살아가는 것이야말로 우리가 얻은 이 소중한 생명에 대한 보답이 될 것이다.

　마지막으로 나의 철부지 같은 행위를 모두 보듬으며 사무실 출입을 도왔던 샨티출판사의 두 대표께 특별한 감사를 드린다. 퇴근 때마다 버스가 먼저 떠나지 않도록 앞서 뛰어가 기사 아저씨를 붙잡고 있던 마케팅 팀장님과 재능꾸러기 막내 디자이너에게도 많은 감사를 표한다.

　이 한 권의 책이 탄생하기까지 거쳐온 소중한 순간순간들이 지극한 아름다움으로 마음에 기록되었다. 이 책 안에 있는 스토리들이 과거 아름다운 순간들을 이야기하듯 이 책을 쓰는 동안에도 우리가 체험한 아름다운 순간들은 새로운 스토리로 이어지고 있었다. 그리고 지금도 계속 이어지고 있다. 모든 것에 감사할 뿐이다.

2019년 8월
서울의 어느 골목 안에서
문숙

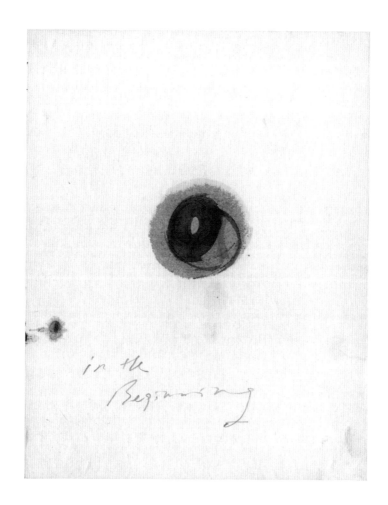

in the Beginning

3부

4부

1부

위대한 일은 없다

와이 낫?

40년 만에, 아니 정확하게 39년 반 만에 다시 영화 출연 제의를 받았을 때 내 마음은 명확했다. "와이 낫why not?" 나는 한 마디로 그렇게 나에게 되물었다.

요양원에 계신 아버님이 위독하시다는 전화 한 통을 받고 나는 미국에서 바로 인천행 편도 티켓을 끊었다. 어머니를 잠시 뵌 것이 뜻하지 않은 마지막 작별이 되어버린 안타까운 상황을 이미 경험한 상태여서, 이번에는 아버님 떠나실 때까지 곁에 머물고 싶었다.

국제선 지정 무게였던 50파운드(22.6킬로그램) 가방 하나에 주섬주섬 옷가지를 담아 콜로라도 덴버 공항에서 샌프란시스코를 경유하여 인천공항으로 들어올 예정이었다. 그러나 안개로 뒤덮인 샌프란시스코 공항의 착륙 불허가로 인천행 비행기를 놓치고 말았다. 간신히 오후 늦게 출발하는 도쿄행 비행기에 올라탔다. 또다시 도쿄에서 비행기를 갈아 타고 인천에 도착했을 때는 그야말로 파김치가 됐다는 말이 무슨 말인지 실감이 났다.

정신이 몽롱해서 발을 허공에 내딛는 느낌이었지만 곧바로 요양원이 있는 금산으로 향하는 버스를 탔다. 어렵게 요양원에 도착해 아버님 앞에 섰다. 완벽하고 힘 있던 아버님의 모습은 간데없고 마치 꺼져가는 불꽃처럼 빛을 잃어가는, 알아볼 수 없는 노인이 사경을 헤매고 있었다.

오락가락 이승과 저승을 드나들며 1년을 더 연명하신 아버님

곁을 떠나지 못하고 나는 1년 동안 조용히 한국 땅에 머물게 되었다. 그동안 몇 번 방송에 출연을 하기도 하고 여기저기서 요가를 가르치기도 하면서 오랜만에 돌아온 고국에서의 낭만적인 생활을 이어갔고, 그러는 중에 결국 아버님은 더 이상 버티지 못하고 운명을 달리하셨다. 다행히도 그 1년이라는 시간을 함께하며 아버님께 마지막 인사를 드릴 수 있었고, 용서를 빌었고, 고마운 마음도 전할 수 있었다.

이제는 더 이상 서울에 머물러야 할 이유가 없어졌다. 가방하나로 1년을 버텼으니 입을 옷도 동이 난 지 오래였다. 다시 미국으로 돌아갈 비행기 표를 알아볼 때쯤 전화 한 통이 걸려왔다. 영화사였다.

연기를 다시 해본다? 예순이 넘었는데…… 이십대 초반부터 안 하던 연기를? 그동안 연기 연습을 해온 것도 아니고, 타고난 사람이라 해도 쉽지 않은 일일 텐데…… 난 아날로그로 영화를 찍던 40년 전의 배우였다. 지금은 디지털 시대이다. 시스템 자체가 다르다는 건 대강 알고 있지만, 그게 어떤 건지는 직접 보거나 경험한 적이 없었다. 내가 알고 있는 지식과 경험 안에는 없는 일이었다. 깜빡깜빡 퇴화되어 가는 두뇌로 대사를 외울 수나 있을지 그것도 의문이었다.

아무리 되물어도 내가 잘할 수 있으리라는 가능성은 보이지 않았다. 아무리 생각해도 답은 한 가지였다. '불가능! 그래 맞아.

그게 사실이지' 하며 나는 먼저 그 불가능한 상황을 있는 그대로 받아들였다. 그러자 '그렇다면…… 모든 게 불가능이라면? 더이상 잃을 것도, 얻을 것도 없지 않나?' 하는 결론에 다시 이르렀다. 삶은, 얻기 위해서만 사는 것도 아니고 잃을 것이 두려워 포기해야 할 것만도 아니다. 만약 내가 그 일을 함으로 인해 얻는 게 있다면 그게 무엇일지는 지금 확실치 않지만, 잃는 게 있다면 그건 분명 알량한 자존심 그것뿐일 것이다. 그러나 '나'라는 생각, '나'라는 존재감만 내려놓는다면 아무것도 문제될 만한 것은 없었다. 얻고 잃는 것에 대한 집착과 자존심만 내려놓는다면 답은 간단했다. 와이 낫?

내가 아무것도 모르는 상태이고 모든 게 불가능한 상황이라는 것은 다시 말하면 모든 것을 처음부터 시작할 수 있다는 말이 된다. 할 수 있는지 없는지는 해본 사람이 할 수 있는 말이다. 그러나 모르는 걸 깨끗이 인정할 수 있는 사람이라면 모든 것이 가능성 안으로 들어온다. 안 하던 짓 하기에는 이럴 때가 최고다. 이때야말로 모든 것이 가능하기 때문이다.

아는 게 없으니 떨릴 만한 마음도 없다. 이루어놓은 것이 없으니 무너질까 두려운 마음도 없고, 어찌될까 불안해할 이유도 없다. 잘할 거라는 기대가 없으니 실망할 것도 물론 없다. 지금보다 더 못할 수는 없지 않은가? 더 이상 내려갈 곳이 없으니 올라가는 길만 남아 있다.

아무것도 모른다는 건 가장 평온한 마음의 상태이다. 그리고 그 때문에 모든 것이 가능해진다. 이건 공식처럼 풀리는 답이다. 마음의 흔들림 없이 그냥 한번 해보면 된다. 잘하려고 무조건 노력하겠다는 것이 아니라 그저 그냥 '와이 낫', 즉 '아닐 것도 없다'인 것이다.

우리가 항상 '아무것도 모른다'는 것을 전세로 두고 산다면 사실 그렇게 어려운 일 같은 건 없다. 모르기 때문에 웬만한 실수를 해도 쉽게 웃고 넘어갈 수 있다. 힘들어지는 건 무언가를 안다고 생각하는 것에서 비롯한다. 잘해야 하고 남들의 기대에 어긋나지 않게 해내야만 한다는 생각, '적어도 나는 이래야 한다'거나 '내가 한다'는 생각이 우리를 힘들게 하는 것이다.

사실 '나'라는 존재를 잘 살펴보면 바닷가의 모래알에도 미치지 못한다. 바닷가의 모래알 하나가 그 바닷가에 당도하기까지는 오랜 시간이 걸렸을 것이다. 수십 수백 년에서부터 수십만 년, 수백만 년이 걸린 모래알도 있을 것이다. 바위가 부서지고 부서져 마침내 한 알의 모래알로 어느 바닷가에서 수줍게 빛나고 있는 것도 있고, 조개가 살다가 사라지고 남은 껍데기가 부서져 모래알로 구르고 있는 것도 있을 것이다. 모두 귀하디귀한 존재들이다. 지구 위에서 살아온 연령도 우리보다 훨씬 길고 체험도 우리보다 풍성할 것이다.

얼핏 보면 다 똑같아 보이지만 현미경으로 들여다보면 그 모습 또한 똑같은 모래알은 하나도 없다. 모두가 정교하고 미묘한 모습을 하고 있다. 신비하고 아름답다. 그러나 그냥 그렇게 아무렇지도 않게 바닷가 귀퉁이에 있다. "나는 이런 모래알이야! 얼마나 특별한 모래알인 줄 알아? 나는 다른 모래알보다 훨씬 더 능력 있고 우수하지"라며 자신을 과시하는 모래알은 없다. 나이로 보나 체험으로 보나 우리가 비교할 수 있는 상대가 아니지만, 모래알은 그냥 모래알로 존재한다. 그리고 '스스로 그러한' 자연의 굴레 안에서 겸손하게 자신을 맡긴 채 수없이 많은 다른 모래알들과 함께 존재할 뿐이다.

'나'라는 존재 또한 그렇다. 무엇인가를 먹고 흡수해서 커진 이 몸과 무언가를 습득해서 커진 이 마음, 배우고 익혀서 커진 정신, 그리고 온몸에 생성되어 흐르고 있는 기운을 통틀어 '나'라고 한다 하더라도, 그야말로 우리는 지구 표면을 구르는 작은 모래먼지에 불과하다. 태어나 잠시 살다가 단번에 사라지는 미세먼지 정도일 뿐, '나는'이라면서 딱히 자랑해 댈 만한 것이 사실상 없다.

그렇다면 이 지구는 어떠할까? 지구 역시 태양계를 돌고 있는 또 다른 모래먼지에 불과하고, 우리 태양계 또한 은하계를 날며 도는 또 다른 모래먼지에 지나지 않으며, 은하계 또한 우주 안을 흐르며 돌고 있는 또 다른 모래먼지일 뿐이다. 이 우주 또한 하나의 모래먼지일 가능성이 크다.

이런 가운데서 살고 있으면서도 우리는 자신이 위대한 존재라고 생각한다. 내가 아는 것이 절대적이며 내가 믿고 있는 것이 완벽하다고 착각한다. 나의 재능은 특별하며 능력 또한 뛰어나다고 생각한다. 내가 그동안 거두고 모은 것들은 하늘이 나에게 내린 완전한 것들이요 영원히 나의 것이라고 착각하기도 한다. 심지어 모든 것은 나를 위해 혹은 우리 인간을 위해 존재한다는 허망한 생각을 하기도 한다. 이 생각의 끝에 도달하는 결론은 간단하다. 고통이다. 이렇게 무지에서 나오는 환상에는 고통이 따를 수밖에 없다. 삶에서 이런 환상과 착각이 지속되는 한 고통 또한 피해갈 수 없다.

아는 것보다는 모르는 것이 더 많다는, 아니 모르는 것이 전부라는 사실만 알아차리면 우리는 자유로워질 수 있다. 그렇게 위대하지도 않으며 위대할 것도 없고 위대하지 않아도 된다는 그 사실 하나만으로도 우리는 엄청난 고통에서 벗어날 수 있다. 그건 신비한 그 무언가에 근거를 둔 애매모호한 사실이 아니라 그냥 과학적인 사실이다. 사실을 사실대로 조금만 들여다보아도 쉽게 알 수 있는 것들이다. 조금만 우주적인 눈을 기른다면 우리의 미미한 실제 모습을 인지하고, 모른다는 사실을 쉽게 알아차리게 된다. 그러면 바로 그때 모든 것이 열릴 수 있는 가능성이 시작된다. 모른다는 것을 알아차리는 것은 비움의 기본 연습이며, 다음 차원의 문을 열 수 있는 결정적인 열쇠가 된다.

40년 만의 연기 도전은 잊을 수 없는 주옥같은 체험들로 이어졌다. 평소 신지 않던 하이힐을, 그것도 내 발 사이즈보다 훨씬 커서 헐렁이는 것을 신고서 멋들어지게 걸어야 했다. 양옆으로 두 사람의 부축을 받고 서 있다가 카메라가 돌기 시작한 뒤 네다섯 발자국을 겨우 떼어놓을 수 있었다. 그러나 당당하고 멋지게 걸어야 하는 부분에서 신발이 벗겨져 날아가면서 NG가 났다. 그래서 젊은 신인 배우들로부터 하이힐 신고 걷는 방법을 따로 전수받아야 했다. 그러고는 구두 안에 양면테이프를 붙여 발을 신발에 고정시킨 채 다시 걸어야 했다.

또 연기 수업 도중 어느 중견배우에게 신인만 못하다며 핀잔을 들었지만 따로 설명할 만한 말을 찾지 못한 적도 있다. 그래서 웃으며 "그렇네요……"라고 하자, 어이가 없는지 "너무 곱게 살아 그렇다"는 호통을 한 번 더 들어야 했다. '내가 누군데…… 나한테 왜 이래?'라는 생각이 들었다면 일어나서 곧바로 나와버렸을지도 모른다. 그러나 그런 일은 일어나지 않았다.

디지털로 촬영을 하는 현장에서도 문제는 줄줄이 일어났다. 1970년대에 내가 영화를 찍을 때에는 아날로그 방식이었다. 감독이 주로 카메라 감독 옆에 바짝 붙어 서서 카메라를 직접 들여다보며 연출을 했고, 배우 바로 앞에서 원하는 대로 장면을 직접 지도했다. 동시녹음이 아니었기 때문에 가능한 일이었다. 그런데 이제는 다르다. 촬영 첫날 잠시 왔다 갔다 하던 감독이 내 차례가 되었는데도 눈에 띄지 않았다. 긴장되기 시작했다. 감독이 없어 두리번거렸지만 여전히 보이지 않았다. 스태프들은 다들 자신이 다루는 기기들을 들여다보며 자기 일을 하느라 정신없었다. 급한 나머지 나는 감독을 찾아 나섰다.

서울 서촌 골목에 있는 옛날 집이 세트였다. 집 안을 다 돌고 난 뒤 마침내 골목 끝에 모니터와 함께 있는 감독을 발견하고 나는 반가워 달려갔다. 그리고 조용한 목소리로 말했다.

"감독님, 여기 있으면 어떻게 해요? 연기할 때 앞에 있어야죠."

감독이 오히려 이상하다는 듯이 나를 쳐다보며 반문했다.

"왜 그러세요, 선생님? 그냥 하세요. 저희가 알아서 찍을게요."

너무 의아해서 내가 다시 물었다.

"어떻게요? 그래도 감독님이 앞에 있어야 내가 하지요. 왜 이 골목 끝에 와 있어요?"

감독은 "제가 여기 있지 왜 거기 있어요? 그냥 하세요, 하고 싶은 대로"라며 진짜 이상하다는 듯이 나를 보았다. 그도 그럴 것이 아날로그 촬영 방법을 전혀 모르는 젊은 감독이 나의 말을 알아들을 리 없었다. 나 또한 그 사람이 무슨 말을 하는지 알아듣지 못했다. 그래서 결국 사정을 했다.

"감독님, 그럼 오늘만 내가 연기할 때 앞에 있어주면 안 될까요?"

감독의 목소리는 더욱 난감해졌다.

"안 돼요, 선생님. 저 여기 모니터 앞에 있어야 해요."

골목 안에서 실랑이를 벌이다가 결국 감독은 나를 다시 카메라 앞까지 데려다주고는 곧바로 골목 끝에 설치해 놓은 모니터 앞으로 되돌아갔다.

촬영 현장이 이토록 변해 있었다. 나는 카메라 케이블을 밟고 서 있기 일쑤였고, 어린 스태프가 공손히 다가와 카메라 포지션 바꿀 때까지 빠져 있어달라고 부탁하는 일도 종종 일어났다. 대사 외우고 연기하는 게 가장 어려운 일인 줄 알았는데 모든 것이 디지털로 변해버린 '현장'을 모른다는 게 더 어려운 일이었다.

연기를 잘 못하는 배우는 있어도 현장을 모르는 배우는 없다. 그건 신인 때부터 현장 트레이닝을 받기 때문이다. 아주 작은 역할을 맡은 꼬마 신인들도 현장을 모르는 나에게는 모두 선배였다. 그러나 아무것도 모른다는 나의 마음 하나는 변함이 없었고, 따라서 마음이 동요하는 일도 없었다. 당연히 그들은 나의 선배였고, 나는 그들의 의지와 노력을 존경했다. 특별히 겸손하려 노력하지 않아도 나는 자연스레 겸손해져 있었고, 덕분에 날이 갈수록 기회만 되면 모든 사람들이 나를 도왔다.

잘하려는 마음도, 못한다는 마음도 들지 않으니 마음이 평온했다. 이렇게 하다 보면 언젠가는 잘하지 않을까 하는 행복한 마음까지 감돌았다.

지금도 큰 욕망이나 원願을 가지고 촬영 현장을 가는 일은 없다. 그곳의 사람들은 특별한 재능과 신체적인 조건을 가지고 있으며 정신력이 강한 사람들이다. 게다가 오랫동안 현장에서 부딪치며 경력을 쌓은 전문인들이다. 그들과 함께 일하고 먹고 웃고 대화하며 그렇게 하루가 지나간다. 그래서 마음껏 행복하다. 해보라는 대로 어린아이처럼 따라해 본다. 왼쪽으로 가라고 하면 왼쪽으로 가고, 뒤로 가라 하면 뒤로 가고, 잘 안 되면 물어보고, 그러다 잘되기도 하고……

또 뭔가 새로운 것 혹은 모르는 걸 시키면 "그래요? 와이 낫? 한번 해보죠." 이렇게 또다시 다른 가능성으로 접근한다.

가방 하나 가지고 입국했던 첫 해의 기억은 당연히 잊을 수가 없다. 코트 하나 챙겨오지 못했으니 있는 대로 주섬주섬 구해서 첫 겨울을 떨며 지냈다. 이제는 가방이 열대여섯 개는 있어야 할 만큼의 살림이 생겼다. 그래도 가구는 없다. 가구 없이 살아보고 싶었다. 이사할 때마다 짐 풀기 전의 널찍한 공간이 언제나 마음에 들었다. 마음껏 뒹굴 수 있고 아침 햇볕이 들어올 때 거울 앞에 서서 춤출 수 있어서 좋다. 가끔 횡한 느낌이들 때도 있지만 더 필요한 건 없다.

비어 있는 공간은 무엇이라도 놓을 수 있는 가능성을 가지고 있다. 그 가능성이 특별히 마음에 든다. 그리고 그 가능성 안에서 언제 무엇이 다가오더라도 가볍게 시도해 볼 수 있다.

"와이 낫?" 이 질문을 던지는 순간, "지금 아니면 언제?" 하고는 바로 "예스!"라는 화답과 함께 삶의 새로운 언덕으로 어린애처럼 폴짝 뛰어오른다.

위대한 일은 없다

위대한 사람들의 전기傳記를 읽으면서 '어떻게 하면 나도 위대한 사람이 되어 이름을 남길 수 있을까?' 생각해 본 적이 많았다. 물론 어렸을 때 이야기이다.

나에게 위대하게 보였던 사람은 너무나 많았다. 한 사람만 고르라면 누구를 골라야 할지 모를 정도로 각 분야에 수도 없이 많았다. 학교에서 배운 위인들만 해도 엄청났다. 고대 철학자나 종교 창시자 혹은 정치가나 경제인, 인류를 질병으로부터 구한 의사, 물리학자, 유명한 작가, 예술가…… 게다가 우리나라를 건국했거나 구했던 장수, 독립투사들까지 닮고 본받아야 할 사람들이 너무 많아서 막막했다. 그들의 어떤 점을 어떻게 배우고 좇아야 하는지, 무엇을 본받아서 어떻게 나의 삶에 적용해야 하는지 알 수 없었다.

그러나 돌아보면, 자라서 그냥 평범한 사람이 되라든가 혹은 그래도 괜찮다고 말해주는 사람은 없었다. 뭔가 특별한 사람이 되어야만 했다. 위인전을 읽고 그들처럼 생각하는 연습을 해야만 했다. 그게 무엇인지는 모르지만 대강 외워서라도 기억을 해야 할 듯싶었다. 그러나 위인전들은 날이 갈수록 나를 압박해왔다. 결국 갈피를 잡지 못하고 머리가 터질 듯 불안해진 나는 모든 위인전을 슬며시 외면해 버리게 되었다.

우리는 모두 뭔가 '위대한' 일을 하기 위해서 너무나 열심히 노력한다. 그런데 그 위대한 일이라는 것이 과연 무엇인지에 대해서는 깊이 생각해 보지 않는다. 단순히 부자가 되겠다든가 구체적으로 누구누구와 같았으면 좋겠다는 생각을 하기도 한다. 무언가를 발명했으면 하기도 하고, 누군가를 위해서 봉사해 보려고도 한다. 또는 유명해지는 것이 더 중요하다는 듯 여기기도 한다. 그래서 유명한 사람들의 근황을 유심히 살핀다. 그들은 무얼 먹고 어떤 옷을 입는지, 어떤 집에 살고 어떤 차를 타고 다니는지, 심지어 그들은 입술이 트면 무엇을 바르는지까지도 지켜본다.

매사추세츠 주의 조용한 산골에 수도원 건물이 있다. 수도원이 문을 닫은 뒤 그곳을 개조하여 지금은 요가 아쉬람이 들어서 있다. 인도 바깥에 있는 아쉬람 중 꽤 영향력 있는 아쉬람이다. 그곳에서 요가와 아유르베다를 공부하면서 1년 정도 지낸 적이 있다. 공부하는 시간을 빼고는 부엌에서 아쉬람 식단을 준비하는 일을 맡고 있었다.

너무나 외진 곳이라 갈 곳도 없고 따로 아는 사람도 없었다. 걸어서 10분 남짓 떨어진 곳에 큰 호수가 있어 하루에 한 번 정도 시간을 내서 호수에 몸을 적시고 누워서 쉬다가 돌아오는 게 전부였다. 보름이나 그믐 혹은 하지나 추분 같은 절기에는 대강당에서 밤새 파티가 열렸다. 북을 치고 찬팅chanting을 하면서 신나게 춤도 춘다. 남녀노소 할 것 없이 누구나 참여를 한다.

땀을 뻘뻘 흘리면서 모두 모여 춤추고 노래한다. 물론 술을 마시거나 담배를 피우거나 환각제를 사용하는 사람은 없다. 모두가 다 요가를 하는 사람들이라 몸의 안팎으로 에너지가 넘쳐난다. 서로가 사랑하는 마음을 연습하고, 그리고 함께 춤추고 노래한다.

나는 오후에 있는 수업 시간을 제외한 오전에는 빵을 굽고 디저트 만드는 일을 돕다가 점심때가 되면 오븐에 음식을 구워내는 일을 맡아서 하고 있었다. 빵을 굽는 베이커리는 지하에, 그리고 오븐이 있는 식당은 2층에 있었다. 지하에서 2층 식당으로 올라갈 때는 두 곳을 직접 연결하는 좁은 계단을 통해서 오르내렸다. 사람들이 많이 다니는 바깥의 큰 계단보다 더 빠르게 오르내릴 수 있기 때문에 상주하는 사람들이 주로 이용하는 계단이었다.

1층에서 2층으로 올라가는 계단의 코너를 돌자마자 보이는 벽에 심플한 글자체의 포스터가 붙어 있었다. 화려하지 않아 자칫 지나치기 쉬운 단색의 종이 포스터였다. 세바seva라는 자원봉사 프로그램으로 운영되는 아쉬람에서 그곳에서 일하는 모든 이들에게 전해주는 메시지 같은 것이었다.

"위대한 일은 없다. 오직 작은 일들만 있을 뿐이다. 그걸 위대한 사랑으로 하면 된다."

처음 그 글귀를 보았을 때 하마터면 건성으로 지나칠 뻔했다. 누군가 내 귀를 잡아끄는 듯한 기분에, 앞으로 나아가려던 발을 다시 뒤로 짚어 포스터 앞에 섰다. 위대한 일은 없다고? 그리고 오직 작은 일만 있다고? 순간 머릿속이 멍해졌다. "위대한 사람이 되기 위해 노력해야 한다"는 그 오래된 믿음을 어떻게 풀어야 할지 이제야 실마리를 찾은 듯했다.

맞다. 그거였다. 위대한 일만을 찾아다녔으니 지금까지 만날 수 없었던 것이다. 위대한 일들을 찾지 못하는 내가 늘 못마땅했고, 위대한 일을 하고 있는 것 같은 다른 사람들에 비해 너무나 평범한 나는 늘 열등감에 짓눌려 있었다. 그런 상태에서 벗어나려고 머리 깨지게 노력하고, 늘 어딘가로 위대한 일을 찾아다녔다. 그러나 그럴 때마다 위대하지 못한 나는 더욱더 가망 없는 인간처럼 여겨질 뿐이었다.

그런데 위대한 일이 없다니! 나는 그 자리에 얼어붙은 사람처럼 서서 그 말을 중얼거렸다.

"위 · 대 · 한 · 일 · 은 · 없 · 다."

위대한 일은 정말(!) 없었다. 정말 놀랍게도 단박에 동의가 되었다. 요가를 배울 때 처음부터 작은 동작으로 한 동작 한 동작 큰 의미를 부여하지 않고 아무렇지 않게 연습하라던 그 말이 다름 아닌 이 말이었다. 숱하게 들었던 그 말들을 이제야 때가 되어 알아들은 것이다.

"단지 작은 일들만 있을 뿐이다." 바로 그거였다. 내 삶의 하루하루는 오직 작은 일들만 가득했다. 아침에 일어나면 눈곱 떼고, 이 닦고, 세수하고, 차 마시고, 밥 먹고, 걸어 나가고, 계단 올라가고, 차ᅰ 타고, 사람들 만나서 얘기하고…… 여기에는 아무리 찾아봐도 위대한 일이라곤 없다. 매일 그렇다.

그림을 그릴 때도 그렇다. 종이 자르고 물감 짜고 바닥 치우고 못질하고 갤러리 대표와 만나 얘기하고…… 여기에도 위대한 일이랄 건 따로 없다.

위대한 일을 위해 늘 기다리고 있던 나의 일상은 위대한 일이란 털끝만큼도 보이지 않는 작고 하찮은 일들뿐이었고 거기에서 벗어날 기미도 보이지 않았다. 그래서 우울했다. 그래서 그건 자연적으로 나의 우울증과 연결되어 있었다.

"위대한 일은 없다. 오직 작은 일들만 있을 뿐이다. 그걸 위대한 사랑으로 하면 된다."

그렇다면 자질구레한 일들로만 가득 차 있는 나의 삶이 그렇게 틀린 건 아니라는 생각이 들었다. 원래부터 없는 걸 찾아다닌 것일 뿐이었다. 그렇다면 그 자질구레한 것들을 위대한 사랑으로? 와~ 하며 머리가 한 순간에 밝아지면서 그 일들을 어떻게 대해야 하는지 환히 보이는 느낌이 들었다. 그동안 내가 찾고 있던 바로 그 답이었다.

아침에 위대한 사랑으로 일어나서 사랑으로 눈곱 떼고, 기쁜 마음 가득 담아 이를 닦고, 섬세히 세수하고, 위대한 사랑으로

차 마시고 행복하게 밥 먹고, 위대하게 한 걸음씩 계단을 오르고, 사랑 넘치게 차車를 타고, 소소한 사랑으로 사람들과 얘기하고, 기쁜 마음으로 종이를 자르고, 재미있게 물감 짜고, 신나게 못 박고, 우아하게 바닥 치우고…… 바로 그거였다. 내가 머리 깨지도록 찾고 있던 '위대한 삶'의 답이 바로 그것이었다.

망치로 머리를 한 대 얻어맞은 듯 멍해진 모습으로 돌아서서 천천히 2층 식당을 향해 다시 올라가기 시작했다. 한 발자국씩 숨에 맞추어 발바닥의 감각을 느끼며 천천히 걸음을 떼었다. 사뿐히 주방 문을 열고 들어가 큰 숨을 쉬고 오븐으로 들어갈 판에 올려놓은 호박을 바라보았다. 아래층에서 누군가 잘 다듬고 썰어서 올려 보내준 노오란 색깔의 호박이 고맙고 아름다웠다. 땀 흘려 호박을 길렀을 농부도 생각이 났다. 잘 구워져 나온 호박을 정성스레 그릇에 담은 뒤 웃으며 웨이터에게 넘겨주고는 고맙다는 말을 전했다.

위대한 일은 원래부터 없었다. 위대한 건 작은 일들을 대하는 내 마음이었다.

계단을 오를 때에는 숨에 맞추어 한 발자국씩 계단만 오르면 된다. 지하철 탈 때에도 발 헛딛지 말고 우아하게 잘 타고 내리면 된다. 걸을 때에도 내가 어떻게 숨을 쉬는지 알아차리고, 다른 사람들과 부딪치지 않게 부드러운 마음으로 천천히 걸으면 된다. 내가 오늘 글을 쓰기 위해 이 공간에 무사히 올 수 있었던 것도 버스를 잘 타고 내리고 계단을 잘 올라온 덕분이다. 그것들 자체에 위대함 같은 건 없었다. 그러나 가장 부드러운 마음의 태도로 한 걸음 한 걸음 걸어온 그것은 위대하다. 그리고 그것이 바로 삶을 대하는 나의 태도인 것이다.

사람들은 다들 사랑스런 삶의 '과정'은 빼고 위대한 '결과'에만 집착한다. 하지만 잘 들여다보면 위대한 일이란 아무데도 없다. 위대한 과정만 있을 뿐이다. 아주 작은 일들로 연결되어 있는 이 과정이 곧 삶이다. 그러나 이 과정을 기억하지 못하고 '위대한 일'만을 위하여 노력한다면 몸은 사고로 이어지고 마음은 고통이 따를 수밖에 없다. 더구나 급한 마음에 남을 앞질러 가려 한다면 그것은 순식간에 범죄자가 되는 길이기도 하다. 범죄자란 사람의 본질을 말하는 것이 아니다. 단지 도道에 맞지 않게 서둘러서 원하는 것을 가지려 하다가 남에게 해를 끼치는 사람일 뿐이다.

그러나 위대한 일이란 걸 내려놓고 지금 하고 있는 작은 일만 수수하게 해나간다면 언젠가 어마어마한 일들을 이루게 된다는 사실을 알게 된다. 엄청난 일도 사실은 아주 작은 일들이 합쳐진 결과이기 때문이다. 아주 작은 것들을 행복한 마음으로 하는 사람이라면 무슨 일이든지 이루지 못할 일이 없다.

"하나를 보면 열을 안다"는 우리 속담도 있다. 그것이 어떤 일이건 아주 작은 일 하나를 하는 걸 보면 그 사람이 모든 일을 어떻게 하는지 알 수 있다는 이야기다. 작은 일을 제대로 하지 못하는 사람이 큰 일을 제대로 할 리 없다. 그러나 아주 작은 일을 행복한 마음으로 하는 사람이라면 어떤 일이 주어져도 행복한 마음으로 유유히 할 수 있다. 매일같이 행복한 마음으로 작은 일들을 하다 보면 마침내 다른 사람들이 그를 위대하다고 칭하기도 하는 것이다.

오늘도 나는 인도의 성인 마더 테레사의 그 말을 마음속으로 되뇐다.

"위대한 일은 없다. 오직 작은 일들만 있을 뿐이다. 그걸 위대한 마음으로 하면 된다."(There are no great things, only small things with great love.)

결국은 마음이다. 오늘도 아주 작은 일들을 행복한 마음으로 매순간 할 수 있다면 그것이 바로 위대한 것이다. 그 마음이 바로 위대한 것이다.

땡땡이 레슨

사시나무가 황금빛으로 물들어 팔랑거리는 가을날이었다. 로키산맥의 남쪽 끝자락인 샹그리데 크리스토 산Sangre de Christo Mt.의 윗자락은 사시나무 군락지이다. 딸 조이가 어린 시절, 우리는 그 산 끝자락에 위치한 산타페에서 살고 있었다. 높은 산이 사막으로 연결된 곳에 자리한 오아시스 도시인 이곳에선 집집마다 정원에 사시나무를 심는다. 그렇다 보니 가을만 되면 온 도시는 사시나무 축제 분위기가 되고, 도시 뒤에 있는 산은 전체가 황금빛으로 물들었다.

사시나무 군락지로 들어가 서 있으면 온 세상이 노란 빛으로 눈부시게 빛난다. 파란 하늘을 향해 곧게 솟은 사시나무는 이파리 앞뒷면의 색이 다르다. 앞면은 매끄러운 표면에 샛노란 색을, 뒷면은 뽀송뽀송한 표면에 옅은 노란색을 띤다. 이 때문에 아주 조금만 바람이 불어도 이파리가 팔랑거리며 각기 다른 노란 빛깔로 햇빛을 반사하면서 춤추는 듯한 환상적인 풍경을 만들어낸다. 게다가 바람이 이파리 사이를 통과할 때 나는 맑은 소리는 늦가을의 소리처럼 마음을 시리게 한다.

이 때문에 사시나무는 그 지방 사람들이 다른 어떤 나무보다도 곁에 두고 싶어 하는 나무이다. 집의 정원은 물론 산타페 강을 낀 도로변에도 사시나무가 심어져 있고, 도시 한가운데 있는 플라자 공원에도 사시나무가 주로 심어져 있다. 가을이 되면 사시나무를 즐기기 위해 사람들이 산으로, 공원으로 산책을 나간다. 겨울이 오기 전 마지막으로 빛나는 가을 햇살을 노란 사시나무 아래서 만끽하려는 것이다.

그러나 중학생인 딸 조이에게는 달랐다. 사시나무가 노란 빛으로 만발을 하건 말건 계절의 아름다움은 조금도 알아차리지 못하고 지나간다. 조이뿐 아니라 교과 수업이 빡빡한 인문계 학교 학생들에게는 학교 생활이 인생의 전부였다. 첫 수업이 아침 여덟시에 시작되고 오후 서너시가 되어 수업이 끝나면 대개 과외 활동으로 스포츠를 한다. 기진맥진한 채 땀내를 흥건히 피우며 집에 돌아오면 해 떨어질 시간이다. 샤워하고 밥 먹고 숙제하고 시험 준비 하다가 잠자리에 들면 다음날 아침 새벽부터 또 똑같은 일과가 시작된다.

중학생밖에 안 된 아이들에게 공부와 신체 운동을 그렇게 과하게 시키는 데에는 그럴 만한 이유가 있다. 몸속의 호르몬 변화가 오기 시작하는 사춘기의 부정적인 열기 때문이다. 자신들이 그동안 의지하고 있던 부모와 선생님에게 반항하는 사춘기 학생들의 문제점을 잘 알고 일부러 그렇게 힘든 시간을 배정해 아이들의 기운을 식히는 것이다. 수업에 몰두하지 않으면 안 되도록 시간을 짜고, 남아도는 시간을 조금도 허용하지 않는다. 수업을 마치면 지치도록 운동을 시켜서 몸의 힘과 열기를 제거한다. 다른 생각은 할 수도 없고 피곤해서 다른 궁리를 할 여유도 없다.

학교 측에서는 가끔씩 부모들을 초대해 따로 강의를 하기도 한다. 주로 사춘기인 아이들이 부모에게 서운한 말을 하거나 과격한 행동을 하더라도 절대로 마음속으로 깊이 받아들여서는 안 된다는 내용의 특강이다. 그럴 수밖에 없는 아이들의 상황을 세세히 설명해 줌으로써 집에서 아이들과의 관계가 심각해지지 않도록 부모들을 교육하는 것이다. 그리고 아이들은 하루 종일 바쁘게 만들어서 힘을 빼고 그 대신 긍정적인 사고방식을 유지할 수 있도록 하는 것이다.

나는 아침마다 씩씩하게 학교로 향하는 조이를 보면서 늘 애처로운 마음이 가시지 않았다. 조이는 아침잠이 많은 엄마에게 불평 한 마디 하는 일이 없었다. 새벽같이 혼자서 일어나 아침밥을 대강 먹은 뒤 내 방으로 와서 비몽사몽간인 나의 볼에 키스를 하고는 집을 나간다. 골목길을 빠져나가 큰길로 들어서면 학교 버스가 와서 아이들을 학교로 데려간다. 학교에서 주는 급식으로 점심 식사를 하고 간식도 먹는다. 방과 후에는 스포츠나 댄스를 하고 저녁때가 되면 다시 학교 버스를 타고 집으로 돌아온다. 그것이 중학생인 이 아이 인생의 전부였다.

그에 반해 나는 천천히 아침 식사를 하고 페인팅 스튜디오에 가서 하루 종일 그림을 그린 뒤 조이가 학교에서 오기 전에 집으로 돌아온다. 집에 돌아와서 같이 저녁 식사를 하고 나면 나의 일과는 끝이 나지만 조이에게는 엄청난 분량의 숙제가 기다리고 있다. 잠들기 전까지 해야 겨우 끝낼 수 있는 분량이다. 그것도 매일 그렇다.

하루는 조이가 무척이나 피곤했는지 조용히 제 방에서 숙제를 하다 말고 거실로 와선 이렇게 말했다.

"엄마, 오늘은 숙제가 너무 많아요. 정말 못하겠어요. 안 하고 싶어요." 그러더니 결국 "나 안 할래요" 하곤 내 곁에 와서 앉았다. 그냥 내 곁에 앉아서 쉬고 싶은 모양이려니 생각했다.

"오늘 많이 피곤한 모양이구나."

"엄마, 나 오늘 숙제 안 할 거예요!"

엄포라도 놓듯이 강한 어조로 내게 퉁명스럽게 말했다. 하루 종일 학교에 있다가 돌아와서 또 숙제를 해야 하다니…… 그렇게 말하는 조이의 마음이 충분히 헤아려졌다. 나라도 그런 마음이 들었을 것이다. 내가 그 숙제를 대신 해주고 싶은 심정이 간절했다. 그러나 그건 내가 해줄 수 있을 만한 게 아니었다. 난 아이가 초등학교 3학년이 되면서부터 내가 숙제를 도와줄 수 있는 능력에 한계가 왔다는 것을 알아차렸다. 아이를 학교에 보내지 않고 집에서 직접 지도하는 부모들이 많이 있다는 소리를 듣기는 했지만 나에게는 해당되지 않는 일이었다.

조이가 말투를 조금 부드럽게 바꾸며 나에게 확인받고 싶은 듯 물었다.

"엄마, 나 오늘 숙제 한 번만 안 해가도 될까요?"

"글쎄…… 엄마는 괜찮은데. 그렇게 하고 싶지 않은 숙제라면 하지 않는 게 좋지 않을까?"

순간 조이의 얼굴이 환하게 밝아졌다.

"그렇지, 엄마? 그래도 되지? 나 정말 안 하고 싶어. 안 할 거야. 오늘은 하지 말아야지."

10년 묵은 체증이라도 내려간 듯 털썩 소파로 몸을 던지며 내 옆구리에 머리를 묻었다. 엄마의 확인이 잠시나마 아이에게 기쁨이 되고 있었다. 나는 다만 조이가 숙제를 하지 않더라도 자신이 직접 내린 결론이어야 합당할 것 같다는 생각이 들었다.

"조이, 엄마는 네가 숙제를 하건 안 하건 너의 결정에 무조건 찬성이야. 그리고 어떤 결과가 뒤따르더라도 절대로 너의 편이야. 그러나 이렇게 생각해 보자. 네가 숙제를 하지 않고 내일 아침 학교에 가서 선생님과 친구들 앞에서 기죽지 않고 떳떳할 수 있다면 그건 최상이야. 그런 용기도 가끔 필요하거든. 그리고 숙제를 하지 않고도 처세 하나로 선생님과 친구들 앞에서 편안할 수 있다면 넌 또 다른 재능의 소유자라 할 수 있지. 그러나 네가 내일 그 상황에서 굴욕적인 기분이 들거나 떳떳하지 못한 마음이 든다면 그건 네가 알아서 수습해야 할 거야. 너의 결정이 어떤 결과를 가져오더라도 네가 그 결과에 마음 상하지 않고 책임질 수만 있으면 돼."

조이가 숨소리를 죽이며 나의 말을 한 마디도 놓치지 않고 듣고 있는 것이 역력했다. 내가 말을 이었다.

"이건 엄마가 결정해 줄 일은 아닌 것 같아. 엄마는 그냥 무조건 네 편이야. 어떤 상황에서도…… 그리고 엄마는 너의 결정을 믿어. 네가 어떤 결정을 내려도 말이지. 문제는 너의 마음이야. 네가 행복할 수 있는 최선의 체험이 되도록 결정하면 돼."

내 말이 끝날 때까지 조이는 아무런 대꾸 없이 찬찬히 듣고만 있었다. 그러고는 일어나서 잠시 부엌을 왔다 갔다 하며 무언가 간식거리를 찾는 듯했다. 아침에 만들어놓은 과일 아이스 바를 꺼내서 줄줄 빨며 내 옆에 벌렁 드러누웠다. 아무 말 없이 텔레비전을 보며 아이스 바를 다 먹더니 꿈틀꿈틀 일어나서 기지개를 켰다.

"음~ 이제 숙제 해야지!" 하며 꽤나 씩씩한 태세로 제 방으로 들어갔다. 마음속에서 용단이 내려진 모양이었다.

"숙제가 많다며? 숙제 끝날 때까지 엄마가 옆에 있어줄게."

나는 조이가 숙제를 하는 동안 졸린 눈을 껌뻑이면서 책을 읽었다. 자료를 잔뜩 늘어놓고 숙제에 열중하고 있는 조이를 바라보며, 안쓰러운 마음이 들었다.

사실 나는 한편으로는 아이가 "엄마, 하루쯤 숙제 안 해가는 체험을 하고 싶어요. 그리고 선생님이 어떻게 반응하시는지도 보고 싶어요"라고 당당하게 자신의 또 다른 체험 선언을 해주기를 은근히 바랐다. 그러나 역시 조이는 시스템을 이기지 못하고 굴복했다. 그게 잘못된 일은 절대 아니다. 정말 좋은 선택이었던 건 사실이다.

그러나 난 아이가 언젠가는 "오늘은 이 일을 하고 싶지 않아요"라고 자신의 의지를 말할 수 있기를 원한다. 한 번의 물음도 없이 사회의 시스템만을 온전히 믿고 무조건 시키는 일만 하면서 사는 것을 원치 않았다. 또 은근히 기업에 취직하지 않길 원했다. 안전한 삶을 영위하기 위해 자신의 꿈을 버리는 선택을 하지 않길 바랐고, 삶은 월급보다도 훨씬 더 값어치 있고 큰 것이라는 걸 알기 바랐다. 실수에 기가 죽지 않는 용감한 아이가 되어 여행하고 체험하고, 하고 싶은 일을 하면서 신나게 살기를 원했고, 자신의 의지에 따라 당당하게 살아갔으면 했다.

숙제가 거의 다 끝나가는 모양이었다. 시계를 보니 열두시가 되어가고 있었다. 주섬주섬 종잇장들을 챙기는 조이에게 물었다.

"중학교 들어간 이후 결석한 날 하루도 없었지?"

조이가 당연하다는 듯이 그렇다고 대답했다.

"엄마는 네가 특별한 경험을 한번 해봤으면 해."

"무슨?"

"학교 결석."

내 말이 의아한 듯 조이가 잔뜩 호기심 어린 얼굴로 나를 보았다.

"결석이요?"

"응, 결석. 학교 하루 안 가는 거. 해보지 않을래?"

조이가 혼돈스런 얼굴로 나를 바라보았다. 내가 엉뚱한 엄마라는 것은 그 아이도 잘 알고 있었지만, 그래도 의아하다는 표정이었다.

"엄마하고 같이 하루 종일 시내 나가서 놀자. 맛있는 거 사먹고 쇼핑도 하고 미술관도 가고 공원에도 가고…… 시내 플라자에 사시나무가 완전 만발해 있단다, 너무나 아름답게."

조이의 얼굴에 두 가지 표정이 역력했다. 그래도 되나 하는 의구심과 동시에 호기심으로 눈이 동그랗게 반짝이고 있었다.

"다음 주쯤 하루 골라봐. 숙제를 많이 내야 하는 날이거나 시험 보는 날은 피하고, 특별 프로젝트가 있는 날도 피하고 말이야. 시간표 잘 보고 문제없는 날로 네가 정해봐…… 그리고 엄마한테 알려줘."

이렇게 제안한 지 사흘째 되는 날, 조이가 내가 제안한 체험에 동의하겠다는 뜻과 날짜를 알려주었다. 그 아이의 동의에 나도 살짝은 놀랐지만 이내 좋은 신호로 받아들였다. 그리고 어떤 일이 일어날지 사뭇 기대가 되기 시작했다.

결석하기로 한 날, 일찍 일어나지 않아도 된다고 했음에도 불구하고 이른 아침부터 거실에서 인기척이 들렸다. 조이가 학교 갈 시간이 되자 자동으로 불안해하고 있는 듯했다. 바로 나의 생각대로였다. 크게 잘못한 일이 없으면서도 무조건 습관 때문에 죄책감이 들고 불안해하고 있는 자신을 볼 기회가 생긴 것이다. 그래서 능동적으로 이런 기회를 만든 것이다. 평범하지 않은 이런 상황에서 내가 그 아이를 이해할 수 있는 좋은 기회이기도 했다.

조이가 더 이상 기다리지 못하고 내 방으로 들어왔다.

"엄마, 일어났어요?"

"응, 일어나야지. 이쪽으로 들어와."

내 침대 한쪽의 이불을 들어 올리며 조이를 불러들였다.

"언제 나가요?"

"조금 더 있다가…… 아침에 안 나가니까 불안하니?"

"네, 조금…… 근데 괜찮아요."

그래도 이 일을 해보고 싶다는 아이의 의지가 보였다.

"오늘은 아무것도 할 일 없이 노는 날로 정한 거니까 서두를 필요 없어. 이미 노는 게 시작됐으니까 말이야."

화창한 가을 날씨였다. 시내 한복판에 있는 사각형 공원 플라자에는 사시나무들이 노랗게 물들어 반짝이고 있었다. 사암으로 지어진 18세기 바실리카 성당의 붉은 황토색을 배경으로 사시나무 이파리들이 고사막의 강렬한 태양 빛과 어우러져 황금빛 도시를 빚어내고 있었다. 이곳을 엘도라도라 부르기도 한다. 황금의 도시라는 뜻이다. 16세기 스페인의 개척자들이 황금의 도시를 찾으러 북상하다가 이곳에까지 이르렀다. 그들이 원하던 황금으로 덮인 도시는 아니었지만 황금빛의 도시로는 이곳만한 곳이 없었다. 그 황금빛 도시 안에 학교 교실을 벗어난 조이와 내가 아침부터 아무 계획도 없이 들어와 있었다.

가을 특산물인 고추를 굽는 냄새가 골목 곳곳에서 풍겨 나왔다. 플라자 공원 주변의 골목에 아늑하게 들어앉아 있는 아나사지 호텔에서 우리는 느지막한 아침 식사를 했다. 골목길을 빠져나와 인디언들이 수공예품을 팔기 위해 즐비하게 앉아 있는 박물관 앞길로 걸어 나왔다. 주로 청록색 터키석과 은을 이용해 만든 액세서리들이 도로바닥에 길게 펼쳐져 있었다. 상인들마다 온갖 색깔의 특색 있는 것들을 팔고 있어서 볼거리가 심심치 않았지만, 그러는 가운데 차츰 그리고 조금씩 조이가 초조해하는 것이 보였다. 한 번씩 손목시계를 들여다보기도 하고, 뭔가 생각을 하는 것 같기도 했다. 그러면서 중얼거리듯 물어보지도 않은 말을 했다.

"엄마, 지금 둘째 시간 끝났어요."

대꾸도 하지 않는 내게 계속해서 말했다.

"엄마, 지금 셋째 시간 시작했어요. 수학 시간이에요. 지금쯤 스미스 선생님이 들어오셨을 거예요. 아, 지금쯤 출석 불렀겠다."

내가 마침내 조이에게 물었다.

"너의 마음은 여기서 엄마하고 노는 데 있는 게 아니라 학교에 가 있네……"

조이가 빙그레 웃었다.

"불안하니?"

"그냥 정말 이상해요, 엄마. 내 친구들은 다 교실 안에 있을 텐데 나 혼자만 밖에 나와 있는 게 정말정말 이상해요. 지금 수학 시간 거의 끝나가고 있거든요."

학교 밖의 세상에 홀로 떨어져 나와 있다는 이 사실이 조이에게는 형이상학적인 체험이었던 것이다. 그 아이에게 학교 밖의 세상은 존재하지 않는 별개의 것이었고, 주중에 학교 밖의 다른 세상에 혼자 나와 있다는 것은 현실 세계의 것이 아닌 초현실적인 현상이었다. '정말정말 이상하다'는 표현이 정확했다.

내가 조이에게 체험하기를 바란 게 바로 그것이었다. 초현실적인 체험을 통해 자신이 알고 있는 것보다 훨씬 많은 현상 세계가 존재할 수 있다는 가능성을 아이에게 보여주고 싶었다. 그리고 더 넓은 세상에 대한 또 다른 시점을 제시해 주고 싶었다.

초조해하는 아이에게 내가 물었다.

"학교로 가고 싶니? 오후에라도?"

"아니요…… 오늘은 안 갈 거예요."

조이가 자신의 선택에 대한 의지를 굳혔다.

우리는 미술관과 박물관을 둘러보았고, 선물도 사고, 맛있는 점심도 먹었다. 초콜릿 소스까지 잔뜩 올린 아이스크림을 사서 다시 사시나무 반짝이는 플라자 공원으로 왔다. 벤치에 앉아 아이스크림을 핥으며 내가 말했다.

"조이, 이런 걸 한국말로는 땡땡이라고 해."

"땡땡이요?"

"응. 땡땡이친다고 하지. 학교에 있을 시간에 빠져나와서 노는 거. 넌 지금 땡땡이를 배우고 있는 기야. 땡땡이 레슨! 땡땡이를 잘 치는 것도 예술이거든……"

나는 땡땡이에 대한 내 나름의 철학을 조이에게 설명했다.

"아, 그런데 말이에요 엄마, 오늘 느낀 건데…… 우와~ 난 역시 학교가 좋아요. 애들이 벌써 보고 싶은걸요."

"그래? 그럼 내일 아침부터는 학교 가는 게 훨씬 즐겁겠네?"

내가 슬며시 물었다.

"네. 빨리 내일이 되었으면 좋겠어요."

그날 이후 조이는 땡땡이를 치고 싶다거나 숙제 안 하겠다는 말을 다시는 하지 않았다.

삶을 살아가면서 앞으로도 땡땡이 치고 싶을 때가 있을 것이다. 그것은 학교가 아니라 직장일 수도 있고 가정사일 수도 있다. 혹은 스스로 정한 규칙일 수도 있다. 나는 그 역시 해보라고 말하고 싶다.

'이게 답'이라든가 '이건 꼭 이렇게 해야만 한다'라고 하는 틀에서 벗어난다는 것은 어떤 것인지, 그게 사회가 정해놓은 것이든 스스로 정한 것이든 한 번쯤은 반드시 '그래야만 하나?' 하고 의문을 품어보면 어떨까?

안전하게 틀에 갇혀 있기보다는 그 틀을 열어놓고 밖을 내다볼 수 있다면 이미 알고 있는 것보다 더 크고 넓은 다른 차원의 세계를 얼핏이라도 볼 수 있지 않을까 싶다. 그 틀 밖으로 발을 내딛어보고 잠깐 땡땡이를 쳐볼 수 있다면 틀 안의 내 모습이 다른 각도로 보이기 시작할 것이다. 물론 땡땡이 이후에 벌어질 상황이나 감정에 대해서는 회피하지 않고 책임질 마음의 준비가 되어 있어야 한다. 그것이 어떤 결론을 낳더라도 대담하게 받아들이고 자신 있게 앞으로 걸어 나아가면 될 것이다.

얼마나 모르는지를
모르고 있을 뿐

요즈음은 요가가 몸과 마음의 건강을 위한 운동으로 주목받으면서 전 세계적으로 유행을 타고 있다. 물론 아는 사람들은 다 알겠지만, 요가라는 것이 운동을 말하는 건 아니다. 그런데 요가가 서양으로 넘어가면서 어쩌다 보니 그렇게 된 듯하다. 특히 요가가 할리우드에 정착하면서 유명한 스타들도 요가를 하기 시작했고, 곧이어 전 세계 젊은이들 사이에서 요가는 트렌드로 자리를 잡았다. 할리우드 스타들처럼 요가를 하고 화려한 브랜드 쫄바지에 요가 매트를 어깨에 메고 다니는 게 '쿨'한 모습인 양 인식되면서 요가는 유행의 급물살을 타고 퍼져나갔다.

그러나 1970년대에는 그 분위기가 좀 달랐다. 그 당시에도 물론 요가를 하는 사람들이 없었던 건 아니지만 지금에 비하면 소수에 불과했고, 대부분의 사람들은 에어로빅에 열광하고 있었다. 그 당시 에어로빅의 영향은 대단했다. 특히 제인 폰다라는 영향력 있는 할리우드 여배우가 에어로빅의 여왕으로 등장하면서 할리우드의 유명 스타들은 물론 모든 젊은이들이 에어로빅을 했고, 특히 제인 폰다가 경영하는 비벌리 힐즈의 에어로빅 스튜디오는 그야말로 에어로빅의 성지였다.

그때 나는 아직 이십대였다. 첫아이를 출산한 뒤 곧이어 나도 에어로빅을 시작했다. 아이를 낳고 나서 아랫배가 다시 원래 상태로 돌아가는 줄 알았는데 반 정도 들어가는가 싶더니 그대로 멈춰버리는 것이었다. 두툼해진 배를 바라보니 절로 한숨이 나왔다. 사정없이 주물러보기도 하고 식사를 거르기도 해봤지만 소용없었다. 그래서 나도 에어로빅을 시작해 보기로 했다.

처음에는 시키는 대로 따라하는 정도로 에어로빅을 시작했다. 그러나 시간이 지나면서 복잡하고 격렬한 포즈들이 포함된 프로그램들을 접하게 되었고, 그때마다 힘이 달려 헉헉거리는 나 자신을 발견하게 되었다. 그래도 뱃살을 빼야 한다는 강한 집념으로 열심히, 남들이 하는 대로 따라하면서 내 몸을 밀어붙였다. 몸에는 꽉 맞는 발레 타이츠를 입고 땀이 줄줄 흐르는 이마에는 헤드 밴드를 두르는 것이 에어로빅의 전형적인 의상이었다. 지금 생각해 보면 우스꽝스러운 모습이 틀림없지만 그때는 그것이 트렌드였다.

에어로빅 스튜디오는 어느 곳이건 이삼십대 젊은이들로 넘쳤다. 나처럼 막 출산을 했거나 자신의 몸매에 관심 있는 사람들, 그리고 스트레스를 많이 받는 일을 하는 젊은이들이 특히 열심히 했다. 그야말로 에어로빅은 당시 문화의 흐름을 바꾸어놓을 만큼 활성화되어 있었다. 에어로빅 의상에 헤드 밴드까지 맨 올리비아 뉴튼 존이라는 여가수가 부른 〈피지컬Let's get physical〉이라는 노래까지 대히트를 치면서 당시 에어로빅은 젊은이들의 '쿨'한 운동으로 자리 매김을 했다.

그 무렵 나는 로스앤젤레스 부근에 사는 친구의 집에 한동안 머무르게 되었다. 나와 비슷한 또래로 아이 둘을 낳은 젊은 부부였다. 부인인 로렌은 남부 캘리포니아 특유의 미인이었다. 태양빛에 잘 그을린 피부와 끝이 잘 바랜 부드러운 갈색 머리를 길게 늘어뜨리고 있었다. 그리고 그녀는 일주일에 두 번 이상은 꼭 할리우드에 있는 제인 폰다 스튜디오로 에어로빅을 하러 다녔다.

첫날 도착을 하자마자 그녀가 내게 에어로빅 스튜디오에 같이 다니자고 제안했다. 나도 제인 폰다 스튜디오에 대해 많이 들어서 꼭 가보고 싶었다. 다음날 아침, 나는 에어로빅 옷을 챙겨 입고 그녀를 따라나섰다. 세계에서 제일 쿨한 에어로빅 스튜디오가 어떤 곳인지 궁금했다. 이제 쿨 에어로빅의 정수를 보게 되는 순간이 눈앞에 다가온 셈이었다. 마음이 떨렸지만 될 수 있는 한 친구에게 티를 내지 않으려고 노력했다.

입구에 들어서면서도 나는 세상에서 가장 쿨한 그룹의 인간인 양 유유히 걸어서 안으로 들어갔다. 땀 냄새와 열기가 후끈하게 전해졌다. 여러 개의 클래스에서 쏟아져 나오는 사람들과 또 다른 클래스로 들어가려는 수련생들의 숫자가 엄청났다. 모두 힘이 넘쳐나는 모습들이었다. 서로 인사를 하며 조잘거리는 사람들 사이를 비집고 프런트에 등록을 한 나는, 로렌을 따라 앞뒤 벽이 유리로 되어 있는 거대한 스튜디오 안으로 들어섰다.

이미 반 정도 찬 스튜디오 안을 두리번거리다가 나는 세 번째 줄쯤 되는 곳에 자리를 잡았다. 나도 나름대로 에어로빅에 대해서는 일가견이 있다는 걸 드러내고 싶었는지 될 수 있으면 쿨한 모습을 놓치지 않으려 노력했던 게 기억난다. 몸을 푸는 듯이 이리저리 움직이며 슬쩍 주위를 둘러보았다. 화장기 없는 얼굴에 타이즈 차림이었지만 얼핏 봐도 알 만한 할리우드 스타들이 눈에 띄었다. 아주 자연스런 모습의 그들을 대놓고 쳐다보거나 말을 거는 사람은 없었다. 생각한 대로였다. 모두들 아름다웠고 끔찍이도 쿨했다. 그 쿨함을 잃은 사람은 한 명도 없어 보였다.

로렌의 말에 의하면 유명한 사람들을 제외하더라도 거기 있는 대부분의 사람들이 배우나 모델 혹은 그 계통의 지망생들이라고 했다. 할리우드라는 지역적인 특성 때문에 신체적으로도 월등히 아름다운 사람들이 이곳에 모인다는 것이었다. 얼핏 보기에도 그래 보였다. 훤칠한 몸매에서 빛이 나는 듯했다. 나도 쿨함을 잃지 않고 그들과 함께 자연스레 어울릴 수 있도록 은근히 노력했다. 그러고는 여유 있게 스트레칭을 하면서 시작을 기다렸다.

수업은 두 시간 동안 쉬지 않고 이어졌다. 앞부분의 5분 정도를 제외하고는 곧바로 고강도 에어로빅으로 돌진해 들어갔고, 30분 정도가 지나자 사람들의 몸에서 비 오듯 땀이 흘러내리기 시작했다. 머리가 비교적 짧은 아이들은 땀이 머리끝까지 젖어 내려서 머리를 흔들 때마다 땀방울이 공중으로 흩어지며 튀어 올랐다. 빠른 템포의 음악에 맞추어 팔다리를 흔들랴, 옆 사람들 머리에서 튀는 땀방울을 피하랴 나는 점점 기진맥진해져 갔다. 게다가 사람들이 빽빽하게 붙어 있어 앞뒤, 옆으로 박자와 스텝을 잘 맞추어야만 했다. 그들은 이미 정해진 동작과 박자를 잘 알고 있는 듯 동시에 정확하게 움직이고 있었다. 완전하진 않더라도 나도 대강은 그 박자에 맞추어 같은 동선을 유지해야만 했다.

한 시간쯤 지났을까, 강도 높은 에어로빅 동작에 진땀이 나면서 다리가 후들거리기 시작했다. 앞에 서서 힘차게 소리 지르는 강사의 목소리가 점점 더 높아져가고 있었다.

"왼쪽! 오른쪽! 뒤로 돌고! 앞으로! 다시 팔 벌리면서 왼쪽! 그리고 오른쪽!"

강사의 목소리가 점점 몽롱하게 들려왔다. 앞으로 한 시간을 더 버텨야 했다. 포기란 없었다. 어떤 일이 있어도 쿨해야만 했다. 표정 관리까지 해가며 이리저리 다리와 팔을 휘둘렀다. 그런데 한 순간 쾅! 하는 소리와 함께 눈앞이 깜깜해졌다. 곧이어 별똥들이 튀어 올랐다. 나는 그만 휘청하면서 바닥에 주저앉았다.

그래도 쿨함을 놓쳐서는 안 된다는 생각에 얼른 눈을 뜨고 위를 올려다보았다. 옆에 있던 키 큰 백인 아이가 '너 돌았어?' 하는 듯한 표정으로 나를 내려다보며 강도를 낮춘 채 움직임을 이어가고 있었다. 어찌된 일인지 사태 파악을 해보니, 오른쪽으로 스텝을 옮겨야 하는 데서 내가 실수로 왼쪽으로 내디뎠던 것이다. 옆에 있던 그 키 큰 백인 아이는 의심 없이 오른발을 내디디며 오른손을 힘차게 내뻗었고 그 주먹이 나의 왼쪽 눈을 직통으로 강타한 것이다. 얼른 표정 관리를 하고 쿨함을 회복해야했다. 별똥이 가시지 않은 눈을 한 손으로 움켜잡고 일어나서다시 동작을 따라가려고 비실거렸다.

그러나 왼쪽 눈이 떠지질 않았다. 앞은 보이지 않았고 몸은비실거렸다. 그러나 중간에 걸어 나오는 건 정말 쿨하지 못한 일이라 생각했다. 그래서 버텨보려고 무진 애를 썼다. 눈이 빠지는것같이 아파왔다. 스튜디오 안의 열기는 더욱더 뜨겁게 달아오르고 있었다.

이제는 긴 머리를 가진 아이들의 머리끝에서도 땀방울이 튀어 올랐다. 정신이 몽롱해져 왔다. 열이 나고 후끈거리는 눈에다찬물이라도 대야 할 것 같았다. 슬며시 눈치를 보면서 입구 위치를 확인했다. 한 손으로는 아픈 눈을 움켜잡고 또 한 손으로는 또다시 얻어맞지 않으려 머리를 감싼 채 비실비실 사람들 사이를 피해 스튜디오를 빠져나왔다.

그 후 며칠 동안 나는 시커멓게 멍든 눈두덩을 선글라스로가리고 다녔다. 너무 세게 얻어맞아서 시력을 잃지 않을까 걱정될 정도였는데, 다행히 통증이 가라앉으면서 시력에는 문제가 생기지 않았다. 그러나 심적인 충격은 내 마음을 돌아보도록 만들었다.

쿨해야 한다는 강박관념에다 뒤지지 않고 잘해보려는 자존심이 가져온 결과였다. 나의 몸에 맞지도 않는 강도 높은 운동을 무조건 잘해보려고 애쓰던 내 모습이 우스꽝스럽게 느껴졌다. 앞으로 어떻게 해야 할지는 잘 모르겠지만, 하지 말아야 할 일 하나는 확실해진 셈이었다.

내 이십대의 가장 큰 문제가 바로 이런 것이었다. 모른다는 사실을 전혀 모르고 또 받아들이지 못한 채 내가 알고 있다고 착각하고 있었다는 것이다. 적어도 알고 있는 것처럼 행동해야 한다는 강박관념에 사로잡혀 있었다. 그도 그럴 것이 이십대가 되면서 사회적으로도 성인으로 인정해 주고, 경제적으로도 독립을 한데다, 아이까지 출산을 했으니, 모든 걸 다 알아야 하는 쿨한 어른이라는 생각에 쉽게 사로잡히게 된 것이다. 그러나 사실은 그렇지 않다.

대개는 자신이 무엇을 얼마나 모르는지를 아직 모른다. 거대한 세계에서 자신이 얼마나 작은 존재인가를 가늠하지 못하고, 심히 제한된 오관을 통해서만 이 세상을 체험하면서도, 자신이 보고 느끼는 것이 완벽한 현실이고 세상의 전부라 착각하는 것이다. 그리고 그 현실 안에서 자신의 존재 역시 확실하다고 느긴다. 그렇게 느껴지지 않는다면 적어도 그렇게 보이도록 쿨하게 행동해야 한다고 생각한다. 쉽게 자만에 빠지고 무엇이든 무조건 잘하려고 애를 쓰면서 좌충우돌한다.

남들에게 잘한다고 기필코 인정을 받고 싶어 하기도 한다. 그런데 그러면 그럴수록 내가 모를 수 있다는 사실을 알아차릴 가능성은 희박해진다. 모른다는 사실을 모르고 오히려 모든 것을 잘 알고 있다고 생각하는 마음은 '무지ignorance'의 왕관을 머리에 올려놓고 있는 것과 같다.

자신이 아무것도 모른다는 사실을 알아차리고 마침내 그 사실을 받아들이면 비로소 몸이 편안해지고 모든 것이 가능성으로 열릴 기회도 얻게 된다. 무엇이든 잘하려고 애쓰지 않아도 된다는 사실도 자연스레 알게 된다. 무엇이든 잘하려 하고 어떤 상황에서도 쿨하려고 애썼던 과거의 행동들이 얼마나 보잘 것없는 것들이었는지도 확연해진다. 그리고 동시에 그것은 용서할 필요조차 없는 자신과의 싸움이었으며, 그걸 통해 나를 내려놓을 수 있는 귀중한 기회를 얻게 되었다는 사실도 알게 된다. 잘해보려고 좌충우돌 머리를 부딪쳐가며 얻어낸 소중한 지혜인 것이다.

멍청한 자들은 자신이 무언가를 다 알고 있다고 생각한다. 그에 반해 자신이 얼마나 미미한 존재인지 깨닫고 아무것도 모른다는 사실을 알아차리기 시작한 사람은 현자賢者라고 말할 수 있다. 우리는 그저 자신이 얼마나 모르는지를 모르고 있을 뿐이다. 자신이 모른다는 것을 모르기 때문에 자신이 아는 것이 모든 것이라 생각한다. 그것이 바로 무지이다. 자신이 모른다는 것을 인정하고 알아차릴 때 비로소 무지에서 벗어날 수 있는 빛의 줄기가 열린다.

나무 사이를 보아야······

삶에서 무엇을 바라보느냐는 중요하다. 본다는 건 그쪽에 내 마음을 두고 초점을 맞추는 일이기 때문이다. 그 초점에 따라 삶의 방향이 달라지기도 하고, 어떤 일이 일어날지 정해지기도 한다. 초점을 맞추고 있으면 나도 모르는 사이에 그것들이 이루어져 나타나는 일도 종종 있고, 내가 원한다고 아무리 울부짖어도 바라보는 각도가 맞지 않으면 엉뚱한 일이 일어나기도 한다. 내가 무엇에 초점을 맞추고 있는지 의식적으로 알아차리지 않으면 습관에 의한 반응이 그 결정권을 갖게 된다.

산타페라는 사막 도시에서 작품 활동을 하며 살던 때의 이야기이다. 도시의 앞쪽은 고산 사막이 끝없이 펼쳐지고 뒤로는 로키산맥의 남쪽 끝자락인 상그리데 크리스토 산이 받쳐주고 있다. 해발 4천 미터 정도 되는 고지의 산은 초겨울부터 봄까지 늘 흰 눈으로 덮여 있다. 그리고 그 정상에는 스키장이 자리하고 있다. 산타페에 사는 사람들에게는 아주 편리한 뒷산 스키장인 셈이다. 게다가 지역 주민에게만 주어지는 특별 할인 가격의 1년짜리 패스가 있어 언제든지 시간만 나면 스키장을 이용할 수 있다. 그 덕에 겨울이면 나도 일주일에 적어도 두어 번 정도는 스키장으로 올라가곤 했다.

아침부터 스키장을 향해 올라가다 보면, 그때마다 자주 보는 얼굴들이 있다. 갈 때마다 만나는 걸로 봐서 거의 매일 오는 게 아닌가 싶다. 스키장이 있는 곳에는 다 그렇듯이 그 동네에도 그런 아이들이 꽤 있는 편이다. 그런 아이들을 스키 범ski bum, 즉 '스키 놈팡이'라고 부른다. 비치에 가면 비치 범beach bum들이 있듯이 스키장에는 스키 범들이 있다. 시간제 아르바이트 같은 느슨한 일들을 하면서 겨울 내내 스키 타는 맛에 사는 이들이다.

스키장을 매일 오다시피 하는 스키 범들 중에는 스키를 아주 잘 타는 친구들이 많았다. 그러나 나처럼 평범하게 타면서도 삶의 즐거움을 이 날 하루의 목적으로 삼는 친구들도 꽤 많았다. 흰 눈이 두껍게 쌓인 산 속에서 찬바람 쌩쌩 맞아가며 달려 내려가는 게 왜 그렇게 신나는지! 그건 스키를 타본 사람이라면 누구나 공감할 것이다.

파란 하늘과 맞닿은 하얀 천상의 세계를 보고 있자면 복잡다단한 세상사는 금세 발아래로 사라져버린다. 산 중턱쯤에서 리프트를 갈아타고 더 높은 산봉우리를 향해 올라가다 보면 가슴이 확 트이고 정신이 맑아지는 것을 느낄 수 있다. 정상에 도착해서 멀리 백설의 세계를 내려다보면 그 아름다움에 취해 몸이 부르르 떨려온다. 우리가 사는 도시의 이야기는 이미 머릿속에서 바랜 지 오래이고, 어떤 상념도 존재하지 않는 완벽한 다른 세계 안에 들어와 있는 듯하다. 거기에 눈발이라도 날리면 내가 오늘 이곳에서 살아 숨 쉬고 있다는 사실만으로도 온몸이 환희에 떨고 있는 걸 느낄 수 있다.

천상의 환상적인 기분을 뒤로하고 이제는 미끄러지며 내려가는 일이 기다리고 있다. 신나는 일이다. 눈발을 헤치며 이리저리 돌기도 하고 나무 사이에 앉아 초콜릿을 까먹으며 눈 위를 뒹굴고, 까르르거리면서 웃고 놀기도 한다. 봉우리에서 골짜기로 또 골짜기에서 등성이로 돌아 달리다가 산 중턱쯤에 있는 카페로 들어가 몸을 덥히기도 한다. 스키를 발에서 떼어 눈 위에 푹 꽂아놓고 들어가면 안은 이미 다른 아이들로 웅성거리고 있다. 모두 다 행복하고 신나 보이는 표정이다. 따끈한 코코아 한 잔을 후후 불며 홀짝거리거나 바텐더가 만들어주는 뜨거운 깔루아(테킬라, 커피, 설탕을 주성분으로 만드는 커피 칵테일)를 한 잔 마시기도 한다. 설탕과 알코올에 기분도 몸도 말랑말랑해지는 것이 느껴진다. 다시 스키를 발에 달고는 하얗게 빛나는 정상을 향해 리프트를 타고 올라간다. 그러고는 다시 아래를 향해 힘차게 내달린다.

때로는 강한 바람에 얼굴이 거칠어지기도 하고 강렬한 태양빛에 새까맣게 그을기도 하지만 그건 별로 중요하지 않다. 내가 얼마나 재미있게 잘 놀았는지 보여주는 증거이기 때문에 그건 아무 문제도 안 된다.

스키장에 있는 동안은 모든 것을 잊고, 웃고, 떠들고, 눈밭에 뒹굴며 자유롭게 노는 것이 가장 중요한 일이다. 그리고 그 모든 걸 문제없이 재미있게 하기 위해서는 스키를 타면서 산을 내려갈 수 있어야 한다. 산을 올라가는 건 리프트의 몫이지만 내려가는 것은 각자의 몫이다.

어느 날 우리 동네 스키 범들끼리 세 시간 정도 떨어져 있는 콜로라도의 '울프 크릭Wolf Creek'이라는 스키장으로 주말 여행을 떠나기로 했다. 그 가운데는 뒷산 스키장에서 만나 친구가 된 또 다른 '반 놈팡이' 애드리언과 나도 끼어 있었다. 새벽 여섯시에 차로 출발하면 아침 아홉시에 첫 운행되는 리프트를 탈 수 있었다. 주위에 큰 공항이 없어 장거리 관광객이나 폼 잡으러 오는 시끄러운 사람들은 없고 그 대신 10대 후반에서 30대 초반의 젊은이들이 특히 많이 와서 어떤 스키상늘보다도 활기차고 자유분방했다. 물기 없는 밀가루 같은 파우더 스노powder snow가 쌓인데다 다른 곳에 비해 눈이 서너 배나 많이 내려 겨울 천국으로 불리는 곳이었다.

스키장 루트도 익힐 겸 몇 번 스키를 타고 내려오며 재미를 붙일 즈음, 애드리언이 높은 곳을 가리키며 같이 올라가지 않겠냐고 제안했다. 아득히 멀리 보이는 곳이었지만 웬만큼 어렵다 해도 애드리언이 함께 있으니 어떻게든 되지 않을까 하는 막연한 기대 속에서 큰 생각 없이 리프트를 탔다. 미지의 정상을 향해 서서히 올라가는 오픈 체어 리프트에 앉아 다크 초콜릿 하나를 입안으로 밀어 넣었다. 달달하게 혀 위로 녹아내리는 초콜릿 향내가 하늘을 향해 올라가는 묘한 기대감을 부풀려주었다.

리프트에서 뛰어내리니 산의 정상이었다. 사방이 발아래로 내려다보였고 구름 한 점 없는 짙푸른 하늘이 산과 맞닿아 있었다. 스키를 다시 조이고 고글을 조정하고 장갑의 벨트까지 조인 뒤 아래쪽을 내려다보았다. 그러고는 내려갈 만한 루트가 어디인지 찾아보았다. 그런데 의외로 문제가 심각해 보였다. 아래로 내려가는 길은 단지 두 길뿐이었다. 훤히 뚫려 있는 앞쪽 루트는 급경사로 이루어진, 초가지붕만한 커다란 모굴mogul(눈 언덕) 코스였고, 다른 한쪽은 빽빽하게 들어선 참나무 사이를 요리조리 빠져 나가야만 되는 난이도 높은 숲속 코스였다.

갑자기 가슴이 덜컹 내려앉았다. 양쪽 다 내 실력으로는 엄두도 내지 못할 난코스였다. 순간 발이 바닥에 얼어붙어 후들거리기 시작했다. 그렇다고 기권을 하고 주저앉을 수는 없었다. 어떻게 해서든지 이곳에서 내려가야 한다.

용기를 내어 뻥 뚫려 있는 모굴 코스 쪽을 먼저 내려다보았다. 모굴의 크기와 깊이가 어마어마했다. 이곳저곳에서 뱅뱅 나자빠지는 아이들이 태반이었다. 애드리언은 곧바로 참나무 숲 코스를 선택했다. 나도 다른 방법이 없었다. 애드리언의 뒤라도 따라가야지 살아남을 것 같았다. 어떻게든 도움을 받아서라도 타고 내려갈 수 있지 않을까 싶어 같은 곳을 선택한 것이다. 하지만 스키는 절대로 다른 사람이 데려가 줄 수 없는 스포츠이다. 무슨 수를 써서라도 혼자 힘으로 내려가야만 한다.

애드리언이 먼저 참나무 숲 사이를 요리조리 돌며 내려간 뒤 숲속 멀찍이서 내가 내려오길 기다렸다. 그러나 참나무들이 어찌나 빽빽하게 서 있는지 나는 아예 시작도 할 수 없었다. 참나무 사이사이는 다른 이들이 지나간 스키 자국으로 눈이 잘 다져져 있었지만 나는 꼼짝도 못하고 두려움에 얼어붙고 말았다.

멀리 나무 사이에서 애드리언이 내 이름을 부르며 손짓하고 있는 게 보였다.

"컴온! 내려와요! 할 수 있어!"

애드리언은 소리치고, 나는 개미 같은 목소리로 간신히 대답했다.

"노우! 안 돼…… 안 되겠어! 못하겠어!"

진짜 울음이라도 터져버릴 것 같았다. 나도 나름 스키장의 반 놈팡이는 되는데 자존심에 완전 먹칠이 되었다. 그것도 잘생긴 남자아이 앞에서 말이다.

기다리다 못한 애드리언이 걱정이 되었는지 보드를 떼어 손에 들고 나무 사이를 헉헉거리며 뛰어올라 왔다. 떨고 있는 나의 모습을 보더니 놀란 표정으로 괜찮으냐고 물었다. 기분에 취해 별 생각 없이 따라 올라왔는데, 두려움이 나를 짓눌러서 숨도 못 쉬겠다고, 그래서 한 발자국도 못 떼겠다고 간신히 말을 이었다. 정말 미안하지만 저 나무 사이를 빠져나갈 자신이 없다며 울먹이고 있는 나에게 애드리언은 오히려 생각 없이 나를 여기까지 데리고 온 자기가 미안하다며 사과를 했다. 그러고는 조심스레 말을 이었다.

"너는 지금 네가 부딪칠 나무들을 보고 있어. 너를 두렵게 하는 그것, 두려움 자체에 시선이 고정되어 있는 거지. 그러면 넌 그 나무를 들이받을 수밖에 없어. 너의 몸은 네가 보고 있는 곳을 향해 직진하게 되어 있거든. 그러나…… 다시 봐야 해. 나무를 보지 말고 나무 사이를 보란 말이야! 네가 부딪칠 곳을 보지 말고 가야 할 곳에 시선을 고정시켜. 그러면 자동으로 네 몸이 저 나무 사이를 빠져 달릴 수 있어. 무슨 말인지 알겠니?"

그러더니 슬쩍 한마디를 덧붙였다.

"우리가 하는 모든 일이 그렇듯이 말이야."

아, 바로 그거다! 나는 나무들만 바라보며 서 있었고, 그건 내가 피해가야 할 두려움의 대상이었다. 두려움의 대상인 나무를 바라볼 것이 아니라 나무와 나무 사이, 즉 내가 갈 곳을 봐야 옳았다. 정확하게 맞는 이론이었다.

그런데 그 간단한 이론이 나에게는 익숙하지 않은 사고방식이었다. 그동안 나는 먼저 피해가야 할 것이 무엇인지를 살피고 오히려 그것에 집중하며 살아왔던 것이다. 그것이 바로 나에게 뿌리박힌 습성이었다. 무언가가 나타날 때마다 이리 피하고 저리 피하며 살아온 나의 모습이 선명하게 드러났다. 나는 습관처럼 피해야 할 나무들을 보고 있었고, 그러자 굳건히 서 있는 나무들은 두려움의 대상으로 점점 더 크게 확대되어 보였던 것이다.

그날은 끝내…… 그 참나무 숲을 통과해 내려오지 못했다. 결국 스키를 벗어 짊어진 채 걸어서 내려오는 쓸쓸함을 맛보고 말았지만, 눈 덮인 하얀 참나무 숲속에서 애드리언이 던진 그 지혜의 말은 지금도 내 삶의 지침이 되고 있다.

우리는 얼마나 많은 시간을 자신의 두려움을 바라보며 살고 있는가? 그 두려움을 없애고 처리하기 위해서 또 얼마나 많은 시간과 에너지를 사용하는가? 게다가 아직 나타나지도 않은 두려움까지 예상해 가며 피해가려니 그게 쉬울 리 없다. 삶이 이유 없이 바쁘고 숨차고 힘들 수밖에 없는 까닭이다.

어느 쪽을 바라보느냐 그리고 어떤 선택을 하느냐 하는 것도 연습이 필요하다. 처음부터 잘되지는 않지만 마음을 정하고 연습하듯 시도를 해보면 된다. 분명한 건, 한 번 연습을 하면 한 번 연습한 만큼 더 잘하게 된다는 것이다. 그렇게 반복하다 보면 설령 난코스를 만나더라도 행복한 마음으로 하루하루를 미끄러지듯 살아가게 될 것이다. 마치 스키를 타고 높은 산에서 신나게 내려오듯이.

뉴욕 쥐, 서울 고양이

뉴욕에는 쥐가 많다. 파리에서도 쥐 때문에 골치를 앓는다. 서울에는 쥐가 없다. 항상 없었던 건 아니다. 한때는 쥐가 엄청나게 많아서 범국민적으로 쥐잡기 운동을 했었다. 그러나 지금은 놀랄 정도로 쥐가 없다. 그 대신 길 고양이가 많다.

쥐와 고양이는 상극이다. 그러다 보니 고양이가 있는 곳에는 쥐가 없고, 고양이가 없는 곳에 쥐가 많다. 그래서 고양이와 인간은 서로의 필요에 의해 끊으려 해도 끊을 수 없는 관계에 있다.

내가 살았던 하와이의 마우이 섬에서도 그랬다. 겨울이 없는 그곳의 산천은 들쥐들의 천국이다. 그래서 집집마다 서너 마리의 고양이를 기른다. 집에서 기르는 고양이들은 배가 고프지 않지만 그래도 본능적으로 쥐를 쫓는다. 마우이 섬 숲속에 위치한 우리 집에서 고양이들이 밖에 나가 노는 걸 지켜보면 낮에는 적당한 풀숲에서 낮잠을 자다가 아침저녁으론 쥐를 쫓아다닌다. 배가 불러도 그렇다. 취미 생활이 쥐 쫓기인 셈이다. 그들은 자기의 취미 생활을 매일같이 즐긴다.

간혹 죽지 않은 새끼 쥐를 집 안으로 물고 들어와 바닥에 놓아주고 구석구석 쫓아다니는 취미 생활을 실내에서도 이어간다. 기가 질린 채 옷장 뒤에 숨어 있는 어린 쥐를 잡아 수건으로 싸서 받쳐 들고는 고양이에게 다시는 이러지 말라고 타이른 뒤 멀리 가서 놓아준 적도 여러 번 있다. 어쩌면 숲속 생활을 하는 데 피할 수 없는 부분일 것이다.

뉴욕의 쥐 문제는 생각보다 심각하다. 맨해튼 중심가의 미드 타운에서 지하철을 기다리다 보면 철로 주변으로 엄청난 크기의 쥐들이 과감하게 뛰어다닌다. 그곳은 위험하기 때문에 사람이 발을 들여놓을 수 없는 곳이다. 그래서 쥐들이 살기에는 천국인 셈이다. 기차가 들어와 있지 않으면 완전히 그들 세상이다. 선로 위를 마구 뛰어다니며 사람들이 흘린 음식 부스러기를 주워간다.

처음에는 무섭고 끔찍하다고 생각했다. 그렇게 생각하는 데는 우리가 어렸을 때부터 쥐는 악마의 사제쯤 되는 악한 존재라고 교육받아 생긴 관념의 영향도 크다. 쥐는 분명 자신을 그렇게 생각하지 않을 것이다. 잘 지켜보면 쥐도 그리 무서운 존재는 아니다. 얼굴도 귀엽고 깜찍하다. 우리에게 일부러 달려들어 해치려 하지도 않는다. 오히려 거리를 두고, 가능하면 우리와 맞부딪치지 않으려고 한다. 다만 우리가 사는 곳에는 늘 그들이 먹을 만한 것이 있고, 그들은 그것을 얻기 위해 위험을 무릅쓰고 우리 주변을 맴도는 것뿐이다.

우리에게 전염병을 옮기기 위해서 쥐가 우리에게 일부러 접근하는 것도 아니고, 우리가 미워서 어찌해 보려고 날뛰는 것도 아니다. 그냥 공존하는 관계일 뿐 다른 의미는 없다. 그들은 그들의 생존을 위해 열심히 일하고, 우리는 우리의 생존을 위해 노력할 뿐이다. 그 사이에서 서로 엇갈리는 운명적 요소가 있을 뿐 특별히 다른 건 없다. 그저 주변을 깨끗이 정리하고 쓰레기를 잘 처리하고 하는 정도가 우리가 할 수 있는 일이다. 그리고 거기에 고양이가 존재한다. 고양이는 사람과 쥐 사이에서 또 다른 존재로 공존한다.

서울은 길고양이가 많다. 아직 동물법이 미비한 점이 많다 보니 다른 나라들처럼 중성화 시스템이 확고히 자리 잡지 못한 탓이다. 그 때문에 서울의 쥐는 뒤로 숨어버렸고, 그 대신 안쓰러운 길고양이들이 골목마다 많이 돌아다닌다. 고양이에 대한 의식이 변하면서 이들을 돌보는 사람들이 많이 늘고 있지만, 아직도 일부 사람들은 길고양이를 쥐 정도로 생각하는 듯하다.

뉴욕이나 파리에서는 생각도 할 수 없는 일이다. 뉴욕이나 파리뿐만 아니라 전 세계 사람들은 고양이와 사랑에 빠져 있다. 고양이가 고통받는 일을 두고 보지 않는다. 어떻게 해서든 고양이를 돌보고, 그들이 고통 없이 살아갈 수 있는 방편을 마련하려 애쓴다. 그뿐 아니다. 고대 이집트에서는 고양이를 숭배하고 신성시했다. 사후엔 미라로 만들어 보존하기도 했으며, 고양이를 죽인 사람은 사형에 처했다.

고양이는 지구상에서 가장 성공적으로 번식중인 동물 가운데 하나로 알려져 있다. 그 이유는 단연 고양이가 사람들이 사랑할 수밖에 없는 특별함을 지니고 있기 때문이다. 물론 주변의 쥐를 정리해 주는 것도 있지만, 고양이는 인간이 갖고 있지 않은 예민한 감각과 탁월한 신체적 활동 능력을 가지고 있다. 그리고 영민하다. 그 모습도 아름답다. 그러나 철저하게 개인주의적이기도 하다. 그럼에도 사랑을 표현할 때에는 여느 동물과 다른 특별한 방법으로 사람들 마음을 녹아내리게 한다.

모든 동물들이 그렇듯이 고양이의 내면에는 미움이나 복수라는 감정이 존재하지 않는다. 그 대신 곱고 섬세한 사랑의 감정을 소유하고 있으며 그걸 온몸으로 표현한다. 자신이 원하지 않는 상황이나 위험에 처했다 싶으면 자신의 방어를 위해 반격하지만, 그렇지 않은 경우에는 절대로 먼저 공격하지 않는다. 은혜를 입었을 때에는 감사를 표현하고, 자신의 행복감을 주저 없이 드러낸다. 그런가 하면 의외로 외로움을 많이 타기도 한다.

그 외에도 고양이의 특별한 점이라면 '지금 이곳'이라는 개념으로 설명되는 '순간'에 철저하게 깨어 있다는 것이다. 정원에서 고양이가 편히 쉬고 있는 것을 보면 우리도 마음이 여유로워지고, 묘하게 주변이 평화로운 분위기로 변한다.

뉴욕이나 파리와 같은 도시에서는 길고양이 관리가 철저하다. 길고양이는 물론 집고양이도 거의 모두 중성화 수술을 시행한다. 그건 새끼를 많이 낳는 고양이의 개체 수를 조정하는 것뿐 아니라 고양이 삶의 질을 높이기 위한 것이기도 하다. 삶이 훨씬 편안해지고 여유로워지며, 따라서 성격도 유순하고 우아해진다. 그래서 이런 시스템으로 운영되는 뉴욕에서는 길고양이를 보기가 어렵다. 그 대신에 쥐가 많다. 길고양이가 거리에 없으니 쥐가 그만큼 늘어난 것이다. 자연적인 현상이다.

뉴욕에서 쥐가 많은 곳은 단지 지하철 선로 밑이나 좁은 골목뿐만이 아니다. 부자 동네나 가난한 동네를 막론하고 사람들이 사는 곳에는 쥐가 수시로 들락거리며 사람들과 동거를 한다. 아침에 일어나 보면 부엌에 쥐가 돌아다닌 흔적이 보이기도 하고, 밤중에 가끔 마주치는 경우도 있다. 건물 안의 벽 사이에 집을 짓고는 밤마다 먹이를 구하러 나오기 때문이다. 그래서 뉴욕 맨해튼 시민들은 늘 쥐와 전쟁을 치른다.

내가 살았던 맨해튼의 아파트는 자연사박물관 주변에 있는 5층짜리 코압co-op 아파트였다. '코압'이란 건물의 일정 지분을 매입하여 해당 호수에 거주할 수 있는 권리를 소유하는 형태인데, 내가 살던 곳은 100여 년 전 돌로 지어진 운치 있는 작은 빌딩으로 입주자들이 개성 있게 아파트로 개조해서 살고 있었다.

흰색으로 단장한 옛 모습 그대로의 빌딩이었지만 건물의 반 이상이 등나무 넝쿨로 가려져 있는 이 예쁜 코압 빌딩 안에도 예외 없이 쥐들이 나타났다. 그래서 쥐를 관리해 주는 업체가 한 달에 한 번씩 정기적으로 방문을 했다. 이런 업체의 서비스는 우리 빌딩뿐만 아니라 거의 모든 뉴욕의 옛 건물들이 이용을 했다.

그러나 나의 경우엔 가능하면 그들을 집 안에 들이지 않았다. 그들의 방법이란 게 뻔했기 때문이다. 독약을 놓거나 끈끈이를 놓는 것이다. 독약을 놓으면 죽은 쥐를 찾아내야 하고, 끈끈이를 놓으면 고통받으며 서서히 죽어가는 산 쥐를 보게 된다. 양쪽이 다 잔인하기는 마찬가지였다. 쥐약을 놓지 않으면 일단은 쥐가 발견되지 않는다. 아침이 되기 전에 쥐들이 다 숨어버리기 때문이다. 밖에 음식물을 놓아두지 않고 깨끗이 정리하면 문제는 없었다. 쥐 관리 업체가 다녀간 다음날 쥐를 수거하는 것은 우리의 몫이었다. 이런 관리를 받지 않으려면 어느 정도 쥐와의 동거를 감수해야 했다.

그러던 어느 날 쥐와 마주치는 불상사가 일어났다. 관리업체가 다녀간 다음날인 일요일 오전에 집 안에서 나와 빌딩 현관쪽으로 걸어 나가려는데 어디선가 쥐의 신음소리 같은 것이 들려왔다. 소리 나는 쪽으로 조심스레 다가가 보았다. 위층으로 올라가는 나무 계단 아래 어두운 구석에서 나는 소리였다. 무릎을 꿇고 자세히 들여다보니 아주 작은 꼬마 쥐 한 녀석이 끈끈이에 붙어 있었다. 녀석은 잔뜩 겁에 질려 있었고, 왼쪽 앞뒤 두 발이 끈끈이에 붙어 움직이지 못하고 있었다.

나는 혼자서 쥐를 꺼내줄 엄두가 나질 않았다. 쥐에 대한 상식이 전혀 없는지라 덥석 다가가기가 겁이 났다. 옆집의 스티븐을 불렀다. 그러고는 작은 손 타월을 이용해서 꼬마 쥐를 구석 자리에서 꺼냈다. 상황이 썩 좋아 보이지 않았다. 녀석은 거기에서 빠져나가려 밤새 애를 쓴 모양이었다. 이미 탈진한 상태로 고통스러워하고 있었다. 가만히 들여다보니 몸통에 붙은 끈끈이는 대충 떼어낼 수 있을 것 같은데, 문제는 꼬마 쥐의 실오라기 같은 발가락들이었다. 끈끈이에 발가락들이 딱 달라붙어 있었다. 특히 끈끈이 한가운데를 밟은 앞발이 문제였다.

우리는 좀 더 밝은 곳에서 보기 위해 꼬마 쥐를 들고 밖으로 나왔다. 인도와 연결된 계단 앞 등나무 넝쿨 아래 자리를 잡은 스티븐과 나는 끈끈이에 달라붙은 꼬마 쥐를 하얀 수건으로 받쳐서 무릎에 올려놓았다. 녀석이 겁에 질려 벌벌 떠는 게 손끝으로 느껴졌다. 스티븐이 분리 수술에 들어가고, 나는 집 안을 오가며 필요한 도구들을 나르기 시작했다. 옷핀이며 바늘, 족집게, 가위, 알코올, 거기에 탈진한 녀석에게 수분을 공급하기 위한 스포이트까지. 꼬마 쥐를 살리는 데 우리 두 사람의 의식이 총집중되었다.

스티븐은 몸통의 털을 끈끈이에서 떼어낸 뒤 먼저 뒷발부터 분리하기 시작했다. 스티븐이 잠시 쉬는 동안 내가 족집게로 조금 시도를 해보았으나, 끈끈이라는 게 쉽게 떨어질 수 있게 된 물질이 아니었다. 좀체 분리가 되지 않았다. 실오라기 같은 발가락을 조금이라도 다치지 않게 하려니 고도의 집중력이 필요했다.

그때 마침 지나가던 누군가가 들여다보며 말을 걸어왔다.

"무슨 일이에요?"

아침에 커피숍에 다녀오던 동네 사람인 듯 보였다.

"이 아기 쥐가 어젯밤 끈끈이에 붙었답니다. 그런데 좀처럼 떼어지지가 않네요. 아이가 탈진을 했어요."

그 말에 남자가 자세히 들여다보더니, "너무 고통을 받고 있군요. 무서워서 벌벌 떨고 있어요. 제가 한번 해볼게요" 하면서 계단 위로 내려앉았다.

우리는 흰 타월 위의 꼬마 쥐를 그의 무릎 위로 넘겼다. 세 사람이 초집중을 하며 꼬마 쥐의 뒷발 분리 작업에 들어갔다. 그야말로 한 올 한 올 떼어내지 않으면 안 되었다. 그러지 않으면 발가락을 부러뜨릴 수 있었다. 녀석이 기운을 잃기 전에 해내야만 했다.

그때 또 지나가던 다른 사람이 고개를 들이밀고 참견하기 시작했다. 결국 자기도 해보겠다며 나섰고, 얼마 되지 않아 또 다른 사람이 합세했다. 모두들 느닷없이 쥐 박사라도 된 듯 자신이 알고 있는 쥐에 대한 지식들을 늘어놓으며 끈끈이 분리 작업에 열정을 보였다.

얼마 가지 않아 대여섯 명쯤 되는 사람들이 아기 쥐의 발가락 분리 작업에 함께하고 있었다. 다행히 뒷발을 성공적으로 분리한 우리는 문제의 왼쪽 앞발 분리 작업에 들어갔다. 우리가 머리를 맞대고 한 가지 일에 집중을 하고 있는 것을 본 몇 사람이 더 주변에 모여들어 의견을 내고 힘을 보탰다. 응원단까지 생긴 셈이었다. 그래도 어쨌든 분리 수술 자체는 한 사람만 할 수 있는 일이었다. 그야말로 실오라기 같은 발가락이었다. 모두들 애처로운 눈으로 가슴을 졸이며 응원했다.

앞발의 발가락 하나만 가지고 족히 한 시간은 지났을 것이다. 너무 가늘어 손을 대기가 쉽지 않아서였다. 아주 작은 실수도 허용되지 않았다. 손을 댔다 떼며 아주 조금만 진전이 있어도 모두들 한숨을 돌렸고, 실수라도 할라 치면 "오, 노우!" 하며 함께 안타까워했다. 그러다가 완전하지는 않지만 끈끈이 종이가 발에서 떨어져나갔을 때에는 "예이!" 하고 함께 환호성을 질렀다. 모두가 한 마음으로 기뻐했다. 나는 기진맥진한 꼬마 녀석을 흰 타월로 감싸서 두 손 안에 넣었다. 그리고 길 건너 센트럴파크를 향해 뛰기 시작했다.

"여러분, 고마워요!"

흡족하게 웃고 서 있는 이웃들에게 뒤돌아보며 소리쳤다. 그러고는 단번에 공원의 80가 웨스트 입구를 지나 내가 알고 있는 호젓한 호숫가를 향해 달렸다.

"아가야, 조금만 참아라. 거의 다 왔단다. 곧 흙냄새를 맡게 될 거야. 조금만 더 견뎌줘. 거긴 고양이도 없고 사람도 없는 곳이란다."

뉴욕의 센트럴파크 공원 중심부에는 사람 손이 전혀 닿지 않는 곳들이 있다. 늘 그곳을 지나다니며 신기하다고 생각하곤 했었다. 한쪽은 호수로 연결되어 있지만 호수 옆을 지나가는 한적한 오솔길이 있을 뿐, 그 반대쪽 끝자락이 작은 절벽으로 둘러싸인 곳까지는 길조차 나 있지 않았다. 그래서 길을 만들어가며 들어가야 하는 그런 곳이었다. 그곳으로 들어가야 했다. 그곳이 꼬마 쥐에게 가장 안전한 것 같았다. 절벽 아래쪽의 숲이 큰 새의 접근을 막아줄 것도 같았고, 일단 회복할 때까지 숨어 있을 만한 요지가 바로 그곳일 것 같았다.

얼마 안 가서 사람들의 눈이 닿지 않는 절벽 끝자락을 찾아냈다. 옆으로 축축하게 고인 물도 있고 주변에 벌레들도 꽤 많이 오가는 곳이었다. 꼬마 쥐를 그곳에 살포시 내려놓았다. 꼬마 쥐는 움직일 기력조차 잃은 듯 움직이려다 곧바로 비틀거리며 누워버렸다. 어미도 없이 여기서 혼자 살아남아야 한다는 게 얼마나 안타까운 일인지 미안한 마음이 들었다.

"아가야, 미안해. 우리가 너를 이렇게 만들었구나. 그래도 힘을 잃지 말고 씩씩하게 다시 살아줘. 너를 살리려고 노력한 동네 사람들의 마음도 잊지 말고. 미안해, 정말. 그리고 사랑해……"

내가 할 수 있는 일은 더 이상 없었다. 하늘에 맡겨야 했다.

그 아이의 회복을 빌며 서서히 돌아서는 발걸음이 더없이 무거웠다. 걸어 나오면서 돌아보고 또 돌아보았다.

며칠 후 다시 찾아가 그 자리를 내려다보았다. 꼬마 쥐는 눈에 보이지 않았다. 그래도 혹시 어딘가 숨어서 나를 보고 있지나 않을까 하는 마음에 마치 실성한 사람처럼 혼자서 중얼거렸다.

"아가야, 잘 있지? 사람들 눈에 다시는 띄지 말고 잘 지내. 아무 눈에도 띄지 마, 알았지? 밤에는 요 아래 호숫가로 놀러 가는 것도 잊지 말고. 잘 있어!"

나는 그렇게 꼬마 쥐와 영원히 작별을 했다.

그리고 그 꼬마 쥐를 구하는 데 적극적이었던 이웃 사람들을 생각했다. 난 평소에 뉴욕 사람들을 썩 좋아하는 편이 아니었다. 다른 도시 사람들에 비해 말과 행동이 거칠고 자기 일만 알며 무엇보다 돈만 중요하게 여기는 차가운 사람들 같았다. 그러나 그렇지 않다는 생각을 처음으로 하게 되었다. 그 아기 쥐 한마리를 두고 모두가 애처로워했고 함께 나서서 도왔다. 역시 사람은 경솔하게 겉모습만 보고 평가할 일이 아니라는 것을 새삼깨우쳤다. 그것은 뉴욕 사람이든 서울 사람이든 파리 사람이든 마찬가지이다.

사람의 본심은 사랑이다. 상황 때문에 그것이 항상 표현되지는 않을지라도 인간의 참모습은 선하고 아름답다. 인간이 사랑을 하는 존재라는 말이 아니라 인간 본래의 모습이 사랑이라는 말이다. 인간이 본래의 모습만 지키고 살아간다면 따로 사랑을 주고받으려 노력할 필요조차 없다. 인간의 원래 모습이 빛과 사랑 그 자체이기 때문이다.

서울에서 지금 내가 지내고 있는 동네에는 길고양이가 밥과 물을 먹을 수 있는 작은 장소가 마련되어 있다. 누구든지 마음먹으면 먹이를 그곳에 가져다놓을 수 있다. 가끔 나도 내가 키우는 프린세스 데이지의 먹이를 덜어다가 그곳에 놓아준다. 원래 길고양이였던 프린세스 데이지는 밤에 마실 나가는 걸 무척 좋아한다. 날씨가 좋은 날은 새벽까지 마실을 다니기도 한다. 그때마다 그곳에 있는 물과 먹이를 먹는 것 같다. 얼굴을 본 적은 없지만 이웃의 누군가가 혹은 모두가 그 일에 동참하고 있다는 생각을 할 때마다 그걸 마련해 놓은 사람들의 따뜻한 마음이 훈훈하게 내 가슴 안으로 밀려들어 온다.

한 생명을 귀하게 여기고 아무 대가 없이 그 생명을 위해 자신의 사랑을 실천할 때 마음이 행복해지는 것은 뉴욕 사람이든 파리 사람이든 서울 사람이든 크게 다르지 않다. 그것이 크고 위대한 일이 아니라 작고 사소한 행위이지만, 그 작은 사랑의 표현으로 마음이 행복해지는 것은 누구나 마찬가지인 것이다.

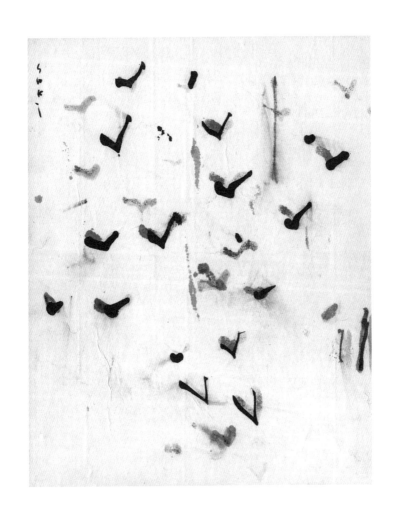

날기 위해 날다

날기 위해 날다

간혹 요가 강의가 끝난 뒤 사람들이 내게 와서 묻는다. "제가 이 땅에 뭘 하려고 온 걸까요?" "세상에 태어난 이유가 뭘까요?" "삶의 궁극적인 목표는 뭐라 생각하세요?"

그럴 때 은근히 우스갯소리로 이렇게 되묻는다. "아…… 맛있는 거 먹고, 좋은 차 타고, 좋은 회사 다니면서 돈 많이 벌고, 여행 가고, 요가나 명상 가끔 하고 사는 거, 그런 거 말고요?"

사실 이런 질문은 삶에 대한 근본적인 질문이다. 한마디로 정의 내려 누군가가 답해줄 수 있는 성질의 것도 아니고, 점심 먹으며 건성으로 주고받을 만한 대화거리도 아니다. 설령 누군가를 통해 답을 듣는다 해도 자신의 것으로 바로 받아들여지지도 않을 것이다. 이건 지식으로 알 수 있는 상식이 아니기 때문이다. 이는 자신이 끊임없이 스스로에게 묻고 대답을 찾아야 할 삶에 대한 근본적인 질문이다. 그래서 요가와 명상을 배우고 자기 안을 들여다보는 연습도 하는 게 아닌가? 차분히 앉아서 자기 내면을 들여다보며 스스로가 만나야 할 답들이다. 그런데도 강의가 끝나면 바로 돌아서서 다시 물어온다. 명상은 힘드니까 답을 먼저 가르쳐달라는 얘기다.

본인의 체험 속에 있지 않은 것은 백 번 대답을 들어도 소용이 없다. 그게 지식과 지혜의 차이이다. 지혜는 듣고 기억해서 아는 것이 아니다. 지혜는 알아차리고 연습하는 과정에서 때가 되어 스스로 떠오르는 것이고, 몸 전체가 잊지 않고 기억하는 것이다. 남의 지혜를 빌려서 아무리 내 것인 척해도 그건 내 것이 되지 않는다. 남의 지혜가 내 것이란 생각이나 책 한 권을 읽어서 그것을 나의 지혜라 생각한다면 그건 착각이다. 내 것이 아닌 지혜는 몸에 새겨진 반응 메커니즘이나 습관을 뛰어넘지 못한다.

과연 우리가 무언가를 '하기 위해서' 태어났을까? 삶의 진리를 아직 이해하지 못했을 때는 미리 정해진 나의 행로가 있는 것이 아닐까 하는 질문을 하게 된다. 그런데 생각해 보자. 나는 배우를 하려고 태어났을까? 화가가 되려고 태어났을까? 그렇다면 지금 이 생에 와 있는 다른 사람들은 어떤가? 어떤 사람은 교수가 되기 위해, 동네 사거리를 지키는 교통경찰이 되기 위해 이 세상에 왔을까? 혹은 군인이 되기 위해? 과학자가 필요해서 그 임무를 수행하려고? 시장에서 장사를 하기 위해 태어나고 기업을 운영하기 위해 태어났을까? 그렇다면 무조건 놀고먹는 배짱이과에 속하는 사람은 어떨까?

우리가 무슨 일인가를 운명적으로 하기 위해 이곳에 태어났다고 하면, 거기엔 무언가 편치 않은 결론이 기다리고 있다. 선택의 여지도 없고 자유도 없다. 인간이 가지고 있는 다른 모든 가능성이 그대로 사라져버린다. 그냥 대충 생각을 해봐도 그렇다. 태어났으니까, 살다 보니까, 살기 위해서 무슨 일을 하게 되는 것이지, 운명적으로 그 일을 하기 위해서 태어났다면 그건 기운 빠지는 결론일 수밖에 없다.

1970년에 처음 출간된 리처드 바크Richard Bach의 책《갈매기의 꿈Jonathan Livingston Seagull》은 인간의 삶을 갈매기의 삶에 빗대어 쓴 소설이다. 시대를 뛰어넘어 모든 이들이 공감하는 클래식 베스트셀러가 된 이 책은 바닷가에서 무리 지어 살고 있는 갈매기 떼의 일원인 '조나단 리빙스턴'에 관한 이야기이다. 해변의 쓰레기더미에 달려들어 게걸스레 먹어대는 갈매기들과 함께 살고 있던 조나단은 평소처럼 먹이를 찾아 헤매고 또 먹는 즐거움을 위해 소리 지르며 날다가 갑자기 의식적인conscious 생각을 하게 된다.

'이게 뭐지? 왜 다들 미친 듯이 이러고 있는 거지?'

한 순간에 의식이 깨어난 조나단은 날갯짓을 바꾸어 조금씩 위로 떠오르며 아래를 내려다보기 시작한다.

'모든 갈매기들이 저렇게 사는구나. 우리의 날개는 먹이를 찾기 위해 이곳저곳 이동하는 도구였구나.'

먹이를 찾기 위해서 수없이 날갯짓을 하고 있는 자신과 무리, 그리고 먹잇감을 보면 배가 부르다는 자각보다 더 빨리 먹으려고 달려드는 자신들의 모습을 문득 깨닫게 된 것이다. 갑자기 깨어난 의식으로 이질감을 느낀 조나단은 무리를 멀리하고 점점 더 높이 날아오르기 시작한다. 그리고 어느 순간 조나단은

'날기 위해서 나는' 방법을 터득하게 된다. 먹고살기 위해서만 날개가 있는 것이 아니라 높은 공중에서 공기를 가르고 바람을 타는 멋진 일을 할 수도 있다는 사실을 안 것이다.

한 순간의 깨달음으로 조나단은 먹이만 좇던 갈매기에서 '날기 위해 날고 살기 위해 사는' 갈매기로 의식이 전환된다. 이것은 분명히 의식의 변화이다. 잘 먹고 잘사는 것이 우리 삶의 전부가 아니라는 것, 삶의 또 다른 무언가가 있을 수 있다는 것을 알아차리는 데 결정적인 계기가 되는 것이 바로 이 '의식의 변화'이다.

대부분의 사람들도 이렇게 정신없이 먹이만 좇는 갈매기들처럼 살아간다. 이미 차지한 먹잇감은 배가 불러도 멈추지 않고 흡입하듯 먹어치우며, 먹고 있으면서도 또 다른 먹잇감을 찾는다. 새로운 먹잇감이 있는 곳으로 쉬지 않고 이동한다. 여기엔 다음 먹을 것이 언제 나타날지 모른다는 절박함과 두려움이 스며 있다.

그런데 어느 한 순간 이런 삶에서 깨어나는 사람들이 있다. '가만, 내가 지금 뭐하고 있는 거지? 이런 것이 삶의 목적은 아니지 않은가? 이게 다일 수는 없어.' 게걸스럽게 먹어치우기만 하던 데서, 자신이 부여받은 이 몸의 더 큰 가능성과 삶이 제공하는 무한한 아름다움을 발견하는 순간 의식의 변화가 불꽃 튀듯 일어나는 것이다. 의식이 변화하면 다른 변화들도 함께 일어난다. 삶이 이유 없이 행복해지고, 필요한 물건들이 줄어들며, 중요하다고 생각했던 일들의 우선순위가 달라진다. 선택과 결정이 의식적으로 변하기 시작하고, 사람이나 동물을 대하는 태도와 말투가 달라지며, 세상을 보는 눈이 달라진다.

갑자기 태도가 변하면 주변에 있는 사람들이 불편한 기색을 보인다. 가족들까지 나서서 핀잔을 주기도 한다. 그러나 가족과 사회의 만류와 비난에도 불구하고, 마침내 생존이 아니라 날기 위해 나는 조나단처럼 '살기 위해 사는' 쪽을 선택하는 사람들이 늘고 있다.

날기 위해 난다는 것, 그것은 바람을 탄다는 것이다. 사람의 경우에는 '삶을 타는' 것이라고 표현할 수 있을 것이다. 밀려오는 파도에 휩쓸려 허우적거리다가 어느 순간 파도를 타는 방법을 배우는 것과 같다. 지금 살아있다는 것 자체가 기적임을 알아차리는 순간, 그 '삶' 자체를 위해 살기 시작하는 것이다. 그건 분명 살아있음을 축하하는 축제이자 의례이다. 자연스럽게 마음이 변하고, 먹는다는 것에 대한 생각과 먹는 행위도 따라서 변한다. 삶을 타기 위해, 그리고 그 기적의 체험을 위해 적당한 것을 필요한 만큼만 섭취하는 지혜도 어느 틈에 생긴다.

아메리칸 인디언들에게 까마귀는 성스러운 동물이다. 기운이 좋은 날 저녁이면 까마귀가 하늘을 향해 떠오른다는 말이 있다. 그 광경을 직접 본다면 그게 무슨 말인지 금방 이해할 수 있다.

어느 보름날, 나바호 인디언 보호 구역 안에 있는 사막의 광야에서 에코 캠핑을 한 적이 있다. 지평선까지 펼쳐진 광야에 붉은색 샌드스톤 절벽들이 하늘을 향해 높게 뻗어 있는 곳이다. 그 붉은 광야에서는 보름날이 되면 서쪽 지평선으로는 해가 떨어지면서 동시에 동쪽 지평선에는 달이 뜨는 신비한 현상이 벌어진다. 반구의 투명한 하늘이 머리 위로 끝 모를 천장이 되고, 동서의 양쪽 지평선 위로 둥그런 금빛 해와 은빛 보름달이 한꺼번에 떠 있는 현상이다. 우리나라와 같이 산이 많은 곳에서는 이런 모습을 보기 쉽지 않지만, 그곳에선 보름날마다 일어나는 초현실적인 광경이다.

그때는 광야 위로 투명하게 펼쳐진 반구의 맑은 하늘이 온통 붉은 황금 빛깔이 된다. 거대한 유리 구슬 같은 반구 안에서 땅에 등을 대고 누워 있으면, 지평선의 반대편에 떠 있는 둥그런 해와 달이 서로 빛을 반사하면서 그 안에 있는 모든 존재들을 한꺼번에 다른 차원의 현상 세계로 초대한다. 땅거미가 내리려 하는 석양인데도 대기는 투명하고 환해진다. 그리고 그 안에서 붕 뜨는 듯한 기분을 느끼는 것은 나뿐만이 아니다. 사람이 많은 곳은 아니지만 그나마 주변에 있던 사람들은 모두 하던 일을 멈추고 말없이 숙연해진다. 대기의 압도적인 현상이 모두의 말과 행동을 지워버리는 신비한 체험의 시간이다.

이때 까마귀들이 날아오른다. 그것도 떼를 지어 날아오른다. 무엇을 구하기 위해서 어딘가로 가는 것이 아니다. 그냥 떠오르고 날아오른다. 그러고는 그 신비한 공중을 오직 날기 위해서 난다.

우리는 대부분 먹을 것을 얻기 위해 일을 하고, 더 잘살기 위해 머리를 쓰고, 원하는 것을 갖기 위해 남들을 뒤좇아 가지만, 이때 이곳의 까마귀들은 오로지 날기 위해서만 떠오른다. 바람이 불지 않지만 까마귀들은 기류를 타고 공중을 오르내린다. 기류를 타고 있기 때문에 날갯짓을 하지 않아도 유유히 날 수 있다.

나도 붉은 땅 위에 누워서 그들과 함께 난다. 까마귀들의 영험한 날갯짓 위에 나의 모든 것을 내맡기고 함께 날아오른다. 그들이 까악까악 소리를 낸다. 원시적인 적막함을 가르면서 그들의 소리 또한 지평선을 타고 날아오른다. 나도 그들의 소리에 몸을 맡기고 지평선 뒤편까지 날아오른다.

까마귀들은 평소보다 높은 곳에 있었고, 날기 위해 애써 날갯짓을 하지도 않았다. 둥글게 떠 있는 해와 달의 빛을 한 몸에 받으며 순수 기류를 타고 나는 순간, 저절로 무아지경 그 자체가 되어 오로지 그 순간의 황홀함만을 위해 나는 듯했다.

조나단 리빙스턴 갈매기도 어느 순간 그걸 터득하게 된 것일 게다. 날기 위해 나는 그 무아無我의 경지, 그것은 조나단이나 붉은 사막의 까마귀들에게만 가능한 일은 아니다. 나 또한, 우리 또한 그렇게 삶이라는 기류를 타고 날 수 있다. '내'가 무언가를 해야 한다는 마음을 내려놓고, 흐르는 기류를 타기만 하면 된다. 먹이를 찾는 일을 멈추고 높이 날아올라 삶의 기류에 몸을 맡기면 된다.

그동안 먹고살기 위해 아니면 성공하기 위해 진전긍긍하던 사람이라면 더없이 황당한 착안이라 생각할지 모른다. 그러나 맑은 보름날 저녁에 등을 땅에 대고 아무 일 없다는 듯 하늘을 향해 편안히 누울 수 있다면 다른 사실이 보이기 시작할 것이다. 숨 쉬며 살아있는 나를 있는 그대로 바라볼 수만 있어도 다른 차원의 현상을 조금씩 느끼게 된다. 굳게 믿고 있는 나의 자아가 바로 그 다른 현상 세계의 체험을 가로막고 있음을 알게 된다. 움켜잡고 있는 손을 놓듯 굳은 자아를 내려놓기만 하면 그대로 삶의 기류를 탈 수 있다는 것을 알아차리게 된다.

그건 사실 정말 간단한 행위이다. 너무 간단해서 설마하고 믿지 않을지 모르지만, 진리는 그렇게 간단하다. 누구나가 할 수 있는 일이다.

태어난 이유가 무엇일까? 혹은 무엇을 하기 위해서 사는 것일까? 이렇게 궁극적인 질문에 사로잡혀 있는 동안에도 시간은 멈추지 않고 우리 앞을 유유히 흘러가고 있다. 내가 알아차리든 아니든 시간과 현상은 나를 기다려주지 않는다. 내가 할 수 있는 일은 그 사실을 바로 알아차리고 이 순간에 깨어나는 것이다. 이 순간 살아있음이 기적적인 현상임을 알아차리는 것이 우선이다.

그러면 두 손 모아 감사하는 마음을 저절로 내지 않을 수 없을 것이다. 지금 살아서 숨 쉬고 있다는 것보다 더 중요한 일은 없다. 이 순간에 깨어 있다는 그 사실보다 아름다운 일도 없다. 무언가를 이루기 위해서 혹은 이루어야 한다는 생각에 사로잡혀 삶의 순간을 놓치는 일은 없어야 한다. 오히려 순간순간 노래하고 기뻐하며 쉬지 않고 사랑해야 할 것이다. 그리고 높게 날아올라야 할 것이다.

우리는 무엇을 얻기 위해서 날갯짓을 하는 것도 아니고 무엇을 이루기 위해서 하루하루를 허덕이며 살아야 하는 것도 아니다. 우리는 날기 위해서 날고 살기 위해서 살 뿐이다.

2부

그때 나는 누구인가?

변해가는 내 몸을
사랑하는 연습

흰머리가 반쯤 섞인 긴 머리를 뒤로 틀어 질끈 묶고 검게 탄 피부를 한 채 잠실로 가는 지하철을 탄 적이 있다. 내가 쓴 첫 번째 책이 발간되어 잠시 서울에 머무를 때였으니 지금으로부터 8~9년 전 일이다. 술에 취한 듯 보이는 어르신 한 분이 맞은쪽에 앉아서 나를 뚫어져라 처다보았다. 처다보는 분을 계속 모른 척하는 것도 멋쩍은 일이라 가볍게 웃으며 눈으로 인사를 했다. 그 순간 그분이 갑자기 지하철 안이 떠나가라 소리를 질렀다.

"아니, 이 사람이 어디서 왔길래 이렇게 생겨먹었나?"

"……?"

의아해서 눈이 휘둥그레진 나에게 대고 그분이 더 크게 소리를 질렀다.

"뭘 하며 살았길래 얼굴이 이렇게 시커멓게 탔어?"

이때까지도 난 그분이 무슨 뜻으로 내게 그런 말을 하는지 전혀 감을 잡지 못하고 있었다.

"네? 잘…… 살았는데요……"

말끝을 흐리며, 그래도 어른이니 정중히 대답하려 노력했다.

이번에는 자리에서 일어나며 지하철 안에 타고 있는 모든 사람들에게 들으라는 듯 큰 목소리로 말했다.

"이게 뭐가 잘산 상인가!! 이 손 좀 봐. 뭘 해먹고 살았길래 손이 이 모양이 됐는고!!"

그러고는 돌아가며 다른 여자들에게 손을 내밀어보라고 했다. 그러더니 다시 말을 이어갔다.

"이것 봐라. 손이 이 정도는 돼야지, 어느 나라에서 얼마나 고생을 하다가 왔길래 손이 그 모양이야!"

꼬박꼬박 반말을 써가며 계속해서 윽박지르는 그분 앞에서 나는 여전히 웃음을 잃지 않고 대답하려고 애를 썼다.

"저, 정원에서 일하는 걸 좋아해서……"

"아! 이 사람아! 땡볕에서 일하기 좋아하는 사람이 어딨어?"

언성이 계속 높아지자 지하철 안에 있는 사람들의 시선이 모두 우리 쪽으로 집중되는 것이 느껴졌다.

"그 나이에 머리 물들일 돈도 없는가?"

"……네? 제 머리요……? 이게 왜요……?"

주절주절 나름대로 설명해 보려 애쓰고 있었지만 그분의 호통은 그칠 줄 모르고 이어졌다. 전철 안에 있던 열댓 명 정도 되는 사람들도 그분의 이야기에 동의하는 듯한 눈치였다. 아차 싶었다. 내가 뭐라고 해도 이해가 되지 않을 상황이라는 것이 그제야 파악되었다. 나는 두말 않고 얼른 다음 역에서 내렸고, 그 다음 열차로 바꿔 타는 곤욕을 치렀다.

그 당시 내가 살고 있던 산타 바바라의 풍습과는 너무나도 달랐다. 그곳에서는 검게 탄 약간 거친 얼굴과 손 그리고 기다란 흰머리 등은 여유 있고 지적인 여성들의 상징일 뿐만 아니라 그들의 교육 수준이나 의식 수준까지 뒷받침하는 징표이기도 했다. 꾸미지 않은 듯한 수수한 아름다움, 그러나 요가나 운동으로 잘 다듬어진 몸매와 건강한 피부, 맑은 눈빛…… 이런 것이야말로 나이 들어가는 여성이 가질 수 있는 최고의 아름다움으로 인식되는 것들이었다.

그러나 요즈음 다시 서울에서 생활하며 그때와 많은 것이 달라졌다는 걸 느낄 수 있다. 이제는 흰 머리카락을 자연스레 기른 사람들이 눈에 띄게 늘었고, 모두들 그 모습이 편안하고 아름다워 보인다.

나의 경우 흰머리가 나기 시작한 것은 40대 중반 무렵부터였다. 처음에는 흰 머리카락이 났다는 사실이 터무니없이 이상스럽게만 느껴졌다. 나이 먹은 다른 사람들에게나 있는 줄로 알았던 그 흰 머리카락이 나에게 생겼다는 사실이 적잖은 충격이었다.

당시 나의 신체적 조건은 그동안 열심히 수련한 하타 요가 덕분에 그 어느 때보다도 잘 발달되고 무르익어 있었다. 그런데 어느 틈에 자랐는지도 모르는 하얀 머리카락이 나타나기 시작했다. 받아들인다는 것조차 생각할 수 없는 이상한 현실이었다. 생각할 여지가 없었다. 대수롭지 않게 바로 집게로 뽑아냈다. 그러고는 아무 일 없었다는 듯이 나의 생활로 돌아갔다.

얼마 가지 않아 다시 흰 머리카락이 나타났다. 이미 다 자란 흰 머리카락이었다. 어느 틈에 그렇게 자란 머리칼이 그곳에 들어가 있었을까…… 두 번 생각할 여지가 없었다. 조심스레 골라서 다시 집게로 뽑아버렸다. 그 후로는 은근히 머릿속을 뒤집어 보면서 흰 머리카락을 뽑아내는 것이 일과가 되었다.

흰 머리카락을 찾아 하나씩 뽑아내는 내 모습을 보고 딸 조이까지 힘을 보태주기 시작했다. 조이는 내 눈에 잘 띄지 않는 곳에 숨어 있는 흰 머리카락들을 골라내 정성껏 제거해 주었다. 어느 틈엔가 그 일은 일주일에 한 번 꼴로 하는 딸과 엄마의 공동 작업이 되었고, 뽑혀 나오는 흰 머리카락 숫자도 만만치 않게 불어나고 있었다.

그러다 어느 날 갑자기 섬뜩한 생각이 엄습해 왔다. '아니, 이러다가는 머리카락이 몽땅 뽑혀나가겠네!' 한 움큼씩 뽑혀나가는 흰 머리카락들을 보며 이제는 흐뭇한 미소가 나오지 않았다. 멈춰야 했다. 그래서 그동안 내 머리를 손질해 주던 미용실의 앤드류를 찾아가 의논을 했다. 그동안 내 머리를 앤드류만큼 편하게 잘 손질해 준 사람은 없었다. 깡마른 몸매에 키가 큰 그는 짧게 자른 밝은 금발에 긍정적인 성격의 동성애자였으며, 내가 살고 있던 몬테시토라는 동네에서 머리를 제일 잘 자른다고 소문난 내 친구였다.

나는 앤드류의 조언에 따라 머리에다 물을 들여보기로 했다. 그는 이제 흰머리도 나고 하니까 나의 원래 머리 색깔보다 약간 밝은 색깔로 전체적인 분위기를 잡아주면 좋겠다고 제안했다. 훨씬 더 아름다울 거라는 게 그의 의견이었다. 염색하는 데 시간이 좀 걸리기는 했지만 앤드류가 잘 손질해 놓은 나의 새 머리는 정말 환상적이었다. 얼굴도 더 밝아 보였다. 남부 캘리포니아의 태양 빛과도 잘 어울리는 그런 색깔이었다. 역시 앤드류였다. 게이들이 가지고 있는 감성 때문인지 그는 여성의 아름다움을 꿰뚫어보는 데 그야말로 천부적인 소질을 가지고 있었다. 앤드류 덕분에 나는 다시 한 번 흡족한 승리의 미소를 지으며 미용실을 나올 수 있었다.

그런데 한 달이 채 못 되어 머리의 뿌리 부분에서 원래 색깔의 흰머리가 올라오는 것이 눈에 띄기 시작했다. 아뿔싸! 이런 심각한 일이…… 또다시 앤드류에게 연락했다. 물론 앤드류는 능수능란한 솜씨로 나를 안정시켰고, 뿌리 부분만 같은 색깔로 간단하게 터치업해 주었다. 다행이었다.

그러나 이제는 2주에서 3주 정도에 한 번씩은 미용실에 들러 같은 방법으로 뿌리 부분만 터치업을 하면서 물을 들여야 했다. 귀찮기는 했지만 못할 일도 아니었다. 그런데 서서히 다른 문제가 생기기 시작했다. 매번 두피 가까이에 강한 염색약을 바르다 보니 두피에 발진이 생긴 것이다. 두피가 붉게 부어오르고 두통도 가시지 않았다.

그 후 나는 내 몸이 싫어하는 일은 다시는 하지 않겠다고 선언했다. 몸을 학대하는 일은 결코 하지 않겠다고 내 자신과 약속한 것이다. 내 몸에게 좋은 주인이 되고 좋은 친구가 되겠다는 나만의 선언이었다. 그뿐 아니라 내가 쓴 염색약이 강과 바다로 흘러 들어가는 일이 다시는 없게 하겠다고 마음먹었다.

그러고는 지금껏 흰머리로 살고 있다. 내가 흰머리를 길게 기르고 있는 것은 그것이 특별히 멋이 있어서도 아니고 일부러 멋을 부리려고 하는 것도 아니다. 흰머리는 때가 되어 나타난 내 몸의 현상이고, 그것을 있는 그대로 받아들이고 관리하는 것이 내게 주어진 몫이기에 그대로 둘 뿐이다.

간단하다. 고민할 일도 없고 남에게 물어볼 일도 없다. 내 몸이니까 내가 아끼고 사랑하면 그만이다. 나 하나도 사랑하지 못한다면 이 세상 어느 누구를 사랑할 수 있겠는가?

오늘도 나는 가슴까지 내려오는 긴 흰머리를 빗어 넘기며 머리카락 한 올 한 올에 깃든 나의 이야기들을 사랑하는 연습을 한다. 머리를 감은 날은 그냥 길게 풀어서 늘어뜨리고 머리카락 사이사이로 지나가는 바람을 사랑하는 연습을 한다. 머리에 기름때가 조금 끼면 뒤로 묶어서 틀어 올린다. 그러고는 기억 속에 어렴풋이 살아있는, 흰 모시옷을 입은 외할머니의 쪽진 모습을 생각하며 할머니와 많이 닮은 내 모습을…… 사랑하는 연습을 한다.

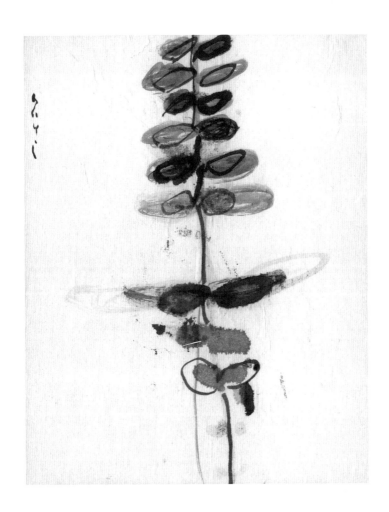

그때 나는 누구인가?

지인이 한강 상류 지역에서 전원 생활을 한다. 한강 상류는 아름다운 산들로 둘러싸여 있고 맑은 강물이 굽이굽이 흐르는 아름다운 곳이다. 도심에서 아주 멀지 않아서인지 많은 사람들이 그곳에 집을 가지고 있다. 기차를 타고 가다 보면 정말 다양한 종류의 집들이 제각기 자기의 위상을 드러내며 늠름하게 서 있는 모습을 볼 수 있다. 생뚱맞게 언덕 위에 서 있는 북유럽 스타일의 집이라든가, 뾰족한 루프 탑에 둥근 지붕을 하고 위풍당당 서 있는 강가의 집, 미국 스타일을 한 전원 주택, 디즈니랜드에서나 볼 수 있을 만한 신기한 모양의 집, 심지어는 티베트나 부탄 같은 산악 지방에서나 볼 법한 집까지…… 각양각색의 집들이 줄줄이 나타난다.

지인의 집은 바우하우스Bauhaus 스타일로 지은 흰색 시멘트 집이다. 제1차 세계대전 직후 독일에서 시작된 현대식 디자인의 박스형 시멘트 건물이다. 당시 심플한 선을 주제로 한 바우하우스 디자인은 획기적인 것이었다. 심플한 디자인에 쉽게 지을 수 있다는 장점 덕분에 20세기를 여는 대표적인 디자인으로 주목받았다. 그런 바우하우스 디자인의 건물들이 거의 100여 년이 지난 지금, 우리나라의 아담한 산과 들에 죽순처럼 올라오고 있다. 서울 북쪽 파주에 위치한 어느 마을은 마을 전체가 온통 바우하우스 디자인의 집과 건물로 되어 있다.

"외국에 온 것 같지 않아요?"

지인이 자랑스러운 말투로 나의 동의를 재촉한다.

"아…… 그게, 그러고 보니 조금 그러네."

그런데 내가 왜 외국에 와 있는 것같이 느껴야 하지……? 잘 이해할 수 없지만 일단 민망하지 않도록 긍정적인 대답을 해둔다.

슬쩍 차고를 들여다본다. 최신형 벤츠가 반듯하게 주차되어 있다. 부엌에는 미국산 전자레인지에 냉장고…… 물론 들고 다니는 가방은 유럽의 유명 제품이고 옷도 그렇다. 그뿐이 아니다. 남아메리카나 아프리카산 커피를 마시고 피자와 파스타에 와인을 곁들여 저녁 식사를 한다.

최근 알게 된 또 다른 친구 하나는 강원도 영월 산골짜기에 티베트식 건물을 짓지 못해 안달이다. 주변 환경과 잘 어울리는 집이 이미 지어져 있음에도 불구하고 그곳에다 티베트 식 펜션을 짓겠다는 것이다. 티베트에 갔을 때 그곳에서 좋은 인상을 받았던 것 같다. 그래서 그걸 강원도 산골에다 재현하고 싶은 것일 게다. 다행히도 아직 허가가 나지 않고 있다.

그 마음은 충분히 이해가 간다. 허나 그래도 그렇지, 한국에는 한국의 문화와 생활이 있고 이곳에 맞는 삶의 방식이 있다. 그건 그냥 방식이나 라이프스타일이 아니라 우리 조상으로부터 내려온 지혜의 산물이다. 이 땅의 지형과 날씨 그리고 생활 조건에 맞춰 살아오면서 오랜 시간을 두고 형성되어 온 것들이다. 그건 어느 무엇보다도 이곳 조건에 가장 잘 어울리는 합리적인 방식의 생활 유산이 분명하다.

티베트의 건물이 수목한계선 위에 있는 고산 고원의 나라에서 빛이 나듯, 우리의 방식 또한 이 땅에서 빛을 발한다. 눈이 많은 북유럽의 높은 지붕이나 그들의 생활 방식은 그게 노르웨이이고 스위스이기 때문에 적절하고 아름답다. 독일 스타일은 그게 독일이기 때문에 잘 어울리며 아름다운 것이고, 프로방스 스타일은 남부 프랑스의 기후와 지형에 맞기 때문에 소중하고 빛이 나는 것이다.

본질을 무시하고 그냥 베껴놓은 것에는 그것이 무엇이든 진정한 아름다움이 없다. 그저 가짜일 뿐, 짝퉁일 뿐, 그래서 고개를 갸우뚱하게 만드는 것일 뿐이다. 독일 스타일 집에 살아서 독일 사람처럼 되는 것도 아니고, 남부 프랑스 스타일을 흉내 낸다고 해서 프로방스 사람이 되는 것도 분명 아니다. 미국식 집에 살면서 아무리 골프를 쳐봐도 우린 미국 사람이 아니다. 설령 그곳에 가서 살더라도 우리는 우리이며 나는 나일 뿐이다.

그 사람들의 생활 방식이 아름답게 느껴지는 것만큼 우리의 것도 아름답다. 그들의 조상은 그들의 문화를 만들었고 우리의 조상은 우리의 문화를 만들었다. 그들의 것이 아름다운 만큼 우리의 것도 아름답다. 그들이 오늘도 그들의 문화를 만들어가고 있듯이 우리도 새로운 문화를 우리 방식으로 만들어가면 된다.

물론 우리의 것만을 월등하다고 주장하는 민족 우월주의자들도 있다. 그러나 그건 도움이 되지 않는다. 그건 열등감에서 나오는 허세에 불과하기 때문이다. 우리가 월등한 것만큼 그들도 월등하고, 우리가 우수한 것만큼 그들도 우수하다. 우리의 것이 우리에게 소중하듯 그들의 것은 그들에게 소중하다. 그들의 방법이 있고 우리의 방법이 있으며, 그들의 아름다움이 있고 우리의 아름다움이 있다. 그래서 우리는 그들을 방문하고 그들은 우리를 방문한다. 서로가 가진 것을 나누고 서로를 고마워하는 마음과 태도를 가지고 있으면 되는 것이다.

외국풍의 집에 살기를 원하고 큰 차를 타야만 하고 서양식 하이힐을 신어야 한다는 집착에 빠져 있다면, 그러고는 외래어로 되어 있는 이름의 거리를 질주하는 것이 이상적인 삶의 모양새라고 믿고 있다면, 그렇게 믿는 그 누군가에게 묻고 싶다. 그 안에 있는 당신은 누구인가요? 당신의 본래 모습은 어떤 것입니까? 그 모든 것들을 통해 드러내고 싶은 당신의 마음은 무엇입니까?

로데오라는 생뚱맞은 이름의 거리가 도시의 중심에 떡하니 들어앉은 이유가 무엇인지…… 그렇게 이름 지은 그 누군가에게도 묻고 싶다. "그 길이 진달래 길이어서는 안 되는 이유가 무엇인가요? 우리의 것이란 게 부끄러워야 하는 것인가요? 우리가 우리 자신이어서는 안 되는 이유가 무엇인가요?" 미국 비벌리 힐즈에 있는 로데오 길을 이름까지 그대로 본떠서 불러야 하는 이유를 누군가 대답해 주면 좋겠다.

내가 나일 때, 우리가 우리일 때 그때가 가장 자연스럽다. 그리고 아름답다. 누구도 따라올 수 없는 나만의 아름다움을 발견하고 받아들이는 것은 평안한 마음의 근원이기도 하다. 그 모습이 어떤 것이어도 그렇다. 아름다움이 없는 본질은 없다. 본질을 그대로 수긍하고, 있는 그대로를 표현한다면, 그건 아름다울 수밖에 없다. 진정한 본질이란 게 그렇다.

어떤 옷을 입든 어떤 머리 스타일을 하든 어떤 집에 살든 어떤 차를 타고 다니든 그게 중요한 건 아니다. 그러나 누구의 것을 본떠서 그렇게 하는 것이 나를 더 훌륭하고 아름다운 사람으로 만들어줄 거라 여긴다면 그건 어리석은 생각이다. 그걸로 인해서 나의 행복이 결정된다 생각한다면 그것 또한 어리석음에서 비롯된 착각일 뿐이다.

오히려 이런 착각에서 벗어나 진정으로 내가 누구인지, 내가 살고 있는 이곳은 어디인지, 그리고 우리 몸 내면에 있는 '나'라는 존재는 무엇이며, 다른 존재들은 누구인지를 먼저 물어야 할 것이다. 옳고 그름을 벗어나 나를 만날 수 있을 때 그 안에 있는 진정한 행복을 만나게 되는 것이다.

요즈음 나는 꼭 필요한 것 외에는 소비하지 않는 단순한 생활을 지향하고 있다. 내 한 몸 부양하는 데 필요한 것은 사실 그다지 많지 않다. 외부에 노출되는 나의 이미지를 위해 뭔가를 인위적으로 할 이유도 없고, 화려한 옷이나 제품으로 나를 감싸야 할 이유도 없다. 기름 한 방울 나지 않는 이 나라에서 나까지 가세해서 소음과 공해를 만들어내야 할 이유는 더욱이나 없다. 게다가 두 눈 뜨고 나를 바라보는 다른 생명체들을 기필코 잡아 먹어가며 나의 삶을 확인해야 할 이유도 없다.

다만 나 스스로에게 이 질문을 던지는 일은 잊지 않는다. 아무것도 갖지 않고 중요한 그 누구도 아닐 때, 그때 나는 누구인가? 다른 누구의 확인이나 격려가 없다면, 그때 오롯이 느끼는 나는 무엇인가? 무엇인가를 쟁취하려 바쁘게 노력하지 않고 무엇인가로 나를 우월하게 만들려 특별히 노력하지 않는, 그냥 평범해도 괜찮은 나는 누구인가?

분홍 보자기에 도시락을 싸서 들고 아무렇지 않게 버스를 타고 오르내리면서도 마음이 평화롭고, 오래된 슬리퍼를 신고 길을 걸으면서도 마음속 깊이 감사함을 느낀다. 자연스레 흰머리를 끌어올려 뒤로 묶은 나 자신의 모습에서 삶의 편안함을 확인한다. 아무도 아닌 평범한 존재인 것이 왜 두렵고 부끄러운 일인지, 자연스레 변해가는 것이 왜 수치스런 것인지…… 오히려 아무도 아닐 때, 아무것도 갖지 않을 때, 그때 내가 나 자신을 만날 수 있다. 그리고 그때 진정한 친구 또한 만날 수 있다. 그냥 그렇게 아무렇지도 않게 변해갈 수 있을 때 그때 진정한 자유를 알게 된다.

오로지 '살아있음을 온전히 느끼는 아름다운 순간'들을 누리고 그런 순간들을 늘려가는 것이 무엇보다 중요하다.

남들이 정한 행복의 기준에서 나의 행복이 찾아지지 않고, 좋은 것을 구해서 행복해지는 것이 아니라면, 나의 행복은 바로 내 안에 이미! 그렇다, 이미 나는 온전하고 행복하다는 걸 알아차린다. 내가 나이기만 하면 된다. 어디서 내가 무슨 일을 하든, 세상이 나를 부르는 이름이 무엇이든, 내가 나이기만 하면 된다. 그걸로 충분하다.

진달래에는
진달래 스타일이 없다

모 신문사에서 전화가 왔다. 인터뷰를 하자는 내용이었다. 어떤 종류의 인터뷰인지 알려달라고 부탁했더니 내용에 대한 개요와 예상 질문을 문자로 보내왔다.

내용은 대강 이러했다. "전 세계적으로 자연스런 삶을 추구하는 경향이 두드러지고 있으며, 국내외 유명 인사들도 은발을 있는 그대로 드러내는 추세다. 따라서 그 자연스러운 아름다움에 대해 다시 생각해 보는 계기가 되길 바라며, 백발을 선택하는 사람들의 이야기를 듣고 싶다"는 것이었다. 취지가 명쾌하고 수긍이 가는 부분이 없지 않았다. 전 국민이 그야말로 도시와 시골을 불문하고 흑발이었던 시절이 불과 10여 년 전이었는데, 요즈음은 꽤나 많은 사람들이 있는 그대로의 머리 색깔을 편안하게 드러내고 다닌다.

그뿐만 아니라 이제는 젊은 사람들 가운데도 회색으로 염색을 하는 트렌드가 생기기도 했다. 세월이 흘러 자연스럽게 백발이 된 것이 아니라 은빛 혹은 회색 머리가 스타일로 탄생된 것이다. 트렌드라는 것이 거의 다 그렇듯이 재빨리 기류를 타고 변해간다. 나이 들면 생기는 흰머리조차 이젠 자연스런 삶의 모습을 넘어서서 유행으로 번진 것이다. 그러면서 뜻하지 않게 내가 그 트렌드의 선두주자가 되어 있었다.

사실 난 흰머리를 스타일로 생각해 본 적이 없다. 멋있게 보이려고 일부러 한 것도 아니고, 특별히 돋보일 만한 스타일을 만든 것도 아니다. 흰머리가 나니 그냥 내버려둔 거고, 가장 관리하기 쉬운 길로 잘라서 그냥 뒤로 묶거나 틀고 다니는 것뿐이다. 미용실을 가지 않은 지가 20년도 넘어서 요즘 헤어스타일의 트렌드가 무엇인지 당연히 모르고, 알고 싶은 마음도 없다.

아무리 생각해도 인터뷰에서 내가 대답해 줄 만한 말이 없었다. 질문지를 들여다보고 또 들여다보았다. 단 한 가지 질문에도 대답할 말이 없었다. 그렇다고 그냥 모른다고만 할 수도 없고, 아니면 특별한 무슨 철학이 있는 양 만들어서 말하고 싶지도 않았다. 그래서 정중히 인터뷰를 사양한 뒤 나 혼자 그 질문지에 답을 달아보았다.

—염색을 하지 않는 이유는?

"글쎄요…… 이유가 따로 없는데."

—흰머리를 하면 어떤 장점과 단점이?

"특별히 장점이랄 것도 단점이랄 것도 없는데……"

—백발은 나이 먹어 보이는데 괜찮은가?

"딱히 생각해 본 적 없는데……"

—백발의 불편함은?

"그게…… 글쎄 모르지요, 없는 것 같은데……"

—백발을 유지하는 것에 대한 의미?

"의미? 그런 거 없어요."

—앞으로 유지할 계획이신지?

"엥? 계획 같은 것 없습니다."

—백발 관리법?

"그게…… 글쎄요, 따로 없습니다. 모릅니다."

—백발과 어울리는 옷 입는 법이나 표정과 태도는 무엇?

"그런 거 없는데요. 전부 다…… 모르겠습니다!"

결국 이럴 줄 알았다. 인터뷰 질문을 그대로 적어보았지만 답이 나오질 않았다. 인터뷰를 하지 않은 게 천만다행이라는 생각이 들었다.

자연스럽게 나이 들어가는 것 혹은 흰머리가 나는 것, 이런 것을 하나의 스타일로 받아들이는 사회 현상에 대해서 나는 특별히 하고 싶은 말이 없다. 그건 흰머리라는 게 처음부터 하나의 스타일이나 유행으로 삼을 만한 그 무엇이 아니기 때문이다. 이건 본질에 대한 우리의 태도와 관련 있는 일일 뿐 스타일과는 무관한 일이다.

허나 이윤 추구를 기본으로 하는 자본주의 사회에서는 그것이 무엇이든 트렌드를 만들어야 상품화할 수 있고, 그 과정에서 바로 스타일이 탄생하게 된다. 스타일을 만들어서 스타일화된 물건을 팔아야 하는 것이다. 바로 이런 스타일의 주자들은 오늘도 내일도 또 다른 스타일을 만들어내야 하고 그걸 위해 분주히 뛰고 있다. 그리고 그 가운데 많은 돈이 오간다.

대중은 그들이 만들어놓은 스타일의 상품에 높은 가격을 지불하고 그것을 소유한다. 또한 매일같이 더 좋은 스타일을 기대하고 있으며, 언제든지 새로운 스타일의 무언가를 소비할 준비가 되어 있다. 스타일을 모방하거나 창조하는 이들은 이런 소비자를 대상으로 새로운 물건을 쉴 새 없이 만들어내고 광고를 하고 유혹한다. 자신들의 창조적인 새로운 스타일이 바로 행복한 삶을 보장해 주는 듯 서슴지 않고 약속을 해가면서 말이다. 미디어든 패션 주자든 광고업계든 명석한 그 누군가에 의해 만들어진 새로운 스타일은 또 다른 행복감을 기대하는 대중들의 환호로 이어지고, 많은 물건이 팔리고, 많은 돈이 오가고, 다시 커다란 소비의 물결로 이어진다.

스타일은 만들어진 것이다. 누군가에 의해서 만들어진 장르이다. 그것은 한 사람의 이미지일 수도 있고 어떤 물건일 수도 있다. 한 사람의 생을 하나의 라이프스타일로 구분 짓고 본뜨기도 한다.

미국의 유명 디자이너가 성공시킨 브랜드 스타일로, 전설적인 케네디 가家를 모델로 해서 만든 스타일이 그 한 예가 될 것이다. 케네디 가의 대가족이 같이 모여 들락거리는 여름 별장이 매사추세츠 주 케이프 코드의 하이에니스 포트라는 곳에 있다.

그곳에서 사촌과 형제들이 모여 럭비를 하고 요트를 타고 승마를 하고 폴로 경기를 하면서 활동적인 여름을 지낸다. 대중은 모두 케네디 가의 부유하고 윤택한 삶을 선망한다. 완벽해 보이는 그들의 삶을 원한다. 고급스러우면서도 캐주얼한 그들의 삶을 꿈에 그린다. 특히 유명인들로 가득 찬 케네디 일가의 웃고 즐기는 여름 휴가 모습은 언론을 통해 이미 잘 알려져 있다.

그 유명 디자이너는 이런 사실을 모델로 삼아 하이에니스 포트 스타일을 만들고 대중에게 선물하는 것이다. 이렇게 케네디 가의 휴가는 스타일화되어 상품으로 팔려나간다. 그 인기는 지금도 계속되고 있다.

대중들은 그 옷 한 벌로 케네디 가의 일원이 된 듯 우월감과 특별함을 느끼고 행복감을 느낀다. 그게 바로 스타일이다. 그리고 이렇게 성공한 케이스의 스타일은 수없이 많다. 왕실의 생활을 스타일화한 상품들은 늘 인기를 누린다. 모든 사람들이 은근히 왕자나 공주가 되고 싶어 하는 마음이 이 스타일을 지속시키는 것일 게다. 모나코의 왕비가 들었던 손가방은 수천만 원을 호가해도 늘 품귀 현상을 빚고, 젊은 공주들이 입었던 유명 브랜드 제품도 순식간에 품절이 되곤 한다. 유명 연예인의 머리 모양이나 화장법도 상품으로서 가치가 있다. 그래서 늘 새로운 스타일을 찾는 디자이너들의 전쟁은 오늘도 계속되고, 잡지나 미디어, 광고계에서도 이 스타일을 찾고 만드느라 혈안이 되어 있는 것이다.

그러나 가만히 살펴보면 스타일이란 상품으로서의 가치를 제외하면 사실 아무런 의미가 없다. 왜냐하면 스타일은 인위적으로 만들어진 것이고, 그것이 만들어진 바탕에는 그 스타일과는 다른 '본질'이라는 것이 따로 존재하기 때문이다.

케네디 가의 고급풍 캐주얼 스타일 뒤에는 케네디 가의 변질되지 않은 본질이 존재한다. 그건 분명 항상 밝고 행복한 것만은 아니다. 그들의 가족사만 보아도 그렇다. 온갖 사건 사고가 즐비하다. 그럼에도 그들의 가족은 굳건하다. 또다시 뭉쳐 서로를 위로하고 요트 경기를 하고 폴로 경기를 한다. 사고를 당해 장례식을 치르고 있는 그들의 모습까지 스타일화될지언정, 그들은 그 안에서 자신들의 본질을 잃지 않고 웃음을 잃지 않는 용감한 사람들일 뿐이다.

흰머리는 어떤가? 이건 스타일이 될 만한 근거 자체가 없다. 그 자체가 본질일 뿐이다. 삶은 그 자체가 본질이다. 스타일 이전의 것이다. 삶은 스타일에서 스타일로 이어지는 것이 아니라 본질에서 본질로 이어진다.

살아가는 과정에서 머리가 자연스레 희어지는 것일 뿐이요, 그건 본인이 원하건 아니건 상관없이 그냥 그렇게 되는 것이다. 삶의 흐름 속에서 흰머리로의 변화를 있는 그대로 받아들이고 그저 웃으며 새로운 날을 맞이할 뿐이다. 그것이 삶에 대한 겸손한 태도일 것이다. 삶이 나에게 어떤 상황을 안기더라도 그것에 치여 휘청거리거나 흐트러지는 것이 아니라 주어진 그대로 받아들이며 신비롭게 바라보는 것 말이다. 그런데 만약 나이가 들어서 생기는 흰머리를 인정하지 못하고 감추려 하거나 억지로 연출해서 스타일화한다면 그건 자연의 순리를 받아들이지 못하고 불안해하는 행위이거나 가식에 불과하다.

늙어가는 것 자체는 비참한 것이 아니다. 오히려 숭고하고 우아하다. 본질을 보면 그렇다. 그러나 그 사실을 부정하고 거부한다든가, 자연스레 생기는 흰머리를 스타일화해서 또 다른 특별함으로 삼으려 한다면, 늙어간다는 것이 결코 아름답지 못한 것으로 전락할 수밖에 없다.

삶은 아름답다. 그것이 어린아이의 것이든 늙은이의 것이든 마찬가지이다. 동등하게 귀하고 동등하게 아름답다. 오히려 나이든 사람의 경험이 삶의 아름다움을 더욱 절실하게 한다. 또한 그 아름다움을 마침내 절실히 알아차리게 된다. 삶의 본질의 아름다움에 눈뜨게 되고, 아무런 것도 덧붙이지 않은 본질의 소중함을 마침내 알게 되는 것이다. 길가에 핀 들꽃 한 송이든, 하늘을 나는 한 무리 까마귀 떼든, 솔잎 사이를 스치는 겨울 바람이든 어느 것도 스타일이 아니다. 그냥 그것이다. 삶이라는 시공간 안에 들어와 있는 본질일 뿐이다.

인간인 나도 그렇고, 벌레도 그렇고, 나무도 그렇다. 벚꽃은 '벚꽃 스타일'을 따로 만들어내지는 않는다. 벚꽃은 그냥 벚꽃일 뿐이며, 벚꽃으로서의 본질을 최대한으로 살고 있을 뿐이다. 진 달래도 마찬가지다. 이른 봄 아무도 깨어나지 않은 숲속에서 혼 자 발갛게 피어오르며 '진달래 스타일'을 만들고 있는 것이 아니 다. 그냥 그렇게 존재를 그대로 드러내고 있을 뿐이다. 진달래는 진달래 스타일을 모른다. 내가 나의 스타일을 모르는 것같이 그 냥 그렇다. 그게 본질이다.

그러나 스타일이 창조되는 과정에서 본질은 도움이 되지 않 는다. 본질과 스타일은 완벽히 다르다. 스타일을 만들어내기 위 해서는 본질을 죽이거나 없애지 않으면 안 된다. 본질이 그대로 살아있으면 스타일로 탄생될 수 없기 때문이다. 본질은 '진짜'를 말한다. '진짜'는 그것 자체로 충분하다. 그리고 그 '진짜'는 스타 일을 필요로 하지 않는다. '진짜'는 진짜로서 그냥 존재한다. 그 러나 그 진짜, 즉 본질을 알아보지 못하는 이들을 위해 본질을 지워버린 스타일이 탄생된다.

세월과 경험을 품은 채 서서히 변한 머리카락 한 올 한 올이 뜬금없이 스타일이 된다면 그건 분명 팔 수 있는 상품이 있기 때문일 것이다. 그것이 어떤 것이든 그것 때문에 만들어진 '스타 일'은 우리를 본질에서 멀어지게 한다. 아무리 좋은 상품으로 흰

머리를 빛나게 하려 해도 흰머리는 흰머리일 뿐 본질은 변하지 않는다. 그런 본질을 보고 그 아름다움에 눈을 뜬다면 삶은 숨 막히는 아름다움으로 순간순간 이어질 것이다.

요즘도 아름답게 나이 드는 법 혹은 흰머리의 아름다움 등을 주제로 강연 요청이 자주 들어온다. 그들이 나에게서 원하는 게 무엇인지 정확히 알 수는 없지만 어디서부터 말을 시작해야 할지 말문이 막혀 따로 할 말을 찾지 못한다. 인터뷰 예상 질문에 나 혼자 대답을 해본 것처럼 답이 없거나 모른다는 말로 강연을 이어갈 수도 있으려나? 아름답게 나이드는 방법도 따로 모르고 흰머리의 특별함도 사실 따로 생각해 본적이 없다고, 그래서 따로 해줄 만한 말이 없다고…… 아니면 오히려 내가 왜 그런 질문들에 말문이 막혀 하는지 그걸 말하면 어떨까? 그래도 되는지는, 아직 잘 모르겠다.

나는 내가 남자인 줄 알았다

60여 년 전쯤, 어느 초가을 오후였다. 햇볕이 잘 내리쬐는 초가집 쪽마루에 나는 시무룩하게 앉아 있었다. 마당 한가운데 우물이 있고, 싸리 울타리 안쪽으로는 봉선화와 채송화가 피어 있었다.

몇 개월 전 우리 집 장남인 남동생이 태어나자 내 인생은 180도로 변해버렸다. 내 뒤로 아들 둘을 연달아 사산한 부모님이 마침내 귀하디귀한 아들을 얻은 것이다. 그때부터 모든 이들의 안방 출입은 금지되었다. 또다시 무슨 일이 생기지 않을까 싶어 부모님은 살얼음 위를 걷듯 새로 태어난 그 아들을 조심스레 다루었다. 일시에 언니와 함께 건넌방 처지가 된 나는 안방은 물론 부모님의 사랑도 한꺼번에 잃어버린 찬밥 신세가 되고 말았다.

이렇게 된 이유가, 어린 나의 생각으로는 단 한 가지, 그게 확실한 것 같았다. 바로 고추! 그 아이는 고추를 달고 있었다. 생전 처음 보는 조그만 고추가 그 아이에게는 달려 있었다. 어머니는 틈날 때마다 그 고추를 위로 치켜들고 쓰다듬으며 "쭈~ 쭈~!" 하고 리듬까지 붙여 노래를 부르며 기뻐했다. 어머니가 그렇게 기뻐하는 모습은 처음 봤다. 심지어는 그 고추를 귀하게 섬기기까지 하는 모양새였다. 조심스레 닦고 만지면서 부르는 "쭈~ 쭈~"라는 그 환희의 노래는 아이가 오줌을 싸기만 하면 어김없이 함박웃음과 함께 퍼져 나와 우리 집 마당을 가득 채웠다. 그리고 나는 날이 갈수록 시무룩해져 갔다.

그 아이가 태어나기 전까지만 해도 나는 우리 집에서 가장 귀중한 존재였다. 심지어 부모님께서는 "너는 우리 집 아들이다" 이렇게 말씀하시며 나를 남자아이처럼 씩씩하게 키웠다. 나도 물론 내가 우리 집의 귀한 아들이라고 생각했다. 그러나 이번엔 뭔가 달랐다. 새로 태어난 그 아이는 나에게는 없는 신체 부위를 하나 더 가지고 있었다. 그리고 그건 어머니에게 더없는 환희의 대상이었다.

어머니가 그리도 기뻐하고 좋아하는 그 고추가 나에게는 없다는 것이 아무리 생각을 해봐도 알 수 없는 일이었다. '나의 고추는 어떻게 된 것일까?' 생각하고 또 생각해 보았다. 네다섯 살쯤 된 나의 작은 머리를 굴려서 나의 고추가 어디로 간 것인지 끝까지 알아내려고 애썼다. 그래서 그날도 초가을 볕 쏟아지는 툇마루에 앉아 내 고추의 행방에 대해 침울하게 생각하고 있었다.

밖에 나가 잠깐 볼일을 보고 들어오시던 어머니가 쪽마루에 쪼그리고 앉아 있는 나를 발견하고는 다가오셨다.

"너 왜 그러고 앉아 있니? 무슨 일 있어?"

매일 잘 놀던 명랑한 아이가 우울하게 앉아 있는 걸 본 어머니가 다가오며 물었다.

"아니."

내가 퉁명스럽게 대답했다. 그리고 심각한 표정으로 어머니를 올려다보며 물었다.

"엄마!"

"응? 왜?"

"내 고추는 어디 갔어?"

느닷없는 나의 질문에 잠시 의아해하던 어머니가 바로 질문의 의도를 알아들으신 모양이었다.

"아~ 그거…… 그게 말이다."

어머니가 내 옆으로 내려앉았다. 그러면서 얘기를 풀어가기 시작했다.

"그게…… 이렇게 된 거야…… 너도 똑같이 예쁜 고추가 달려 있었지. 그런데 어느 날, 아참, 너 저~ 앞에 호랑이 할아버지네 집 알지? 그 집에 큰 검정개가 있었거든. 지금은 없지만. 그 개가 어느 날 니 고추를 따 먹어버린 거야. 그런데 그 개가 그걸 먹다가 목에 걸렸어. 그래서 그 개가 죽었거든. 그래서 마을 사람들이 저~기 시장 가는 길에다 묻었단다. 너도 알지? 담뱃가게 앞 그 길에 이렇게 쑥 올라와 있는 데…… 거기야. 거기다가 잘 묻어주었단다. 그래서 없는 거야. 그러니까 너무 우울해하지마, 알았지?"

그동안 어두침침하게 드리워져 있던 구름이 한꺼번에 걷히는 것 같았다. '아, 그랬구나. 바로 그거였구나.' 어둡던 마음이 한꺼번에 밝아졌다. 마음이 다시 명랑해졌다. 그리고 그날부터 나는 그냥 고추 없는 남자아이였다.

어머니는 대단한 말재주꾼이었다. 어린 나의 마음을 놓치지 않고 인지했고, 늘 이야기로 상황을 설명하고 풀어나가셨다. 안 그래도 우울해하고 있는 내게 넌 그 소중한 아들과 다른 존재라고 말하기보다는 나 또한 고추 달린 그 아이와 똑같이 소중한 아이라고 말하고 싶으셨을 것이다. 나는 어머니의 그 이야기를 있는 그대로 고스란히 믿고 받아들였다.

단지 그 후로 다른 작은 문제가 하나 생겼을 뿐이다. 그 담뱃가게 앞을 지날 때마다 불쑥 튀어 올라온 그곳을 보면서 아쉽고 답답한 마음이 들었다. 그때 기억이 지금도 생생하다. '그 개를 그냥 거기다 묻어버리면 어떻게 해? 적어도 내 고추는 빼내고 묻었어야지.' 그렇게 그냥 파묻어버린 어른들이 야속하고 서운했다. '지금이라도 다시 파서 꺼내면 안 되나? 누구라도 내 맘을 알아주지 않을까?' 어린 나의 머릿속에 별별 생각이 다 스쳐지나갔다. 그러나 그럴 때마다 내가 원래 고추가 있었다는 사실을 알게 되었다는 게 얼마나 다행인지를 생각하고 이내 다시 씩씩한 마음이 되곤 했다. 내 고추가 그곳에 묻혀 있다는 것이 안타깝기는 했지만, 나는 다시 신나게 폴짝 뛰기를 하며 시장 길을 돌아 집으로 가곤 했다.

중학교에 들어가서 처음으로 치마를 입을 때까지만 해도 나는 내가 여자인가 남자인가 하는 생각을 특별히 하지 않았다.

내가 여자라서 여성스러워야 한다고 강요받은 적도 없었고, 내가 남자아이들과 다르다는 것도 딱히 생각해 본 적이 없었다. 나는 영원히 고추 없는 남자아이였기 때문이다. 물론 어머니도 나를 예쁜 여자아이처럼 꾸며서 내보낸 적이 없었다. 그건 어릴 적부터 마을 사람들로부터 예쁘다는 소리를 듣고 자란 나를 보호하기 위한 어머니 나름의 육아법이기도 했다. 그런 보호 아래 나는 남녀의 다른 점을 특별히 구분하지 못한 채 씩씩하게 딱지치기와 구슬치기를 하며 지냈다.

1980년대에 내가 뉴욕 맨해튼에서 생활하고 있던 해에 게이 프라이드 축제를 보러 간 적이 있다. 뉴욕 맨해튼에서는 매년 6월이면 동성애자들의 축제인 게이 프라이드 축제가 열린다. 그리니치빌리지에 모여 뉴욕의 번화가인 5번가를 지나 센트럴파크까지 이어지는 화려한 퍼레이드였다. 항상 궁금했다. 게이 퍼레이드가 기상천외할 정도로 화려하고 유별나다는데 어느 정도인지, 특히 뉴욕 시내의 맨해튼에서 하는 것이라면 그 규모가 엄청날 것이 분명했고, 그래서 그걸 눈으로 직접 보고 싶었다.

일찌감치 그리니치빌리지 입구에 도착했을 때 그곳은 이미 축제 분위기로 들썩이고 있었다. 길거리 곳곳에서 음악을 연주하고 오색의 화려한 옷을 입은 사람들이 춤을 추고 있었다. 안쪽으로 들어서자 갖가지 모습의 차량들이 줄지어 있고, 이미 많은 사람들이 차량 위에 탑승해서 퍼레이드 준비를 마친 상태였다. 그들은 대부분 여성화되어 있는 남성들이었다.

화려하고 부드럽게 휘날리는 의상으로 몸을 휘감고 머리에는 오색 깃털을 장식하고서 자신의 여성스런 위상을 드러내 보이는 사람이 있는가 하면, 몸에 쫙 달라붙는 옷으로 잘 다듬어진 몸매를 있는 대로 드러낸 사람도 눈에 띄었다. 얼굴도 자신의 여성스런 아름다움을 최대한 드러내고자 정성을 다해 화려하게 꾸민 모습이었다. 몸짓과 손짓은 말할 것도 없이 부드럽고 여성스럽게 움직이고 있었으며, 목소리 또한 한 톤 높여 말하며 웃고 떠들고 있었다. 가끔 차량 아래쪽으로 아는 친구라도 지나가면 천하에 둘도 없는 귀한 사람을 대하듯 과장되게 행동하면서, 차량 위 높은 곳에서 춤추듯 친구에게 손을 흔들어대기도 했다.

축제 분위기가 점점 더 고조되어 갔다. 더욱 많은 사람들이 몰려들기 시작했고, 나는 그 사람들 틈에 서서 환호하며 춤을 추고 있는 차량 위의 여성들, 아니 남성들을 올려다보고 있었다. 볼수록 신기하기 이를 데 없었다. 분명 남자의 몸매를 갖고 있는 사람들이었다. 그럼에도 불구하고 자신의 여성성을 극치에 이르도록 부각시키고 있었고, 여성스러움femininity의 아름다움을 몸 전체로 발산하는 것을 최고의 희열로 삼고 있었다.

게이 축제란 것이 결국 남성 안에 숨겨져 있는 여성스러움을 발산하는 희열의 축제인 셈이었다. 그들에게 숨겨져 있는 부드럽고 창조적인 여성성이 여성의 그것보다 더욱 진귀할 수 있겠다는 생각이 들었다. 그러나 아무리 보아도 무언가 어색한 면이 없지 않아 보였다. 오색의 부드러운 천으로 둘러싸인 몸도 그렇고, 손놀림이나 목소리도 그렇고, 유난하게 진하고 화려한 화장도 그렇고, 머리 스타일도 그랬다. 아무리 봐도 내 눈에는 좀 과해 보였다. 그리고 뭔가 불편해 보였다.

알 수 없는 무언가가 나의 머리를 갸우뚱하게 했다. 저렇게 노력하고 있는데도 아름다운 여성성이 보이기보다는 조금 거칠고 거북해 보이는 이유가 무얼까? 그래도 어쨌든 그들은 자신들이 가지고 있는 여성성을 조금이라도 더 나타내 보이려고 자랑하면서 환호하고 있지 않은가? 그리고 그걸 축하하고자 축제를 벌이면서 이 난리법석을 피우고 있지 않은가?

나의 마음속에 빙그레 웃음이 돌았다. 그러고는 이내 내 마음의 소리가 들려왔다. '나는 가만히만 있어도 저거보다는 더 낫겠다.' 노력을 안 해도 더 부드럽게 잘할 수 있겠다는 자신감이 들었다. 그들이 그렇게 노력해 봐도 나만큼은 할 수 없다는 확신이 직감적으로 느껴졌다. 그래서 슬쩍 나를 내려다보았다.

그런데 이게 웬일인가? 그곳에 서서 축제를 올려다보고 있는 나의 모습은 다름 아닌 선머슴 그 자체였다. 편한 바지에 티셔츠와 재킷, 편한 운동화, 머리는 짧게 잘라 귀 뒤로 넘기고…… 헉!

여성적인 부드러움이라고는 찾으려야 찾아볼 수 없었다.

나는 내 모습에 순간적으로 충격을 받았다. 저들이 저리도 원하고 축하하는 여성성이, 저들이 저리도 표현하고 드러내기 원하는 그것이 나한테서는 조금도 드러나 있지 않았다. 태어날 때부터 나의 성별이었던 그 여성성이 도대체 어디로 간 것일까?

이내 나의 어린 시절이 생각났다. '그거다 바로! 그 고추!' 난 지금껏 고추가 없는 남자아이로 살았던 것이다. 고추만 없었지 나는 내 동생과 똑같은 우리 집의 소중한 아들이었고, 고로 우월한 장남이라 생각했었다. 아들을 중요하게 생각하는 사회에서 소중한 존재로 살아남는 데 집중한 나머지 여성으로서의 내 존재를 생각조차 해보지 않았다. 나이가 들면서 내가 여성이라는 것을 자연스레 알아차리게는 되었지만, 그 모습이나 행동에는 길들여지지 않았던 것이다.

그러나 나는 여성성을 물씬 품고 있는 진짜 여성이었다. 그런데 그동안 아무도 내게 그런 사실을 얘기해 준 적이 없었다. 여성성의 중요성을 들어본 적도 없었다. 아들이 우선인 세계에서 태어나 자랐으니 한 치의 의심도 없이 그리 된 것이다. 그 때문에 알지 못하는 사건들로 꼬인 적도 한두 번이 아니었다. 이런 혼돈 속에서 선머슴처럼 자라버린 내가 자신의 여성성을 자축하고 있는 저 게이 남자들을 보면서 나의 여성성을 느닷없이 찾게 되었다. 찾기만 한 것이 아니라 그것이 얼마나 아름답고 소중한 것인지 한꺼번에 깨달았다.

이내 마음이 안정되고 부드러워졌다. 하늘의 구름이 두둥실 흘러가는 것이 보였다. 그리고 온몸에 짜릿하고 흐뭇한 기운이 느껴졌다. 그동안 있는 줄도 몰랐던 소중한 삶의 퍼즐 하나를 갑자기 찾은 기분이었다. 이미 내 안에 그 자체로 존재하는 여성성, 그걸 발견한 것이다. 그냥 단순히 '나'이기만 하면 되는 바로 그것이 그렇게 소중한 것이었지만 그걸 까맣게 몰랐던 것이다. 그 여성성의 아름답고 창조적인 성질이야말로 내가 저들처럼 일생을 축하하며 소리쳐도 모자라는 그런 소중한 것이라는 사실을 그때 처음으로 절실히 알게 되었다.

나는 급히 그곳을 떠났다. 집으로 돌아가야 했다. 이제부터는 나도 여성성을 부각하고 싶다는 생각이 들었다. 부드러운 옷으로 갈아입고 싶었다. 바람이 불면 흔들리는 긴 머리를 갖고 싶었다. 손도 다리도 좀 더 우아하게 움직여야지, 말도 부드럽게 해야지…… 나의 마음은 환희로 가득했고 생각은 분주했다. 나는 집으로 돌아오는 내내 차량 위에서 화려한 깃털을 머리에 달고 손을 흔들던 그 '여자아이'한테 한없이 감사의 마음을 표현했다.

'고마워! 정말 고마워! 너는 내 인생의 은인이야. 고맙다, 밝게 웃어줘서. 오늘 너의 모습은 감동 그 자체야. 정말 아름다웠어.

너의 여성성은 최고였어. 고마워!'

그날부터 나는 나의 여성성을 발견하고 키워나갔다. 나의 본질을 마침내 알아차리고 인정하기 시작한 것이다. 유연하고 창조적인 나의 본질이 서서히 모습을 드러내기 시작했고 깊은 치유가 시작되었다. 아들이 아니어도 된다, 이제는. 마음껏 여성임을 드러내도 괜찮았다. 마침내 돌아가신 어머니께 눈물로 감사의 마음을 올렸다.

'고마워, 엄마. 엄마의 이야기는 정말 멋졌어. 내가 기 안 죽게 해줘서, 그래서 고마워, 엄마. 난 엄마의 영원한 아들이야. 그러나 엄마, 오늘부터 난 나의 영원한 딸이야. 그리고 소녀야. 그리고 여인이고 여신이야.'

그날, 나는 접혀 있는 나의 흰 깃털 날개를 발견했고, 그걸 활짝 펴고 공중을 나는 꿈을 키워가기 시작했다.

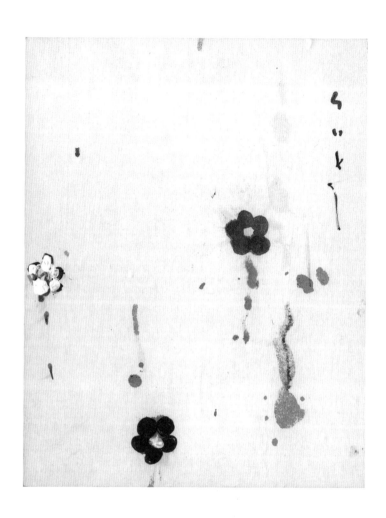

모든 만물이 나를
엄마라 해주면 좋겠다

간혹 진정으로 깨어 있는 것인지 의심이 갈 때가 있다. 지금 살아있는 것이 정말 살아있는 것인지, 아니면 꿈을 꾸고 있는 것인지…… 꿈속에서 꿈을 꾸고 있는 것인지, 아니면 꿈 밖에서 꿈을 보고 있는 것인지…… 또한 간혹 내 '이름'이 내가 맞는지도 의심이 간다. 그 '이름'이 '나'라는 사실이 아무리 생각해도 정말 이상하다. 내가 '이름'인가, 아니면 그 '이름'이 '나'인가? 누군가 뒤에서 내 이름을 부르면 바로 알아듣는다. 그 소리를 나로 알아차린다.

그뿐만이 아니다. 누군가가 난데없이 "엄마~" 하고 부르면 나도 모르는 사이에 자동으로 돌아다본다. 그러고는 멋쩍어진다. 내 아이가 아니다. 그래도 매번 돌아다본다. 그 또한 정말 이상한 일이 아닐 수 없다.

'엄마'…… 그건 또 하나의 내 이름이다. 자식들이 다 커서 떨어져나갔음에도 불구하고 나는 끝까지 '엄마'라는 이름으로 불린다. 언젠가 한때는 아예 '누구 엄마'라고 나의 신분이 정해진 적도 있었다. 정말 말도 안 되는 놀라운 일이다. '누구 엄마'가 나의 이름이라니…… '누구의 딸' '누구의 누나' '누구의 동생'을 제치고 그동안 겨우 붙어 있던 나의 이름 하나조차 무참하게 떨어져나가 버린 시기가 바로 내가 '누구의 엄마'였던 때이다.

그런데 이렇게 시작된 이 '엄마'란 이름은 도통 나에게서 떨어져나갈 기미를 보이지 않는다. 그래서 그런지 이젠 아예 늘 누군가의 엄마처럼 행동하게 된다. 과히 나쁘진 않다. 오히려 흐뭇하기도 하다. 내친김에 이 세상 모든 만물이 나를 엄마라 해주었으면 좋겠다.

새도 나무도 그리고 금붕어도 나를 엄마라 해주었으면 좋겠다. 딱정벌레도 민들레도 나를 엄마라 불러준다면 더없이 좋을 듯하다. 땅 위에 기고 나는 모든 것들이 나를 엄마라 불러주면 그 이상 더 좋을 게 없겠다. 가장 큰 사랑을 대변하는 '엄마'라는 이름이 일생 동안 나를 따라다닐 걸 생각하면 은근히 마음이 뿌듯하다.

그러나 내가 직접 출산한 아이들은 좀 다르다. 남들 앞에서 너무 엄마처럼 행동하지 말아달라고 은밀하게 부탁을 한다. 내가 너무 엄마 티를 냈나? 엄마라는 게 너무 좋아서 그런 게다. 그래도 그 아이들 입장에선 그럴 수 있겠다는 생각이 든다. 아직도 나는 성인인 그들을 계속 '아이들'이라고 부르고 있지 않은가. 그 자체만으로도 분명 문제가 있어 보인다. 나에게는 아이들인 그들이 정확히 말하면 분명 아이들은 아니다. 자신의 삶에 절대적인 결정권을 가진 완벽한 성인이다. 그러나 개인적으로나 사회적으로 당당한 어른임에도 불구하고 내 눈에는 아이들로 보인다. 습관에 길들어져 있기 때문일 것이다. 늘 아이들이라 취급받는 그 아이들은 언젠가부터 아이들로 취급받는 것을 극히 불편해한다. 그러니 이제는 내가 마음을 고쳐먹어야 하는 상황이 되었다.

어떻게 하는 것이 맞는 방법인지는 모르겠지만, 생각해 보면…… 맞다! 너희야말로 하늘에서 백로가 내려올 때 가져다준 그 예쁜 보자기 속에 들어 있었다 치자. 그러니 본래는 하늘님의 아이들이었을 것이다. 그러니 이젠 내 마음에서 비우자. 그것도 나쁘진 않다. 그동안 기를 수 있게 해준 것만 해도 얼마나 고마운 일인가. 그래서 이제는 적어도 나의 두 아이 앞에서만은 엄마같이 행동하지 않으려 어색하게나마 노력을 한다. 아예 모르는 사람을 대하듯 그렇게 대하려고도 해본다. 그러나 정작 나의 속마음은 다르다. 내가 엄마란 사실을 생각만 해도 뿌듯하고 행복해지는 것을 막을 수는 없다.

엄마의 최고 권위는 당연히 사랑이다. 엄마라는 이름과 함께 자연스레 붙어온 것이다. 이 때문에 특별한 노력 없이도 이 세상 모든 만물을 포용하고 사랑을 주는 마음이 스스로 내 안에 존재한다. 내가 낳은 자식이 아니라도 필요하면 끌어안게 되고, 다 큰 사람이 넘어져도 바로 달려가 토닥거려주게 된다. 만물은 나의 자비의 대상이며, 급하면 어디선가 없던 힘까지 솟아나 나 자신조차 놀라는 일이 비일비재하다.

종족 보존을 위한 진정한 창조자는 당연히 여성이다. 그것은 전통 문화들이 가지고 있는 수많은 창조 신화 속에서도 잘 나타난다. 힌두의 창조적인 기운은 '샥티Shakti'라 불리는 여신의 기운이다. 하와이언 전통에서도 창조의 신은 여신인 '펠레Pele'이다. 그밖에도 비슷한 예는 얼마든지 있다. 그 때문에 고대 사회에서는 아예 여신을 신으로 섬기는 예가 많았다.

아주 작은 알 '곤鯤'(《장자》에 나오는 작은 물고기 또는 물고기 뱃속의 알)으로부터 시작해서 소우주라 불리는 사람의 탄생에 이르기까지 모든 일은 결정적으로 여성의 몸을 통해서 이루어진다. 생명을 잉태하고 몸 안에서 키운 뒤 출산의 의례를 치르고 여물 때까지 품어 기르는 것도 여성이다. 고양이같이 사랑스럽고 양순하던 소녀들은 출산을 겪고 나면 위대한 암사자로 변신해 자신이 출산한 새끼들을 목숨 걸고 보호할 태세를 갖춘다.

여기서 남성들의 구체적인 역할이 절대적으로 필요하다. 우선 '곤'의 씨를 공급할 뿐 아니라 출산의 의례를 치르고 양육하는 동안 안전함을 보장해 주어야 하며, 필요한 것들을 공급해야 한다. 다시 말해서 인류 창조와 그 번성을 위한 특수 봉사 활동직이다. 먹을 것을 열심히 물어다 나르고 어떤 위험으로부터도 혼신을 다해 방어를 해야 한다. 개인적으로는 물론 사회적으로나 국가적으로도 광범위하게 공동의 힘을 모아 방어에 임해야 한다.

이렇게 조직적으로 능력을 발휘할 수 있는 남성들의 방어와 보호 속에서 여성들은 안전하게 출산과 양육에 전념할 수 있고,

그 덕에 우리 인간은 성공적으로 종족 보존을 해나가고 있다. 지금 이 순간에도 무섭게 불어나고 있는 인류의 숫자는 마침내 다른 생명체들의 존재를 위협하고 자연의 질서를 무너뜨리는 지경에까지 이르렀다.

원래 남성들의 공격적인 파괴의 기운과 여성들의 창조적인 자비의 기운은 스스로 잘 조화를 이루며 공존한다. 남성의 기운이 화살에 속한다면, 여성의 기운은 당연히 활에 속한다. 남성의 경우에는 한 가지 세상일에 완전히 몰두하여 처리하는 수렵꾼의 기질이 발달되었다. 죽여야 할 때 죽일 수 있는 본능적인 파괴력도 가지고 있다. 그래야 들판에 나가 들쥐라도 한 마리 잡을 수 있지 않겠는가.

그러나 잡아야 할 것이 들쥐가 아니라 더 큰 산돼지 정도만 되어도 일대일로는 어림도 없다. 팀워크가 절대적으로 필요하다. 이건 고대만의 이야기가 아니다. 지금 이 시점에도 마찬가지이다. 큰 회사에 들어가면 다 같이 힘을 합쳐서 어마어마한 사업을 성사시키고, 그 대가로 더욱 안락하고 풍요로운 삶을 누리는 한편 교배를 통해 번성하기에 더 좋은 조건을 마련해 가는 것이다.

여성인 경우에는 그 기운이 조금 다르다. 우선 정보에 민감하고 많은 것을 한꺼번에 알아차릴 수 있는 기능이 발달되어 있다. 한쪽에서는 아이가 기어 다니고 부엌에서는 불과 칼을 이용해 먹을 것을 장만하면서도, 어느 곳에서 어떤 상품을 세일하고 있는지, 주변 사람들의 최근 정황은 어떠한지도 정확하게 파악하고 있다. 예전 시대 같으면 언제 어느 동산에 가면 무슨 산나물이 많은지, 산딸기는 어느 언덕에 많은지, 맑은 물은 어디것이 제일 좋은지 등등 수집자의 근본적인 성질을 지니고 있는 것이다.

거기에다가 남을 포용하는 특별한 능력과 슬픔이나 기쁨을 함께 나누는 자비의 마음, 그리고 조건 없이 사랑을 줄 수 있는 여신적인 기질까지 갖추고 있다. 신체적으로는 부드럽고 약한 듯 보이지만 잠재적으로 무한한 힘을 내포하고 있기도 하다. 특히 '엄마'라는 이름을 얻는 순간에는 더욱 그렇게 된다. 그것은 꼭 겨룰 수 있는 신체적인 힘이라기보다는, 말로 표현하기 힘든 묘하고도 강한 원초적인 힘primordial power이라고 할 수 있다.

이 힘으로는 무엇이든 가능하다. 이 힘은 자신이 출산한 아직 낯선 생명체를 위해 목숨을 내어놓을 수 있는 경지와도 맞닿아 있다. 남을 위해서 내가 죽겠다는 얘기다. 절대적인 보호 본능이다. 남의 생명을 위해 나를 내어놓는다는 건 결코 쉬운 일이 아니다. 그러나 아이를 출산한 엄마에게는 가능하다. 그리고 아무리 까칠한 성격이었다 할지라도 엄마가 되고 나면 삶에 대한 기본적인 태도가 달라진다.

우선 자신이 낳은 아이가 먹다 남긴 걸 훑어먹는 건 기본이다. 그 아이가 싸놓은 배설물조차 역겹지 않고 오히려 향기롭게 느껴지기까지 한다. 기적 같은 일이다. 그러나 무엇보다 중요한 것은 지금까지 느껴보지 못한 신비스런 사랑의 힘에 홀리듯이 빠져서 살아간다는 사실이다. 어디서인지 모르게 끊임없이 흘러나오는 내면의 사랑이 늘 철철 넘쳐흐르고, 그 사랑의 기운은 연약하던 한 여성을 무한한 힘의 소유자로 만들어버린다. 그야말로 이 세상을 사랑으로 꿀꺽 삼켜버리고도 남을 기세가 되는 것이다.

열두 살짜리 조이는 유난히 겁이 많았다. 잘 기억해 보면 나도 그 나이에 겁이 많았었다. 어두워지기만 하면 집 밖에도 못 나가고 절절 매기 일쑤였다. 심부름 갔다가 어두운 골목길을 돌아 혼자 집으로 오는 길이면 달걀귀신이 나올까봐서 숨도 제대로 못 쉬고 벌벌 떨었던 기억도 있다. 조이도 마찬가지였던 게다. 그 아이는 아예 어두워지면 밖으로 나갈 생각조차 하지 않았다. 게다가 혼자 제 방으로 들어가 불을 끄고 자는 일까지도 힘들어했다. 그런 건 나의 기억엔 없는 일이었다. 어렸을 때 혼자 방을 써본 일도 없고, 당연히 혼자 잠들어야 하는 일도 없었기 때문이다.

그러나 방이 많은 넓은 집에서 단둘이 살고 있던 조이와 나의 삶은 완전히 다른 것이었다. 게다가 당시 우리가 살고 있던 산타페라는 조그만 고산 도시는 의식 있는 시민들의 배려로 밤에는 가로등을 제한했고, 따라서 도시는 밤만 되면 칠흑같이 깜깜했다. 겁 많은 조이는 널따란 자기 방에서 밤마다 혼자 잠들어야 했고, 그건 그 아이에게 무척이나 두렵고 힘든 일이었다.

내가 어렸을 때 가장 원하던 소망은 나의 방을 한번 가져보는 것이었다. 결국 나는 나만의 방을 가져본 적이 없지만 조이에게는 예쁜 공주님 방을 만들어줄 수 있었다. 그러나 조이가 원하는 꿈은 나와는 달랐다. 그 아이는 나와 함께 한 방에서 아예 같이 살았으면 했다. 밤마다 엄마 냄새가 물씬 나는 침대 속에서 내 옆에 붙어 자고 싶어 했다. 자신의 넓은 방은 안중에도 없었다. 내 꿈과는 이리도 정반대라니 정말 이해할 수 없는 일이었다.

밤이 깊어지면 꾸벅꾸벅 졸면서도 자기 방으로 혼자 들어가지 못하고 내 옆에 꼭 붙어 앉아 있던 그 아이를 생각하면 지금도 애처로운 마음에 가슴이 저려온다. 물론 나도 전혀 노력을 해보지 않은 건 아니었다. 어떤 날은 하도 사정을 해서 내 침대에서 같이 재우기도 했다. 그러나 내 옆에 잘 누워 얌전하게 잠든 아이가 아침에는 내 발끝에서 일어난다. 그 사이에는 밤새도록 발길질이다. 기분 좋아 산뜻하게 일어나는 그 아이에 비해 나는 아침이 되어도 피곤해서 죽을 지경이었다. 이불은 완전히 뒤집어져 있고, 나만의 공간이 가지고 있던 안정과 평화는 어디론가 사라지고 없었다.

"사랑해…… 학교 잘 갔다 와!" 겨우 말끝을 흐리고 나는 모자라는 잠을 다시 채워보려고 이불 속에다 머리를 파묻는다. 합의점을 찾아야만 했다.

그날 밤도 반쯤 감긴 눈으로 내 무릎에 기댄 채 졸고 있는 조이가 나의 배려를 기다리고 있었다.

"조이, 그만 일어나자. 엄마가 네 방으로 같이 가줄게."

마지못해 일어나며 조이가 내게 말했다.

"엄마, 내 옆에서 책 읽어줄 거지?"

"그럼, 당연하지."

겨우 몸을 가누며 컴컴한 방 앞까지 따라오던 조이가 내 뒤에 꼭 붙어선 채 불이 켜지기를 기다렸다. 방이 환해지고 내가 먼저 방으로 들어서자 그제야 안심이라는 듯 성큼성큼 방 안으로 걸어 들어오는 아이를 보며 너무도 신기해 내가 물었다.

"조이, 이것 봐. 아무것도 없잖아. 네가 살고 있는 방인데 뭐가 그렇게 무섭니?"

그러자 아이는 정색을 하며 대답했다.

"엄마, 이 방에는 온갖 몬스터들이 다 살고 있어요!"

"그래? 어디?"

아이의 표정이 예사롭지 않았다.

"창문 밖에는 외계인들이 와서 들여다보고 있고요, 옷장 안에는 귀신들이 있고, 천장에는 유령들이 있잖아요. 그리고 침대 밑에는 온갖 몬스터들이 가득 살고 있어요!"

"헉!! 그래? 그렇게 심각하니?"

우선 커튼을 닫아 창문을 가리며 내가 다시 물었다.

"그런데 엄마는 한 가지 궁금한 게 있단다."

"뭔데, 엄마?"

"그렇게 무서운 온갖 몬스터들이 곳곳에 살면서 너를 이토록 무섭게 한다면 엄마 한 사람이 더 있다고 해서 나아지겠니?"

그런 건 본래부터 없다는 걸 입증해 보이고 싶은 심정에서 한 말이었다. 침대 앞에 멈추어 선 조이가 다시 한 번 정색을 하며 내게 대답했다.

"엄마! 엄마는 '엄마'잖아요!"

"응? 그건 무슨 소리니?"

"이 세상에 있는 모든 외계인이나 몬스터는 '엄마'를 제일 무서워해요!"

"헉! 그래? 그게 정말이니?"

"네! 걔네들이 제일 무서워하는 게 '엄마들'이에요. 엄마 앞에서는 꼼짝도 못해요!"

"……!!"

내가 다시 물었다.

"걔네들이…… 다?"

잠시 할 말을 잃었던 나의 머릿속에 순식간에 번갯불 같은 생각이 스쳐갔다.

맞다! 바로 그거다.

나는 엄마다. 한 아이에게는 완벽한 존재, 그리고 이 우주 안에 있는 어떤 형태의 존재보다도 완벽한 힘의 존재, 그게 바로 엄마다.

이내 내 입가에 미소가 돌았다.

"그래, 조이. 네 말이 맞아. 난 엄마야! 당연하지!"

그것 보라는 듯 흡족한 얼굴로 조이가 나를 바라다보았다.

"그래, 어서 이불 속으로 들어가자. 책 읽어줄게."

더없이 행복한 듯 조이가 이불 속으로 폴짝 뛰어들었다. 그러고는 따라 드러누운 나의 겨드랑이 밑에 머리통을 묻고 나를 올려다보고 있었다.

"엄마, 책 다 읽으면 불 끄고 나갈 거야?"

"왜?…… 그러지 말까?" 내가 물었다.

"응, 제발. 나가지 말고 나 잠들 때까지 노래 불러주면 안 돼?"

"당연하지. 걱정하지 마. 노래 불러줄게. 깊이 잠들 때까지."

잘 자라 내 아기, 내 귀여운 아기.
아름다운 장미꽃 너를 둘러 피었네.
잘 자라 내 아기, 밤새 편히 쉬고
아침이 창 앞에 찾아올 때까지……

끝없이 반복할 수 있는 노래가 이 자장가이다. 조이는 늘 이렇게 끝없이 반복되는 나의 자장가 소리를 들으며 잠이 들었다. 나의 겨드랑이 냄새를 맡으면서 이 세상에서 가장 행복한 아이가 되어 달콤한 꿈을 꿀 수 있었다.

잘 자…… 사랑해!

이마에 한 번 더 입을 맞춘 뒤 불을 끄려다가 언뜻 침대 밑과 천장에 그리고 답답한 옷장 안에 숨어 있다는 그 어두움의 괴물 아이들이 생각났다. 게다가 추운데 창밖에 숨어서 떨고 있을 외지에서 온 이방인들까지!

조이의 상상 속 존재들이기는 하지만, 그래도 그들이 우리 눈에 보이지 않는 이면 세계의 존재들이라면 그 아이들도 틀림없이 사랑받기 원하는, 오갈 데 없는 외로운 영혼들일 게다.

"얘들아, 밤마다 우리 조이 잘 지켜줘서 고마워! 너희도 잘 자라…… 그리고 사랑해!"

나는 결국 한 아이는 물론이요 우주 만물에게 사랑을 줄 수 있는 '엄마'라는 사실을 깨닫게 되었다. 그리고 모든 만물이 나의 사랑을 필요로 하고 있다는 것을 알게 되었다. 여신이 되는 순간이었다.

누구에게나 베풀 수 있는 자비와 사랑은 내 안에 무한정하게 존재했다. 내 아이에게만 국한된 것이 아니라 생명체이건 비생명체이건 빛의 존재이건 어두움의 존재이건 그들은 나의 따뜻한 마음을 원했으며 나의 사랑 앞에서 양순했다. 이건 오직 내 안에 이미 자리 잡고 있는 원초적인 자비와 사랑 때문에 가능한 일이었다. 그리고 내게 주어진 무한한 힘의 원천 또한 바로 이 사랑과 자비…… 그것이라는 걸 깨우치게 되었다.

겁 많은 조이 덕분에 그날 밤 나는 9만 리나 펼쳐지는 하얀 날개 한 쌍을 선물로 받았다. 그러고는 지구의 정기를 품은 채 우주의 만물을 사랑으로 포용하는 여신으로 홀연히 등극했다.

황혼의 아름다움

플로리다에서 학교를 졸업한 뒤 나는 거주지를 산타페로 옮기고 작업실을 사막 지대로 옮겼다. 그때 내가 그렇게 결정한 데에는 고사막의 화가인 조지아 오키프Georgia O'Keeffe의 영향이 컸다. 그곳으로 이주했을 당시 그녀는 이미 몇 년 전에 세상을 떠나고 없었지만, 뉴멕시코 북부의 고사막 곳곳에는 아직도 그녀의 체취가 짙게 남아 있었다. 그녀의 화폭에 담긴 신비로운 장소들은 여전히 그녀가 살아있던 때의 분위기를 그대로 풍기고 있었다. 그녀가 살고, 그림을 그렸던 아비큐Abiquiu의 토담 벽돌집도, 그녀가 즐겨 그렸던 흙으로 지어진 싼뚜아리아 교회도 멀리 사막을 내려다보며 그대로 서 있었다.

나는 그녀의 작품에서 풍겨 나오는, 사막에서의 그녀의 삶을 사모했다. 그 사막이 아니었다면 우리가 알고 있는 조지아 오키프의 작품들은 태어나지 않았을 것이다. 그녀는 사막을 사랑했고, 그 사막에 내리쬐는 태양의 빛깔을 사랑했고, 그 안에 있는 자신의 모습을 사랑했다. 사막과 태양빛과 그녀는 하나였다. 당시 내게 충격과 감명을 준 건 그녀의 작품만이 아니라 사막 속의 그녀, 그 자체의 모습이었다.

또릿또릿한 눈망울과 미묘한 표정의 젊은 시절 그녀의 모습은 스티글리츠Stieglitz의 사진 작품에 잘 표현되어 있다. 그러나 사막 생활 이후 나이가 들어가던 그녀의 모습은 훨씬 더 아름다웠다. 태양빛에 그을리고 사막에 닮은 그녀의 나이든 모습은 지금까지도 당당한 여성의 아름다움을 대변한다. 주름진 얼굴과 대충 틀어 올린 머리, 활동하기 편한 단순한 옷을 입고 낡은 사륜 구동차를 몰아 흙길을 달리는, 60대 이후 그녀의 모습은 많은 예술가들, 특히 여성 예술가들의 귀감이 되었다. 일본의 젊은 의상 디자이너 이세이 미야케Issey Miyake가 그녀를 위해 특별히 제작한 옷을 들고 직접 사막으로 찾아간 것도 그녀 나이 아흔 살 때의 일이었다. 자연 소재로 천연 염색하여 손으로 제작한 미야케의 단순한 옷, 그 옷을 입은 90세 넘은 그녀의 주름진 얼굴이 담긴 사진은 나의 사막 작업실에 내내 걸려 있었다.

99세로 세상을 떠날 때까지 그 외딴 사막에서 살다 간 오키프는 나이가 든다는 것, 주름이 생긴다는 것에 대한 고정 관념을 완전히 무너뜨리고 여성의 미에 대한 개념을 다시 쓴 선구자였다. 남의 생각이나 시각에 괘념치 않고 자신이 원하는 삶을 독자적으로 선택하며 살아간 강렬한 영혼의 소유자였지만, 그녀는 페미니스트도 아니고 우머니스트도 아니었다. 그냥 예술가, 사막의 화가였다. 그 무엇도 두려워하지 않던 그녀의 자신감, 자신의 모두를 자연에 내맡기고, 있는 그대로 무르익어 가던 그녀의 모습은 많은 여성들에게 적잖은 충격을 주었다. 특히 사막의 석양을 받으며 서 있는 그녀의 모습은 누구도 따라할 수 없는 아름답고 강렬한 인상을 남겼다.

자연에는 우리가 거스를 수 없는 섭리가 있다. 그중 가장 두드러지는 것이 '변한다'는 점일 것이다. 모든 것은 변한다. 한 순간도 변하지 않는 순간은 없다. 우리가 이것이라고 생각하는 순간 이미 이것이 아니다. 그러면 "저것인가?" 하고 되묻는 순간 이미 저것도 아니다. 그렇게 흐른다. 그건 우리가 어찌할 수 있는 성질의 것이 아니다. 억울하고 마음에 들지 않더라도 그 섭리를 거스를 수는 없다. 우리가 체험하고 있는 이 현실이 시공간space-time 안에 존재하기 때문이다. 공간이라는 개념 안에서 시간이라는 개념을 여행하는 것이 우리의 실상이다. 다시 말해서 한 사람의 인생이란, 현실이라는 공간 안에서 태어나 시간을 여행하며 이런저런 체험들을 하다가 다시 별같이 사라지는 극히 제한된 여정을 말한다. 다만 그렇다는 사실을 의식하는 사람이 있고 의식하지 못하는 사람이 있을 뿐이다.

태어나는 순간부터 시간의 여행은 급속도로 진행된다. 삶은 순간으로 연결되어 있으며, 모든 순간이 그때 그 순간만이 갖고 있는 아름다움으로 가득 차 있다. 어릴 때는 어릴 때만의 생기 발랄함이 있고, 자라면서는 미숙하지만 활기찬 아름다움이 있다. 그렇게 점점 나이 들며 무르익어 가다가 우리는 황혼에 접어들게 된다.

이때에 비로소 인간으로서의 완벽한 아름다움이 완성된다. 호르몬의 변화가 일어나면서 신체적으로 조금씩 나약해지면,

겸손하고 순수한 아름다움이 발산되어 나오기 시작한다. 살아온 세월만큼의 나이테가 온몸에 주름으로 자리 잡고, 마침내 자연의 냄새가 흠씬 묻어난다. 이제까지 없었던 새로운 아름다움이 온몸을 감싼다.

세월의 변화를 있는 그대로 받아들이면 자연스레 그렇게 된다는 말이다. 하지만 그렇지 않을 경우에는 인간으로서의 아름다움은커녕 오히려 안쓰러워 보일 수 있다. 안간힘을 다해 자연과 싸우는 모습은 결코 아름다워 보이지 않기 때문이다. 얼굴에 주름은 없는데 왠지 힘들고 행복해 보이지 않는다. 상황을 받아들이지 않고 현실과 전쟁을 치르는 중이기 때문이다. 그러나 현실을 받아들이고 자기 안의 전쟁을 내려놓는다면 생각지도 못하던 아름다움을 발견하게 된다. 그건 지금까지 거쳐온 어느 나이 때에도 보지 못했던 소중한 아름다움이다.

하루 종일 빛을 발하는 태양만 잘 지켜봐도 우리는 커다란 지혜를 얻을 수 있다. 아침에 뜨는 태양의 상큼한 아름다움이 있는가 하면, 머리 위에 떠 있는 태양의 강렬한 아름다움도 있다. 그러나 저물기 시작하는 석양의 아름다움은 그야말로 극에 달한 아름다움이다.

어떤 이유에서인지 그동안 나는 의식적으로 석양빛이 강한 지역을 선택해서 삶의 대부분을 살아왔다. 미국의 플로리다에 살 때도 유명한 마이애미나 팜비치를 선택하지 않고 멕시코 만의 도시를 선택한 이유나, 캘리포니아의 해 떨어지는 산타 바바라에서 산 이유도 유난히 아름다운 석양 때문이었다. 로키산맥 서쪽으로 광활한 사막이 펼쳐지는 오아시스의 도시 산타페도, 하와이의 마우이 섬 또한 석양이 아름다운 곳들이다.

이런 곳에 사는 사람들은 모두가 하나같이 태양의 축제를 한다. 특히 석양의 축제를 한다. 매일같이 사람들은 바닷가에 나와 석양을 보며 오늘도 자신이 살아있음을 확인하고 하루를 감사하며 눈물을 흘린다. 삼삼오오 부둥켜안고 서로에 대한 사랑을 표현하기도 하고 마음의 기도를 올리기도 한다. 특히 이런 도시들에서는 일주일에 한 번씩은 석양의 축제를 벌인다. 주로 일요일 오후가 그런 날이다.

해변가에서 북 치고 춤추는 축제가 벌어진다. 일몰이 보이는 서쪽 바다를 향해 크게 반원형으로 둘러앉아 불타는 태양을 향해 드럼을 치고 춤추고 노래하면서 한 주를 마감한다. 시민들은 누구나 자유롭게 참가할 수 있다. 드럼이 있는 사람은 드럼을 가지고 나오고, 드럼이 없는 사람은 두드릴 수 있는 아무거나 가지고 나오면 된다. 또 나같이 아예 북 치는 것에는 관심이 없고 춤만 추는 사람도 많다. 특별한 규율이나 지켜야 하는 법도는 없다. 단지 남에게 피해를 주지만 않으면 된다.

특별히 무슨 축제라고 이름이 붙은 것도 아니고, 관광객 유치를 위해서 일부러 하는 일도 아니다. 자연스럽게 일요일 오후가 되면 하나둘씩 사람들이 모여들면서 시작이 된다. 이 축제는 해가 수평선 가깝게 떨어지면서 절정에 달했다가, 땅거미가 깃들기 시작하면 끝이 난다. 이곳에 모이는 사람들에게 어떠한 제한도 두지 않는다. 모든 것을 뒤로하고 하나가 되는 것이 석양 축제의 취지이기도 하기 때문이다. 젊은이, 늙은이, 어린이, 남자, 여자, 강아지, 앵무새까지 그야말로 모두가 한 마음으로 모인다. 그리고 한 가지 장단에 맞추어 같이 춤추고 노래한다. 태양 아래서 우리 모두 하나가 되는 것이다.

북을 치는 사람들이 수십 명에 달하고 춤을 추는 사람들까지 합치면 수백 명이 되기도 하지만, 특별히 말을 하는 사람은 눈에 띄지 않는다. 사실 말을 할 필요를 느끼지 않는다. 모두들 그저 태양을 중심으로 함께 북을 치고 춤을 출 뿐이다. 북소리와 함께 한 마음이 되는 것을 느끼고 기뻐하는 것이다. 얼굴에는 환희의 웃음을 머금고, 모래 위를 맨발로 뛰면서 땀을 비 오듯 흘리며 춤을 춘다. 온몸을 태양 앞에 내어놓고 그 앞에서 부끄러움 없이 축제를 즐긴다. 바로 황혼의 축제이다.

일몰 때가 되면 모두 숭고하게 일몰을 지켜보며 오늘 하루 살아있음을 축하한다. 우리의 본질이 빛이라는 사실을 상기하고, 그 빛의 본질이 사랑이라는 것을 확인하는 순간이랄까? 그리고 그 순간을 말없이 지켜본다. 해가 떨어지면 수평선 끝의 하늘이 붉게 피어오르고 한 순간 옅은 초록색 오라가 뜨기도 한다. 그 순간 사랑하는 사람들은 사랑을 약속하며 키스를 하기도 하고, 어떤 사람들은 박수를 치기도 한다. 말없이 서서 눈물을 흘리는 사람들도 적지 않다. 슬프고 아파서가 아니라 삶의 아름다움이 가슴에 절절하게 느껴져서 흘리는 눈물이다.

모두 한 마음으로 일요일 오후를 마감하고 나면 사람들은 숙연한 마음으로 삼삼오오 짝을 지어 해변을 떠난다. 그리고 그렇게 매주 일요일 오후마다 축제는 이어진다.

석양, 즉 황혼의 빛은 빛의 아름다움이 극에 달한 상태이다. 인생으로 치면 얼굴에 주름이 자리 잡고 흰머리가 난무하는 황혼의 시기가 바로 여기에 속한다. 가만히만 있어도 금빛으로 빛나는 시기가 바로 이때인 것이다. 또한 눈이 상하도록 강해서 직접 바라볼 수 없는 한낮의 태양에 비해 이 무렵의 태양은 눈을 뜨고 똑바로 바라볼 수 있다. 강렬하지만 부드럽게 퍼지면서 세상을 온통 황금빛으로 물들이는, 강하지도 뜨겁지도 않은 감동적인 태양이 바로 석양이고 황혼의 빛이다.

사막의 석양을 받으며 서 있는 조지아 오키프의 모습에서 아름다움을 발견하는 것은 나 혼자만이 아니다. 우리는 모두 본질 안에서 익어간 자신감 넘치는 인간의 모습을 사모한다. 설령 자기 자신은 그렇지 못하더라도 다른 누군가로부터 그런 아름다움을 보고 싶어 한다. 나이가 들어간다는 것에 대해 잠시 혼돈스러웠던 젊은 나에게 오키프의 강렬한 모습은 감동 이상의 것이었고, 결국 나는 석양이 빛나는 그녀의 고사막 한 귀퉁이에 나의 아틀리에를 마련했다.

세월이 지나 이젠 나도 사막의 오키프와 비슷한 나이로 접어들었다. 오키프의 사막이 내 안에 살아있는 한 나의 황혼은 빛을 발할 것이고 그 빛을 두려워하지 않을 것이다. 99세의 오키프가 아름다웠던 것처럼 나도 99세의 아름다움을 기대한다. 그동안 빛이 만들어낸 피부의 문신들과 바람이 만들어낸 살결의 계곡들이 신비로운 아름다움을 지니고 있음을 확인한다.

우리는 빛 가운데서 아름답게 빛나는 또 하나의 빛이다. 빛을 받고 자란 것으로 먹을거리를 삼고, 바람을 맞으며 춤을 추고 하늘에 떠 있는 구름을 보며 꿈을 키운다. 이렇게 우리는 빛 가운데 태어나고 빛을 받으며 나이 들어간다. 그리고 마침내 황금빛으로 변한다. 그건 분명 축복이다.

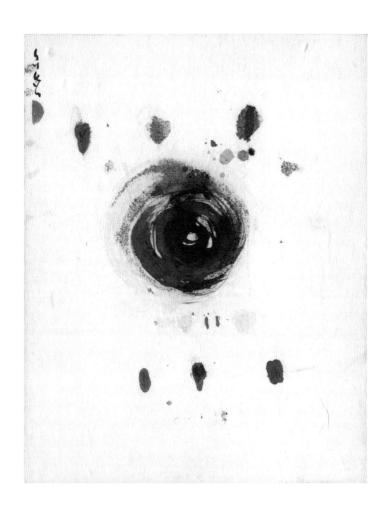

무지개를 건너는 법

오아시스의 도시 산타페에서 차를 가지고 멕시코로 넘어갈 수 있는 가장 가까운 도시가 텍사스주의 엘파소이다. 차로 대여섯 시간 사막을 지나서 그곳에 닿으면 후아레스라는 멕시코의 도시로 이어지는 미국 측 국경 검문소가 있고 그곳을 통과한 뒤 다시 20~30분 정도를 더 가면 멕시코 측 출입국관리사무소가 나온다. 다시 그곳에 들러 입국 신고와 함께 차량 등록을 마치면 마침내 멕시코를 향해 들어갈 수가 있다.

엘파소와 후아레스는 국경을 사이에 둔 도시로, 지리적으로는 하나의 도시라 해도 크게 틀리지 않다. 그러나 실제 모습은 완전히 다르다. 미국 쪽은 과하게 정돈된 모습이다. 깍듯한 매너의 검문소 직원들이 지키는 국경을 지나 멕시코 쪽으로 들어서는 순간 모든 것이 말 그대로 난장판이 된 느낌이다. 적어도 완벽하게 정돈된 미국 쪽에서 넘어갈 때는 그렇게 느껴진다.

그러나 5주 정도 멕시코를 여행하다가 다시 엘파소로 넘어올 때는 상황이 훨씬 다르게 느껴진다. 자유롭고 흥청이던 멕시코와는 달리 숨 막히게 정돈된 미국의 모습에 기가 질릴 정도이다. 5주 만에 그렇게 되는 것이다. 그러나 적어도 처음 미국에서 멕시코로 넘어갈 때에는 그렇지 않다. 멕시코는 몹시 혼란스러운 나라로만 느껴진다. 검문소에서도 혼란스럽지만 출입국관리소는 더 말할 것도 없다. 기다리는 사람들은 길게 줄지어 서 있는데도 창구에 직원은 몇 명 없다. 게다가 반은 자리가 비어 있다. 조금 경력이 있어 보이는 멕시코 관리들은 뒤쪽에 서서 커피를 마시며 떠들고 서 있다. 미국이라면 상상도 할 수 없는 광경이다.

국경을 막 넘어온 미국인들이 불안한 마음으로 우왕좌왕하면서 관리소 직원들에게 도움을 청하려 해보지만 아무 소용이 없다. 자기네가 일하고 싶을 때 적당히 한다. 그럴 때 빼고는 조금도 신경을 쓰지 않는다. 오히려 기다리게 하고, 해주지 않으려는 듯한 태도를 보이기도 한다.

오후로 훌쩍 넘어서서야 마침내 출입국관리소에서 무사히 빠져나올 수 있었다. 멕시코의 그랜드 캐년이라 부르는 코퍼 캐년까지 하루에 내려갈 계획이었지만 포기해야 했다. 그 대신 잘하면 치와와까지는 갈 수 있을 것 같았다. 그것도 서너 시간은 족히 걸릴 터였다. 우리는 치와와로 이어지는 광야를 통과하기 위해 남쪽으로 방향을 잡았다.

막히는 것 없이 펼쳐진 대지를 한 시간쯤 달렸을까, 해가 오른쪽으로 서서히 기울고 있었다. 반대쪽 지평선은 온통 비구름으로 시커먼 장벽이 드리워진 듯 보였다. 사람 사는 곳으로부터 워낙 동떨어진 곳이어서인지 사방 어디에도 눈에 걸리는 물체는 없었다.

해가 서쪽으로 조금씩 더 기울자 고속도로 동쪽의 검푸른 지평선 위로 거대한 크기의 무지개가 나타났다. 마치 우리를 환영하는 하늘의 상징처럼 보였다.

"웰컴 투 메히코!"

우리는 환호를 질렀다. 검은 장벽 위에 밝게 드리워진 무지개의 모습이 신비스러웠다. 지평선 한쪽에서 선명하게 시작한 무지개가 다른 한쪽의 지평선과 맞닿아 반원을 그리며 우리를 따라오고 있었다. 워낙 크게 하늘을 가르고 있는지라 차를 타고 한참을 달려서야 무지개의 다른 한쪽에 다다를 수 있었다.

그런데 곧 기이한 현상이 벌어졌다. 무지개가 끝나는 바로 그 지점에서 또 다른 무지개가 바로 시작하는 것이었다. 지금 지나온 무지개가 사라진 것도 아니었다. 검푸른 하늘을 가르면서 두 개의 무지개가 연결되어 있었다. 우리는 계속해서 환호를 지르며 끝없이 펼쳐지는 광야를 질주했다. 두 번째 무지개가 끝나면 다시 세 번째 무지개가 등장했다. 그리고 네 번째, 다섯 번째…… 계속 이어지는 무지개가 한 시간 이상을 우리와 함께 달렸다. 선명한 무지개가 체인처럼 연결되어 있는 검은 장막의 동쪽 대지와 금빛으로 부서지는 서쪽 석양을 양쪽에 두고 우리는 그 사이로 '꿈의 멕시코'를 향해 달려 나아갔다.

무지개는 공중에서 빛과 물이 적당한 각도로 만났을 때 모습을 드러내는 자연 현상이다. 선명한 빛깔로 공중에 신비롭게 떠 있는 무지개는 우리 내면의 상상imagination 공간 속에 뜨는 '꿈'과 유사한 점이 있다. 그래서 우리가 꾸는 미래의 '꿈'을 설명할 때 '무지개'라는 은유를 사용하기도 한다.

무지개와 꿈은 모두 손에 잡을 수 없는 시각 현상이다. 그리고 둘 다 내가 서 있는 지점에서 적당한 거리를 두어야 보이는 희귀한 현상이다. 화려하게 둥실 떠오른 무지개를 보면 이유 없이 기쁘고 흥분된다. 무언가 희망적이며 행복한 마음이 들기도 한다. 무지개와 꿈이 다른 점이 있다면 무지개는 몸 밖의 공간에서 나타나는 꿈 같은 자연 현상인 반면, 꿈은 내면의 공간에 존재하는 무지개와 같은 현상이라는 점일 것이다.

우리 사회는 청소년이나 젊은이에게 꿈을 가지라고 말한다. 그리고 이왕이면 크고 원대한 꿈을 품으라고 가르친다. 그 꿈은 멀리서 피어오르는 무지개처럼 밝고 아름다운 빛으로 만들어져 있으며 무언가 희망적인 장래 모습을 약속하는 듯 보인다. 그것만 잡으면 성공과 행복도 함께 얻을 수 있을 거라면서, 그 꿈을 향해 전력 질주하라고 가르친다. 이런 가르침을 받으며 자란 우리는 자신에 대해 미처 알기도 전에 화려해 보이는 꿈을 자신의 목표로 삼고, 그것을 향해 무조건 달리기 시작한다.

그렇게 달리다가 잠시 사방을 둘러보면, 꿈의 무지개를 따라 동시에 뛰고 있는 많은 사람들이 있다는 것을 발견하게 된다. 나 혼자가 아니라는 생각에 안심이 되고 그 길이 옳다는 확신이 든다. 그리고 힘을 얻는다. 이제는 다른 사람들에 비해 뒤처지지 않으려고 있는 힘을 다해 달린다. 모두가 똑같이 전력으로 달린다.

나도 모르는 사이에 끝 모르는 무한 경쟁rat race에 참여하고 있다는 사실을 알아차리기 시작했을 때에는 이미 그 대열에서 빠져나오기가 쉽지 않다. 주위의 모든 사람들이 죽을힘을 다해 달리고 있기 때문에 뒤지지 않으려면 나 또한 죽을힘을 다해 더 열심히 달려야만 한다.

그러나 어느 한 순간 정작 무엇을 위해 어디로 달려가고 있는지 얼핏 의심을 하게 된다. 몸이 힘들어 더 이상 뛸 수 있을지도 의문이다. 몸만 아니라 모든 게 다 힘들어지기도 한다. 어느 틈에 앞에 있던 무지개도 보이지 않는다. 그렇다고 포기하거나 뒤돌아 나올 수는 없다. 무조건 앞으로 뛰어야 한다. 모든 사람들이 그곳을 향해 뛰고 있다. 공동으로 만들어놓은 무지개의 형상이 무의식 속에서 '집단 무지개'로 자리 잡은 지 오래다. 이젠 무지개를 직접 보아야 할 필요도 느끼지 못한다. 모두들 가리키는 그곳을 향해서 열심히 뛰기만 하면 된다. 중간에서 넘어지거나 포기한다는 것은 용납되지 않는 행동이요 낙오자가 되는 치욕적인 일이다.

하와이 마우이 섬의 북쪽 지방도로를 차로 달리다 보면 무지개가 앞에서 나타나 뒤로 지나가는 현상을 자주 경험한다. 하나를 통과하면 다음 것이 나타나고, 그걸 통과하면 또 다른 무지개가 앞에 나타난다. 멀리서 선명하게 나타났던 무지개가 점점 가까워져서 차의 앞부분에 이르면 순식간에 증발하듯 사라지는 것이 신기하다. 그러고는 곧바로 멀리서 또 다른 선명한 무지개가 나타나 다가온다. 그런 현상이 한동안 계속해서 이어진다. 하나의 무지개, 그 다음 무지개…… 통과할 때마다 흥분되고, 또 다른 무지개가 멀리서 나타날 때마다 또 다른 기대감으로 마음이 술렁인다. 그리고 다가와서 또다시 증발할 때까지 그 순간을 놓치지 않으려고 정신을 초집중하게 된다.

그러나 한 가지 명확한 것이 있다. 무지개는 내가 다가가 통과하려는 순간 여지없이 증발해서 사라지고 만다는 것이다. 어디로 가는지는 알 수 없다. 통과하려는 순간마다 흔적도 없이 사라져버린다. 이처럼 무지개가 눈앞에서 사라지는 것을 우리의 감각으로는 쫓아갈 수 없지만, 우리의 지혜로 그 현상을 설명할 수는 있다.

무지개는 특정한 환경에서 나타나는 빛의 현상이지만, 사실 이런 현상은 공간 속에서 빛이 있는 한 늘 존재한다. 단지 우리 눈이 항상 그것을 감지할 만한 능력이 없을 뿐이다. 한정된 능력의 오관을 소유한 우리는 무지개뿐만 아니라 모든 자연 현상을 아주 제한된 범위 내에서만 인지할 수 있다. 그것이 눈이든 귀든 코든 혀든 느낌이든 인간은 극히 제한된 범위 내에서만 현상 세계를 감지한다.

우리가 감지하지 못하는 자연 현상이라고 해서 현상 세계에 존재하지 않는 것은 아니다. 우리는 무지개를 보면서 일곱 가지로 구분되는 빛의 현상만 인식하지만, 현대 과학은 공간 전체를 채우고 있는 맑은 빛 안에 그 일곱 가지 색깔의 빛이 이미 가득하다는 사실을 증명하고 있다. 그건 우주의 소리 진동sound vibration이 색깔로 표현된 시각적인 현상이며, 빛이 있는 한 늘 존재하는 자연스런 현상이다. 따라서 무지개가 우리 눈에는 순간적으로 비쳤다 사라지는 것같이 보이지만, 지금 이 순간 어느 곳에나 동시에 존재하고 있다고 말할 수 있다.

일곱 가지 색깔의 아름다운 무지개가 우리 몸의 외부 공간에 존재하는 현상이라면, 꿈은 우리의 내부 공간에 존재하는 현상이다. 몸이라는 제한된 공간 속에서 그 한계를 확장하려는 욕망이 무지개처럼 피어오르고, 우리는 신비하고 아름다운 색깔로 피어오르는 꿈에서 가능성과 희망을 보고 환희를 체험한다. 그 꿈에 도착하기만 하면 우리의 행복이 실현될 것만 같은 환상으로 마음이 부르르 떨린다. 그리고 있는 힘을 다해 그 꿈을 잡으려고 앞으로 달려간다.

그러나 막상 그곳에 도착해서 보면 손에 잡을 만한 것이 아무엇도 없다는 사실을 알게 된다. 도착했다고 생각하는 순간 우리는 그곳을 통과해 버리고 빛은 증발해 버린다. 그리고 저 멀리 또 다른 꿈이 시야에 들어온다. 이렇게 우리는 한 꿈에서 또 다른 꿈으로 열심히 달려가지만 결과는 늘 마찬가지이다. 그곳에도 완벽한 행복이나 평화는 존재하지 않는다. 꿈으로 상상했던 그 아름다운 빛은 멀리서 보았을 때의 모습일 뿐 막상 도착을 하고 보면 그 형상을 찾아볼 수 없다.

사실 마음의 평화와 진정한 행복은 언제 어디서나 '바로 지금' '바로 여기'에 늘 존재한다. 빛이 있는 한 그 안에 오색 무지개가 이미 가득한 것처럼, 마음의 평화와 행복도 이미 우리 안에 존재하고 있다. 단지 우리의 오관이 무지개를 항상 감지하지 못하듯 우리 안에 존재하는 빛을 알아차리지 못할 뿐이다. 무지개를 아무리 잡으려 해도 손에 잡히지 않듯이, 꿈도 아무리 잡으려 해도 잡히지 않는다. 잡았다고 생각하는 순간 이미 증발해 버리기 때문이다.

그래서 눈앞으로 멀리 보이는 무지개는 그냥 아름다운 무지개로 존재하고 꿈은 그냥 아름다운 꿈으로 존재하면 된다. 무지개를 꼭 가서 잡아야 무지개가 더 아름다워지는 것이 아니듯 꿈도 꼭 가서 잡아야 그 꿈이 더 아름다워지는 것은 아니다. 꿈이 이루어져도 좋지만, 이루어지지 않아도 상관이 없다. 무지개가 무지개로서 아름답듯, 꿈도 꿈으로서 귀하고 아름다운 것이다. 어떻게 보면 오히려 이루어지지 않는 편이 나은 경우가 대부분이다. 수시로 변하는 모든 사람들의 꿈이 다 이루어진다면 지구는 이미 바닥을 드러내고 종말을 맞았을 것이다. 하늘이 그 꿈을 중간에서 정리해 주니 얼마나 다행인지 모른다는 생각이 든다.

무지개가 빛 가운데 늘 존재하지만 제한된 우리 눈에 보이지 않듯 마음의 행복 또한 우리 안에 이미 늘 존재하지만 알아차리지 못한다. 따라서 행복한 마음의 근원을 먼저 알아차린다면, 무언가 꿈을 이루어서 행복해질 그날을 기다리는 것이 아니라 지금 나의 모습에서 먼저 행복과 감사를 선택할 수 있을 것이다.

행복은 무언가 꿈을 이루었을 때 나타나는 결과가 아니다. 그런 행복감은 잠시 나타났다 사라지는 무지개 같은 현상에 불과하다. 어떤 순간에서도 행복을 먼저 선택한 뒤에, 꿈을 따라서 춤추듯 노래하듯 삶의 순간들을 즐기며 살아가면 된다. 그 과정이 바로 삶인 것이다. 그러다 보면 어느 날 자신이 꿈에도 그리지 못하던 그 무지개 너머 저편에서 이쪽 세상을 바라다보고 있음을 알아차리고 환하게 놀랄 것이다.

3부

내가 나를 구원한다

내가 너를 구하러 왔단다, 마침내!

교포들이 모여 사는 곳에는 어디든 한인 교회가 있다. 고국을 떠난 사람들이 타국에서 교회를 중심으로 서로 친분을 나누고 도우며 살아가는 것이 따뜻하고 조화로워 보인다. 일요일마다 같은 말을 쓰는 동포들이 만나 외로운 타향 생활을 위로받거나 서로 정보를 교환하기도 하고, 삼삼오오 짝을 지어 식사를 하면서 하루 종일 같이 지내기도 한다. 나도 가끔 뉴욕이나 LA를 가면 지인을 찾아 그런 한인 교회를 방문할 때가 있었다.

한번은 온갖 직종에서 열심히 일하는 재미교포들과 특히 유학생들이 많이 모이는 큰 교회를 간 적이 있다. 자원봉사자들의 안내를 받아 안으로 들어서니 몇백 명은 족히 들어갈 수 있는 대예배당과 청소년들이 이용하는 다른 예배당, 그리고 안에 들어갈 수 없는 사람들을 위해 비디오 시설을 해놓은 또 다른 예배당 등 최신 시설로 중무장한 거대한 교회였다. 그뿐 아니라 예배 후에 신도들이 따로 모여 각종 모임을 할 수 있는 크고 작은 공간과 카페까지 갖춰져 있었다.

곳곳이 신도들로 붐볐다. 안면이 있는 몇 분과 인사를 나눈 뒤 나도 예배당으로 들어가 뒤쪽 중간쯤에 자리를 잡았다. 성가대의 화려한 찬양이 오케스트라 반주에 맞춰 흘러나왔다. 성가복도 오케스트라도 인상적이었고, 뒤편에 있는 거대한 스크린에 모든 것이 확대되어 실시간 상영되고 있는 것도 인상적이었다.

프로그램에 따라 차츰 예배당 안의 열기는 달아올랐고, 이어

'예수님을 닮은 삶'이라는 주제로 목사님 설교가 시작될 참이었다. 예수님을 닮은 삶이라는 주제가 특별히 흥미로웠다. 2천 년 전, 이리저리 홀로 떠돌아다니며 진리를 전하다 기성 종교인들에게 미움을 받고 결국 십자가에 못 박혀 돌아가시면서 "저들은 자신들이 무엇을 하는지 알지 못하니 저들을 용서해 달라"는 말을 남긴 분의 삶을, 순수 자본주의 사회 안에서, 그것도 잘 조직화되어 있는 기성 교회가 어떻게 우리 삶에 적용할지 궁금해졌다.

자그마한 키의 목사님이 단상에 올라 설교를 시작했다. 차분하게 몇 마디 말로 시작된 설교는 얼마 지나지 않아 느닷없이 고조된 톤으로 변해 있었다. 마이크를 통해 고함치는 목사님의 목소리가 천장에 붙박이로 설치된 수많은 스피커를 통해 머리 위로 쏟아져 내렸다. 아뿔싸! 바로 내 머리 위에도 똘똘한 스피커가 하나 있었다.

"여러분은 모두 죄인입니다. 태어날 때부터 죄인입니다."

갑자기 고막이 터질 듯한 고성으로 우리 모두가 죄인임을 토해내고 있었다. 헐! 난감하다. 순식간에 죄인으로 몰리다니. 예배당 안에 있는 수십 개의 스피커가 한꺼번에 힘을 합친 듯 왕왕거리면서 내가 죄인임이 확실하다는 듯 귀청이 떨어져라 소리를 쏟아 부었다.

나는 한순간에 느닷없이 죄인으로 전락해 죄책감으로 비실거려야 하는 존재가 되고 말았다. 슬쩍 고개를 들어 둘러보니 예배당 안은 숙연히 고개 숙이고 죄인임을 인정하는 듯한 명품 차림의 신도들로 가득 차 있었고, 스피커의 고성은 꺾일 줄 모르고 기세등등하게 이어지고 있었다. 결론은 우리가 예수님의 삶과 그 모습을 닮아야 하며, 그렇게 일생을 살아야만 구원이 가능하고, 어딘가에 존재하는 천국의 문으로 들어가게 된다는 것이었다.

고래고래 지르는 소리 때문인지 정신이 멍하고 머리까지 떵해지기 시작했다. 이어 가슴도 답답하고 속도 메슥거렸다. 핏대 높여 소리치는 목사님의 모습이 확대되어 시야에 들어왔다. 기름 발라 정갈하게 빗어 넘긴 머리카락, 짙은 곤색 양복에 흰 와이셔츠, 그리고 자주색 줄무늬 넥타이로 꽉 묶여 핏대가 선 목덜미, 그 뒤로는 최신 하이테크로 설치된 대형 화면에 목사님의 실시간 모습이 크게 확대되어 보였다. 그 아래 무대 중앙으로 자주색 공단의 가슴 띠가 유난히 빛나는 30~40명의 성가대와, 정성들여 치장한 그들의 얼굴과 화려한 머리 모습이 하나하나 눈에 들어왔다.

이 가운데 어느 것도 그동안 내가 생각했던 예수의 모습과는 비슷한 면이 없었다. 목 졸라 맨 듯한 양복 차림으로 난데없이 내게 죄인이라며 고함치고 있는 목사님은 현기증이 날 정도로 이질적이었고, 이 모든 걸 사실로 받아들이는 것인지 아니면 그냥 죄인인 척하며 시간을 때우는 것인지 알 수 없는 수백 명의 말없는 신도들 모습 또한 숨 막히게 이질적이었다. 예배당 어느 한 구석에서도 단순한 삶을 살며 사랑을 가르친 예수의 모습은 존재하지 않았다.

게다가 조용조용 말해도 알아들을 텐데 왜 그렇게 고함을 치는 것인지 당최 이해가 되지 않았다. 어쨌든 다들 참고 있으니 나도 예를 갖추고 앉아 있어보려고 애를 썼다. 그러나 결국 나는 그곳을 빠져나오기로 결정했고, 슬그머니 일어나 그야말로 죽을죄를 지은 죄인처럼 머리와 허리를 구부린 채 예배당을 빠져나오고 말았다.

문제는 거기서 끝나지 않았다. 문을 빠져 나오자마자 안내 봉사자들이 친절하게 다가와 무슨 일이냐고 물었다. 엉겁결에 나는 "아…… 네, 그게, 저 급하게 화장실을 좀…… 저, 어느 쪽이지요?" 허리를 굽신거려 가며 급기야 거짓말까지 하고 말았다. 그러고 있는 나의 모습은 정말로 죄인 그 자체였다. 불과 30여 분 만에 나는 완전히 죄인으로 전락해 있었다.

죄의식을 통해 우리를 통제하려는 방식은 단지 종교나 특정 단체에만 국한된 것이 아니다. 친한 사이에서도 빈번하게 일어나는 일이며, 가족들 사이에서도 흔히 있는 일이다. 그뿐 아니라 국가나 정부 체제에서도 자주 사용하는 일들이다. 누군가를 통제하려는 것은 우리 마음의 작용 중에서 사랑이 아닌 두려움에 바탕을 두고 있다. 불확실한 미래에 대한 두려움, 고통에 대한 두려움, 상실이나 죽음에 대한 두려움을 이용하는 건 흔히 쓰이는 방법 중 하나이다.

우리 안에 이미 존재하고 있는 알지 못하는 그 무언가에 대한 두려움이나 삶이란 것 자체에 대한 두려움 등은 인간이 가지고 있는 무한한 가능성을 제한한다. 거기다가 죄책감까지 더하면 대다수 사람들의 정신적인 혼란을 쉽게 야기할 수 있다. 이런 두려움과 죄의식을 이용해서 소수가 다수를 강력하게 통제할 수 있을 때, 소수는 큰 힘과 권력 그리고 많은 부를 보장받게 된다.

이들은 개개인이 깨어나 스스로 생각하고 판단하는 것을 원치 않는다. 우리 자신이 누구인지, 어떤 존재이며 어떤 의식의 소유자들인지 알아차리는 걸 어떻게 해서든 방해하려 한다. 죄의식에 사로잡혀 그 안에 머무르게 하고, 스스로를 보잘것없는 존재로 인식시켜 개개인의 힘을 약화하려 하는가 하면, 미래의 행복과 희망을 약속하는 무언가를 추앙하고 따르도록 한다. 그리고 천국은 저 멀리 더 높은 어딘가에 있으며 특별한 개인이나 선택받은 소수, 특정 집단을 통해서만 이를 수 있다는 터무니없는 개념을 강요한다.

정치인, 재벌가, 종교인 등 그가 누구든 소수는 권력 유지에 필요한 힘과 부를 이처럼 대다수 사람을 컨트롤함으로써 확보한다. 복종하는 대다수가 없이는 소수의 권력이나 부는 보장되지 않는다. 따라서 대다수가 각자 의식적으로 생각하며 살아가게 되는 걸 원치 않는다. 혼돈 속의 대다수는 적당한 보상을 받는 대신 권력을 지닌 소수를 기쁘게 따라와 주어야 하며, 무분별한 소비에 동참해 주어야 하고, 자신들이 받은 노동의 대가 중 쓰고 남은 것은 어떤 방법으로든 반납해야 한다.

일종의 노예화 과정이다. "너는 안 돼. 너는 답을 가지고 있지 않아. 너 자신을 믿어선 안 돼. 너 혼자 길을 찾을 순 없어. 그러니 내 말을 들어. 나를 통해야만 해." 그것이 신이나 천국에 이르는 것이든 아니면 행복과 축복을 얻는 것이든 심지어는 생존 그 자체까지도 당연히 자신들을 통하지 않으면 안 된다고 말한다. 그러면서 자신들에게 모든 것을 맡기고, 바치고, 따르라고 요구한다. 이렇게 어처구니없고 기묘한 방법들은 정말 오랫동안 우리 인류를 지배하는 데 사용되어 왔다.

그 결과 우리는 항상 절대적인 누군가가 나타나서 보잘것없고 측은한 나를 구해주기를 바라고 있다. 그들로 인해 우리의 삶이 윤택해지고 행복해질 수 있다는 기대도 한다. 그들의 포장된 삶을 동경하고 그들이 알려주는 방법에 자신을 투자한다. 자신이 어려운 일을 당했거나 재앙에 처했을 때는 그 마음이 더욱 간절해진다. 초자연적인 힘을 가진 사람이나 슈퍼 히어로라도 나타나서 지금 처해 있는 상황이나 고통에서 자신을 구해주기를 갈망한다. 많은 사람들이 아직도 예수가 나타나서 나를 고통으로부터 구해주기를 바라고 있으며, 슈퍼맨이나 배트맨이 나타나서 우리를 재난에서 구해주기를 기다리고 있다. 백마 탄 왕자님이 나타나서 지금의 궁색한 환경으로부터 구원해 주기를 기다리는 것도 많은 여성들이 결혼에 대해 갖고 있는 판타지이다.

그래서 힘없고 미약한 나 하나쯤은 가게 주인이 싸주는 대로 아무렇게나 비닐봉지를 들고 다니고 일회용 종이컵에 담은 브랜드 커피를 마시고 다녀도 괜찮다고 혹은 그걸 폼 난다고 생각하면서, 그 때문에 손상되어 가는 지구는 나 아닌 다른 누군가가 나타나서 구해줄 거라는 막연한 희망을 가지고 있다. 그 유명한 물리학자는 도대체 어디서 뭘 하고 있는 건지, 권력 있는 정치인들은 도대체 무얼 하는지, 기업의 총수나 재벌은 무얼 하고 있는지…… 이렇게 우리의 손가락은 아직도 누군가를 향한 채로 정지되어 있다. 아니면 우리보다 더 똑똑한 머리통 큰 외계인이라도 나타나서 우리를 구해주지 않을까 하는 막연한 기대에 밤마다 하늘 저편을 올려다보는지도 모른다.

나도 어렸을 때는 그랬던 것으로 어렴풋이 기억한다. 달동네 꼭대기의 바위 위에 앉아서 누군가 나타나 이곳으로부터 나를 구해주길 막연히 기대하고 있었다. 매일같이 올라가서 멀리 내려다보이는 미지의 시내를 바라보며 누군가가 나타나기를 기다렸다. 기다리고 또 기다렸다. 그리고 또 기다렸다. 그러나 끝내 아무도 나타나지 않았다.

오랜 시간이 흐른 뒤에야 나는 내 힘으로 서서히 삶을 변화시키며 나아갈 수 있게 되었다. 그러나 어느 날 내 마음속 한 구석에선 아직도 어린 소녀가 그곳 달동네에서 누군가를 기다리고 있다는 걸 알아차리게 되었다.

미국에서 돌아온 직후 나는 아른거리는 기억을 더듬어 어릴 적 살았던 산동네 위쪽의 말바위를 찾아갔다. 어른이 된 내가 기억 속의 길을 더듬어 혼자서 다시 그곳에 오른 것이다. 달동네는 온데간데없었다. 그 대신 나무가 울창한 산등성이가 나를 기다리고 있었다. 그동안 그린벨트로 묶여 녹지로 변해 있었던 것이다. 희미한 기억을 더듬어 올라간 그곳에서 나는 드디어 내가 타고 놀던 그 바위, 늘 누군가를 기다리며 앉아 있던 바로 그 말바위를 찾아냈다.

가슴이 뭉클했다. 바로 그 바위였다. 어느덧 나는 흰머리 흩날리는 중년이 되어 다시 돌아왔지만, 그 땅과 산 그리고 바위는 묵묵히 나를 기다리고 있기라도 한 것처럼 변함없는 모습 그대로였다. 어릴 적 나의 기운이 그곳에 고스란히 간직되어 있었다. 바위 위에 손을 얹어보았다. 손끝에 오는 감촉도 살아있었다. 냄새도 그 냄새였다. 스치는 바람이 내 귓전에서 속삭이듯 자극했다. 뒤편 큰 바위 사이의 노송이 나를 알아본 듯 그윽하게 내려다보고 있었다.

그곳에서 그대로 나를 기다리고 있었던 건 그들만이 아니었다. 거기에는, 아니 거기서…… 아직도 누군가를 기다리고 있는 그 소녀, 열 살 남짓한 그 어린 소녀가 아직도 그곳에서 누군가를 기다리고 있었다. 그 바위 위에 앉아 아직도 미지의 도시를 내려다보며 누군가 와서 데려가주기를 기다리고 있었다.

나는 그곳에서 초등학교 5학년짜리 어린 나의 모습을 발견하게 되었다. 초췌하게 앉아 막막하게 아래를 내려다보고 있는, 영양실조기 있는 아이였다. 그 아이의 존재가 마음으로 느껴졌다. 아직도 누군가가 구해주기를 기다리고 있는 그 아이의 힘없는 눈동자가 보이는 듯했다. 난 그 자리에서 그 아이를 부둥켜안았다. 미래의 내가 과거의 어린 나를, 꿈을 잃고 누군가를 기다리고 있던 가난한 그 아이를 처음으로 가슴에 품어 안은 것이다. 그리고 아주 작은 소리로 속삭이며 말했다.

"안녕, 아직도 기다리고 있구나, 나의 과거 꼬마야. 내가 너를 구하러 왔단다, 마침내. 이젠 그만 기다려도 돼. 같이 가자꾸나. 나는 너의 미래에서 왔단다. 무슨 일이 있어도 너를 보살피겠다고 약속할게. 네가 하고 싶은 모든 일을 도울게. 같이 내려가자."

나는 그 아이를 나의 가슴속 깊은 곳에 품었다. 그리고 그 아이와 함께 그곳을 떠났다.

우리는 아직도 어린아이처럼 미지의 누군가가 나를 구해주기를 바라고 있다. 그러나 그 누군가가 바로 나 자신이라는 사실을 알아차리지 못한다. 고통으로부터, 불행하다는 생각으로부터, 희망이 없다는 절망감으로부터, 그 외에 어떤 과거로부터도 나를 구해줄 수 있는 사람은 바로 나 자신이다.

언젠가 내가 나 자신을 사랑으로 구할 수 있을 만큼 성숙해지면, 그 누가 나를 보잘것없는 사람으로 보려고 해도 큰 영향을 받지 않게 된다. 부정적인 사람들의 말에 흔들리지도 않고, 남들의 허황된 언행에 현혹되지도 않는다. 과거 속의 모든 나와 미래의 나는 '지금의 나' 안에서 온전히 사랑받으며 공존하게 된다.

누군가를 통해야만 신을 만날 수 있다는 생각도 얼마나 어리석은 개념인지 알게 된다. 신은 어느 누구에게만 특별히 그 모습을 드러내는 존재가 아니다. 개개인의 열려 있는 의식 consciousness(Chitta)을 통해서 신의 존재에 대한 다른 차원의 체험 experience을 할 수 있는 가능성은 누구나 다 가지고 있다.

어머니의 태반에서부터 지금 이 순간까지 살아오면서 내 몸에 기억된 모든 상처와 아픔은 그것이 어떤 내용의 것일지라도 완전히 치유받을 권리가 있다. 또한 모든 '과거의 나'들은 온전히 사랑받을 권리가 있다. 그리고 그걸 해낼 수 있는 것은 바로 현재의 '나'뿐이다. 나를 구할 수 있을 때 다른 사람에게 도움이 될 수 있으며, 나를 치유하고 보호할 수 있을 때 다른 사람들의 아픔도 보이기 시작한다. 나를 알아야 나를 비울 수 있는 것처럼, 나의 내면을 있는 그대로 보고 사랑할 줄 알아야 그때 비로소 신의 체험도 가능해진다.

무조건 내 편 되기

이런 말이 있다. "누구에게도 사정을 설명하지 말라. 그들이 너의 친구라면 이미 이해하고 있을 것이고, 그들이 적대심을 갖고 있는 사람이라면 무슨 말을 하건 오히려 그걸 이용해 너를 적대시하고 공격할 것이다."

돌아보면, 나는 장년이 되어서까지도 나를 부정적인 시선으로 대하고 공격해 오는 사람들로부터 나를 방어하는 데 많은 시간과 에너지를 썼다. 그들이 생각하는 그런 사람이 아니라는 걸 어떻게 해서든 설명하고 증명해 보이고 싶었다. 그래서 불필요한 말을 해가면서까지 그들에게 접근했고, 내가 좋은 사람이라고 인정받으려 끝까지 노력했다.

그 결과 나는 어느 순간 온통 나를 부정적으로 생각하는 사람들로 둘러싸여 있다는 걸 알게 되었다. 내가 무슨 말을 해도 돌아오는 건 부정적인 답변뿐이었고, 어려운 일에 부딪쳤을 때 그들은 내게 도움이 되기는커녕 오히려 나를 힘들게 하기 일쑤였다. 그러면 그럴수록 나는 더 그들을 이해시키려고 애썼다.

어떤 이유에서인지 나를 좋아하고 내 편이 되어주는 사람들은 그리 중요하지 않은 것 같았고, 어차피 나를 좋아해 줄 테니 크게 신경 쓰지 않아도 될 것 같았다. 어떤 면에선 그들의 사랑을 믿지 않았던 것 같다. 이유도 없이 그냥 나를 좋아해 주는 사람들은 뭔가 모자란 듯 보였고, 나에게 무언가를 원해서 그러는 게 아닌가 하는 의심이 들기도 했다. 실제로 그런 사람이 없었던 것도 아니지만, 그때의 나는 그들이 나를 진심으로 좋아하는 건지 아닌지 구분할 만한 감각을 지니고 있지 못했다.

오히려 나를 부정적으로 대하는 사람들로부터 단 한 번만이라도 칭찬을 듣길 원했다. 그 결과 나는 어떤 일을 해도 몸이 부서져라 열심히 하는 버릇이 생겼다. 조금 더 잘해서 그들에게 인정받고 싶었고, 사회가 원하는 '착하고 멋진' 사람이 되기 위해 웬만한 일에는 싫다 소리 한 번 내지 않고 모든 걸 감당했다. 그러나 아무리 열심히 노력해도 결과는 늘 그 반대였다. 해내면 해낼수록 사람들은 더 많은 걸 원했고, 노력하면 할수록 오히려 사람들로부터 외면당하는 느낌이 들었다.

이런 모든 현상이 그들 때문이 아니라 나의 내면에서 비롯되었다는 간단한 사실을 알아차리지 못한 채 나는 어른이 되었다. 몸은 어른이었지만 내면은 상처의 쓰라림에 아파하는 어린아이 그대로였다. 그 어린아이는 보호받지 못한 채 사랑과 인정에 굶주려 있었다. 그 아이에게 주위의 모든 사람은 상처를 주는 두려운 존재들일 뿐이었다.

우리는 유년기까지는 남의 사랑과 보살핌에 전적으로 의존해서 생존할 수밖에 없다. 자라면서 사고 능력이 생기고 상황은 변해가지만 그 의존 습관은 우리 안에 그대로 존재한다. 권한을 가진 누군가가 사랑해 주고 칭찬해 주고 인정해 주어야만 나의 존재 가치가 유지된다고 생각하는 것이다. 그들의 말과 행동이 과거 우리의 생존과 직접적인 연관이 있었기 때문이다. 그러나 이미 그 시기가 지났음에도 우리는 계속해서 그들의 행위를 주시하며 인정받기를 원하고 그들의 사랑을 기다린다.

그런 습관은 어른이 되어서도 쉽게 바뀌지 않는다. 나 역시 크게 다르지 않았다. 나의 모든 습관은 유년기에 이미 입력되었고, 남에게 인정받아야만 살아남는다는 심적 압박감 때문에 늘 누군가를 바라보며 그가 나를 인정해 주기만을 기다렸다. 그리고 그 허전한 마음은 어떻게 해서든 누군가로부터 사랑받을 만한 행동을 해야 한다는 강박 관념으로 자리를 잡았다.

잠깐 방향을 돌려 우리 내면을 한번 들여다보자. 자신이 외부적으로 아무리 가혹한 사람들로 둘러싸여 있다 해도, 가만히 살펴보면 자신에게 가장 가혹한 사람은 정작 자기 자신인 경우가 대부분이다. 스스로를 늘 옳고 그름의 잣대로 판단하고, 뭔가 부족하거나 잘못했다며 질책하고, 그것밖에 안 되느냐고 윽박지르고, 완벽함을 요구하고, 되지도 않을 걸 꿈꾼다고 핀잔주고, 어떤 상황에서도 쉽게 용서하지 않으며, 끊임없이 죄책감을 부여한다.

그 결과 자기도 모르는 사이에 부정적인 마음이 뿌리를 내리면서 무의식적으로 자신을 비하하는 언행을 하고 자신을 학대하게 된다. 그리고 모든 가능성에서 자신을 소외시켜 버린다. 완벽해지려고 몸이 부서져라 노력하고, 그때마다 더 잘할 수 있었는데 하며 후회하기 무섭게 채찍을 꺼내든다. '더 예뻐져야 하는데, 더 성공해야 하는데, 더 완벽해야 하는데……' 그러나 결과는 항상 부족하다. 그러면 큰소리로 기합을 넣기도 한다. "더 잘할 수 있어! 파이팅!" 그러면서 끝까지 애써보지만 결과는 뻔하다.

상상으로 만들어놓은 나의 완벽한 이미지를 따라잡을 방법은 없다. 그리고 그 '상상의 나' 역시 내가 만든 이미지가 아닌 경우가 허다하다. 어린 시절부터 입력된 '사랑받을 만한 존재' '좀 더 완벽한 존재'에 대한 이미지인 것이다. 그러다 보니 형편없고 별 수 없는 '나'는 여전히 그대로 존재하고, 그걸 감추기 위해 나를 포장하는 데 많은 시간과 돈을 쓰게 된다. 그러고는 아무 일 없다는 듯 더 열심히 뛴다. 그리고 그걸 열심히 사는 것이라고 생각한다. 그러느라 내면에 존재하고 있는 '나'는 정작 질식해서 죽어간다.

서른대여섯 살쯤, 나는 한 발자국도 더 앞으로 나아갈 수 없을 정도로 심각한 상태에 놓여 있었다. 할 줄 아는 건 아무것도 없었고, 그나마 내가 할 수 있는 일들은 이 세상을 살아가는 데 아무짝에도 쓸모없는 것들로만 여겨졌다. 어느새 나는 살아갈 가치조차 없는 사람, 사랑받을 자격조차 없는 사람이 되어 있었다. 이렇게 내 안의 내가 질식해 죽어가고 있었다.

아무리 둘러봐도 내 편은 없었다. 어디서부터 어떻게 해나가야 할지 알 수 없었다. 무언가를 찾아서 혹은 누군가를 만나서 답을 얻고자 온갖 책을 구해 읽고 온갖 데를 다 찾아다녔지만 아무런 답도 찾을 수가 없었다. 완패를 당한 기분이었다. 나는 바닥에 길게 누운 채 하늘을 보며 이제 그만 죽고 싶다고 읊조렸다. 아니, 이미 죽어가고 있으니 이 몸을 어서 거두어가 달라고 빌었다.

'신이시여, 삶이 이리도 어렵고 고통스러운 것이라면 저는 사는 것에 더 이상 어떤 미련이나 희망도 없습니다. 지금 이 몸을 내놓고 싶습니다. 그만 살겠습니다. 거두어주소서.'

누군가에게서 찾아 채우려 하던 '완전한 사랑'은 허공으로 날아갔고, 인정받고 싶은 마음은 산산조각이 났다. 그리고 모든 것을 포기하고 마주하려는 죽음 앞에서 나는 처음으로 내 안에서 신음하고 있는 나 자신을 보게 되었다. 아무도 내 편이 되어주지 않아 외롭고 약해진, 그래서 시름시름 죽어가고 있는 어린 아이의 모습이었다. 어둠 속에서 신음하며 사라져가는 얼굴 없는 아이였다. 한 번도 들여다보지 않은 나의 내면이었다. 희망의 빛 하나 들어올 틈도 없는 곳에서 더 이상 삶을 이어갈 수 없는 게 당연했다.

그러다가 마침내 그 안에 빛을 넣어줄 사람이 바로 나 자신이라는 걸 깨닫게 되었다. 그 후로 나는 심리 치료 전문가의 도움을 받으며 먼저 내 편이 되는 방법을 배워나갔다. 내가 나 자신을 사랑하고 인정해 주고 칭찬해 주는 그런 과정이었다. 그 다음은 명상을 배우는 것으로 이어졌다. 조금 더 구체적으로 그리고 시간을 두고, 나의 내면을 있는 그대로 들여다보는 명상을 하기 시작한 것이다.

'누가 나를 어떻게 생각하고 판단하든 나만은, 적어도 나만은 내 편이어야 한다. 무슨 일이 있어도!'

이 단순한 사실이 온전히 내 것이 되기까지는 의외로 오랜 시간이 걸린다. 몸이 아프다고 말하면 당연히 모든 것을 멈추고 토닥거려 주어야 한다. 마음이 아프다고 하면 따뜻하게 어루만져 주어야 한다. 그리고 조용하게 기다려주어야 한다. 아이가 아프다는데 야단치고 밀어붙이는 부모가 되어서는 안 된다. 아이가 마음이 상해서 울고 있는데 가혹한 말로 잘잘못을 추궁하는 부모가 되어서도 안 된다.

우리의 몸과 마음은 어린아이와 같다. 좋으면 기뻐하고 슬프면 울고 아프면 아프다 하고 야단맞으면 기가 죽는다. 억울하면 분해하다가 엉뚱하게 거친 행동을 내보이기도 한다. 반대로 보살핌을 잘 받았을 때에는 최고의 창조적인, 기발한 아이로 변신한다. 그 마음을 바라보고 있는 나는, 그리고 그것을 알고 이해하는 나는 내 안에 존재하는 그 어린아이의 부모이자 최고의 후원자여야 한다.

'무조건' 내 편이 되기 위해서는 우선 내 안에서 들리는 소리에 귀를 기울일 줄 알아야 한다. 그것은 내면을 향한 나의 예리한 주의집중을 말한다. 자신의 눈과 귀를 안쪽으로 돌리는 일부터 조심스레 시작해야 한다. 그러고는 내면에 섬세하게 주의집중하는 능력을 발전시켜 가는 것이다. 처음부터 잘되지 않더라도 몇 번 하다 보면 이내 오관五官이 선명해지는 것을 알아차리게 되고 내 마음이 어떻게 동요하는지 느껴지기 시작한다.

몸이 힘들어 하는 것은 마음의 동요보다는 알아차리기가 수월하다. 그럼에도 주의를 기울이지 않는다면 결국은 힘들어 앓아눕게 된다. 몸은 이미 여러 가지 방법으로 신호를 보내고 교신을 해왔다. 그러나 우리는 온갖 이유를 들어 오히려 몸을 질책하고 밀어붙였을 확률이 높다. 관념과 집착으로 만들어놓은 그 무언가를 위해서 말이다.

억울한 말을 듣거나 거칠게 취급을 당했을 때도 마찬가지다. "뭘 그런 걸 가지고 그래? 힘내!" 이렇게 한다고 해서 무조건 힘이 나는 게 아니다. 오히려 더 외롭고 힘이 들어 주저앉게 된다. 안에서 상처받은 그 아이는 상처받은 그대로이다. 그 상처를 있는 그대로 보고 듣고 공감할 수 있는 건 나밖에 없다. 내가 공감하고 어루만져 주지 않으면 그 일을 대신해 줄 사람은 아무도 없다. 그런 일을 당했을 때 친구나 주변 사람들에게 한나절을 설명해도 별 도움이 되지 않는다. 오히려 힘만 들고 나중에 허전해지기만 하는 경험을 누구나 해보았을 것이다. 친구나 주변 사람들은 내가 아니다. 나의 내면을 현미경처럼 들여다볼 수 있는 사람은 나밖에 없다는 사실을 잊어서는 안 된다.

내면의 소리가 아직 들리지 않는다면 조용히 집중한 채 기다리기라도 해야 한다. 바로 답을 찾으려 애쓰는 것이 아니라 그냥 침묵 안에 머물러 있으면 된다. 침묵은 호수 안의 진흙을 가라앉히고 물을 맑게 만드는 역할을 한다. 서서히 물이 맑아지면 그 안에 어떤 것들이 살고 있는지 보이기 시작한다. 그러면 있는 그대로 지켜볼 수 있다. 그리고 이곳저곳 보살피고 가꿀 수도 있게 된다. 나만의 신비한 물 속 정원을 만들어가는 것이다.

그 안에서는 어린 내가 힘들어 하더라도 어른인 내가 다독여줄 수 있고, 놀다가 다치기라도 하면 어른인 내가 반창고를 붙여줄 수 있다. 그리고 따뜻하게 품어 안아줄 수 있다. 내가 아니라면 그 신비한 일을 누가 해줄 수 있을까? 그리고 그때 이렇게 말해줄 수도 있다. "힘들어? 쉬어. 쉬어도 괜찮아. 그래 쉬어가자!" 그게 바로 내 편이 되어가는 출발점이다. 언제나, 무조건, 그리고 철저하게 나만은 내 편이 될 수 있어야 한다.

우리 몸에서는 기억으로 남아 있는 무서운 부모님의 목소리, 형제나 친척, 선생님 혹은 다른 심판하는 이들의 온갖 목소리가 아우성을 친다. 무슨 일을 하기가 무섭게 야단치고 질책을 한다. 생각만 했을 뿐인데도 이미 빈정거리는 목소리가 들리기도 한다. 그때는 무조건 그 소리를 멈출 수 있어야 한다. 내면의 그 목소리가 그만 말하도록 절대적으로 나 자신을 보호해야 하는 것이다. 사랑하는 말과 행위가 아니라면 내 안으로 들어올 수 없도록 선을 긋고 사랑의 보호막으로 나를 감싸야 한다.

남들의 옳고 그름은 내가 가릴 일이 아니다. 내가 할 일은, 사랑이 아닌 어떤 것도 내 안으로 들어올 수 없도록 무조건 나 자신을 보호하는 것이다. 모든 사람은 자기의 의견을 말할 권리가 있지만, 그걸 내 안에 들이느냐 아니냐는 내가 결정할 수 있다. 다른 이들의 언행은 있는 그대로 인정하고 바라보되, 그것에 대해 내가 책임지려 할 필요는 없다. 내가 책임질 것은 나의 내면뿐이다. 그럼에도 우리는 모든 사람들의 생각과 의견까지 우리의 잘못으로 받아들이고 책임지려 한다. 그건 오히려 다른 사람들의 생각과 삶까지 내가 컨트롤하겠다는 강박 관념에 불과하다.

어떤 사람이든지, 나에게 삐뚤어진 마음으로 폭력적인 언행을 한다든가 신체 접촉을 하려 한다면, 앞서 말한 자신의 부정적인 소리로부터 자신을 보호하듯 단호하게 나 자신을 보호해야만 한다. 어떤 경우에라도 나의 존재를 존중하지 않고 함부로 대한다면 나의 영역 안으로 들이지 않아도 된다. 그리고 그것에 대해서 죄책감을 느낄 필요가 없다.

지구상의 어느 생명체와 마찬가지로 나라는 존재는 그 자체만으로 소중하고 아름답다. 오직 존중과 사랑만이 나의 경계선을 통과할 수 있도록 선을 그어놓는 것이 중요하다. 내가 비록 우주의 미세한 먼지stardust보다 더 작은 존재이지만 그와 동시에 나는 우주를 밝히는 빛이자 사랑의 씨앗이란 사실을 잊어서는 안 된다. 나만의 순수 영역에서 자유로울 수 있도록 나 자신을 보호해야 한다. 그랬을 때 비로소 나를 사랑하는 사람들이 내 주위에 머물 수 있고, 서로를 이해하고 존중하면서 주변을 더 밝힐 수 있다.

물론 이 모든 일이 마음처럼 한 번에 다 잘되지는 않는다. 그러나 한 번 연습할 때마다 그만큼 기술이 늘어가게 된다. 그러다 보면 어느 날, 자기 자신을 철저하게 보호하고 사랑하는 책임감 있는 사람으로 성숙해 있고, 그때가 되면 비로소 나에 대해 부정적이던 다른 사람들까지도 있는 그대로 이해할 수 있게 될 것이며, 오히려 측은한 마음으로 그들을 축복해 줄 수도 있을 것이다.

오늘도 나는 무조건 내 편이다. 그리고 조건 없이 나를 사랑한다.

신의 순수한 영역 안에서 오늘, 나는 자유롭다.

Space-Time

나에게 바보 같을 수 있음을
허락하다

마음이 흐트러지고 이유 없이 힘든 날들이 있다. 아니, 사실 '이유 없이'라고 하지만 잘 들여다보면 이유 없는 일은 없다. 다만 알아차리지 못해서, 들여다보기 귀찮고 힘들어서, 아니면 인정하고 싶지 않아서 외면하는 것일 뿐, 몸이든 마음이든 '이유 없이' 힘든 경우는 없다. 어떤 결과이든 정확한 원인과 이유가 있다.

마음이 흐트러지고 힘이 드는 상황이 되었을 때 제일 먼저 살펴보아야 할 것은 우리의 몸이다. 몸이 맑지 않으면 모든 게 힘들어지기 시작한다. 그와 동시에 마음을 지키기도 어려워진다. 당연히 정신도 산란해진다. 그래서 몸을 늘 부드럽고 순하게 유지하는 것이 중요하다. 신선하고 맑은 음식으로 끼니를 하고, 깨끗한 천으로 몸을 감싸며, 편한 신발에 발을 담고, 정결한 환경에서 적당하게 운동하면서, 단순하게 생활하는 것이 좋다.

그러나 주의를 하다가도 간혹 실수를 하거나 뜻하지 않은 일로 인해 몸이 힘들어질 때가 있다. 몸 안에서 이런 이유를 알 수 없는 불편함이 생길 때는 당연히 마음마저 불편해지고 쉽게 우울해지기도 하고 자신이나 남을 다그치려는 생각이 올라오기도 한다. 옳고 그름을 가려서 그른 것을 바로잡고 옳은 것을 취하려는 것이다. 그러나 이렇게 옳고 그름을 가르는 일은 순식간에 마음의 평정심마저 잃게 만든다.

삶에서 일어나는 모든 일은 그것이 어떤 종류의 일이든 맑은 눈으로 있는 그대로 바라보는 것이 중요하다. 주관적인 의견이 아니라 중립적인 마음의 시선으로 바라보는 것이다. 처한 상황에서 조금 뒤로 물러나 시야를 넓힌 뒤에 보면, 내가 알고 있는 것이 모르는 것보다 형편없이 적다는 사실을 알아차리게 된다.

가만히 들여다보면 세상 안의 99.9999999……퍼센트가 사실은 내가 모르는 것들이다. 안다고 생각하는 것들조차도 실은 확실하지 않은 경우가 대부분이다. 그러므로 모를 수 있다는 가능성을 인정하는 것, 아무것도 모른다는 사실을 받아들이는 것이야말로 무언가 중요한 것을 알아차리기 시작했다는 증거이다.

아무것도 아닌 것 같은 이 작은 사실만 알아차려도 마음을 편히 내려놓고 상황을 지켜볼 수 있는 눈이 생긴다. 그러면 그냥 모른다는 마음으로 단순히 지켜볼 수 있게 된다. 모든 일에 똑똑하게 반응해서 대처하려 하기보다는 자신이 아무것도 모르는 미미한 존재라는 사실을 인정하고 '진정한 바보가 될 수 있음'을 허락하게 되는 것이다.

'아무것도 아니어도 된다. 못해도 괜찮다. 당연히 나에게도 이런 멍청한 일이 일어날 수 있다.' 이런 생각들을 그냥 허락할 수 있으면 된다. '원래 알았던 것도 아니고, 오늘도 조금씩 배워가는 중인데, 모르는 것이 당연하다. 아는 것보다 모르는 게 더 많은 것도 당연하고, 아예 모르는 게 태반인 것도 당연하다.' 그러나 한 가지, 내가 모른다고 해서 나의 본질이 변하는 것은 아니다. 그걸 구분해서 보는 지혜만 있다면, 본질은 내가 아는 것과 모르는 것에 영향을 받지 않는다는 사실 또한 기억할 수 있을 것이다.

사실 아무리 명석하고 완벽해 보여도 우리가 무엇인가를 제대로 알고 있는 것은 거의 없다. 가장 쉬운 예로 '물'만 봐도 그렇다. 물을 가만히 보고 있으면 너무도 이상스럽게 생긴 물질이라는 걸 알 수 있다. 들여다보면 볼수록 점점 더 미궁에 빠져든다. 물이라고 이름을 붙여서 부르니까 '이것이 물인가 보다' 하지만, 사실 물은 그렇게 간단한 물질이 아니다. 물은 그야말로 신비 그 자체이다.

어릴 적부터 나에게 물은 늘 궁금증의 대상이었다. 맑은 물에 손가락을 담그고 손이 흔들리는 것을 보기도 하고, 물을 잡으려고도 해보고, 얼굴을 담그고 눈을 떠서 물 속을 들여다보기도 했다. 쏘아보고, 부어보고, 뿌려보고, 햇빛에 비추어보고, 소낙비 쏟아지는 날엔 처마 밑에 앉아 한없이 맹물을 마셔대다가 배가 터질 뻔하기도 했다. 그래도 알 수 없는 것이 물이었다. 아무리 들여다보아도 신기하기만 했다.

게다가 물은 모습을 바꿔 얼음으로도 변하고 공기로도 변한다. 구름이 되어 하늘을 떠다니기도 하고, 비가 되고 눈이 되어 땅에 내리기도 하고, 흘러서 강도 되고 바다도 된다. 땅에 부으면 땅 속에 스며들고, 컵에 담으면 컵 모양이 되며, 내가 마시면 내 몸이 된다. 또 나무가 들이켜면 나무가 된다. 물은 이 모든 변화를 자신의 기억으로 간직하고 있다. 물은 지금도 나에게는 신비의 대상이다.

그런 물을 우리는 그냥 원래 그런 것이려니 생각하고 만다. 기껏해야 과학자들이 밝혀서 정의한 몇 가지 사실과 물을 어떤 방법으로 사용하면 되는지 정도만 알 뿐 정말 '물'이 무엇인지는 알지 못한다.

물만이 아니다. 우리는 우리가 모든 것을 안다는 착각 속에서 살고 있다. 진정으로 나비가 무엇인지, 귀뚜라미가 무엇인지, 해바라기는 무엇이고, 민들레는 무엇인지…… 이 모든 것들에 대해 우리가 실제로 알고 있는 것은 거의 없다. 가만히 들여다보고 있으면 그저 신비하고 기이한 생명체들인데도 자세히 들여다보지 않는 이유는 이미 그에 대해 알고 있다고 착각하기 때문이다. 과학자들이 분자니 원자니 하고 자르고 분해하고 계산해서 정의해 놓은 것들을 학교나 책에서 듣고 배워서 안다고 생각하고 있기 때문이다. 우리가 살고 있는 지구나, 이 지구가 속해 있는 태양계, 은하계에 대해서도 아는 것이 없기는 마찬가지다.

이런 현실을 조금이라도 감지한다면, 내가 누구라는 생각, 내가 누구여야 한다는 생각, 또 내가 알고 있다는 생각, 내가 알아야 한다는 생각…… 이런 생각이 모두 우리 자신의 가소로운 '생각'에 불과하다는 사실을 알게 될 것이다. 내가 얼마나 유명한 사람인데, 부자인데, 학자인데, 교수인데, 종교인인데, 지도자인데, 이렇게 '내가 누구인데'라거나 혹은 '우리 집안이 어떤 집안인데' 등등의 생각identity에 사로잡혀 있다면, 그렇게 생각하는 것만으로도 우리 마음은 불안하고 초조해져서 자연히 삶이 힘들게 느껴진다. 그리고 이내 고통이 뒤따르게 된다.

내가 누구라는 허상을 붙들고 그것을 지키느라 힘들고 괴로워하기보다는, 이 순간 내가 아무것도 아니어도 된다는 걸 허락할 때, 바보가 되어도 괜찮고 멍청이여도 괜찮을 수 있을 때, 그때 비로소 마음이 편안해진다. 이 상태를 산스크리트 어로 '수카sukha'라고 한다. 몸이 편안하고 마음이 평안하며 누가 뭐래도 급격한 반응을 하지 않을 수 있는 상태이다. 그러므로 몸도 세상도 특별한 어려움 없이 편안히 유지된다. 비슷한 말로 영어에는 'ease'라는 말이 있다. 몸의 기운이 수월하게 흐르고 평온한 상태를 말하는데, 그 반대가 'disease'(즉 dis-ease)로 편안하지 않은 상태, 다시 말해 질병을 가리킨다.

편안한 상태에서는 몸이 건강해지고 마음도 평정하게 유지된다. 또한 '나'라는 확고한 개념에서 자유로워지기도 쉽다. 따라서 사물을 있는 그대로 바라보는 명철함과, 모두를 겸손하게 대하는 지혜가 자리 잡을 수 있다. 그리고 이때 비로소 모든 것이 가능해지기 시작한다.

가만히 살펴보면 '옳고 그름'이나 '되고 안 되고'가 유난히 분명한 사람일수록 사는 게 평온하지 않아 보인다. 몸도 힘들어 보인다. 흑과 백이 확실하기 때문에 현실이 훨씬 더 힘들고, 따라서 몸도 힘들 수밖에 없다. 세상은 흑과 백으로만 이루어져 있지 않기 때문이다. 오히려 대부분은 그 중간색들로 이루어져 있고 무지개와 같이 온갖 색깔로 넘치고 있다. 그것이 어떤 색이건 그 자체로 옳거나 그른 것은 없다. 그냥 그럴 뿐, 그걸 '옳다, 옳지 않다'로 가를 수는 없다. 그러나 옳고 그른 것이 분명하면 삶의 색깔은 '흑' 아니면 '백'일 뿐이며, 흑과 백 사이에서 전전하는 암울한 삶이 될 수밖에 없다.

자신이 누구이고 어떠해야 한다는 기대를 내려놓고 내가 아무것도 모른다는 사실을 인정할 때, 무엇이든 이름이 붙기 전의 본래 모습을 알아보고 있는 그대로 들여다볼 수 있다. 이때 비로소 눈앞의 만물은 신비스런 기적으로 존재하기 시작한다. 삶은 아름다운 순간들로 다시 태어나고, 우리 앞에 모든 것은 가능성으로 열려 있게 된다.

살다 보면 아픈 날도 있고 좋은 날도 있다. 좋은 날은 파도를 타듯이 신나게 넘어가고, 아픈 날은 엎어져 다치거나 물에 빠져

물을 먹기도 한다. 그러나 그것들도 체험 그 자체로서의 가치는 다르지 않다. 오히려 좋은 일만 생기게 하려고 노력한다면 그것이 또 다른 집착이 되어 몸과 마음을 괴롭힐 것이다.

아플 땐 아픈 걸 받아들이고 힘들 땐 힘든 걸 받아들이면 된다. 그리고 할 수 있는 만큼만 하면 된다. 즐거울 때는 그냥 즐거우면 되고, 실수는 실수로 웃어넘기면 된다. 그리고 자신이 바보 같이 느껴질 때는 바보 같을 수 있음을 허락하면 된다.

나는 모른다.
아무것도 모른다.
정말 모른다.
나는 모른다.

이 말을 몇 번만 읊어도 마음이 편안해지는 것을 느낄 수 있다. 내가 바보 같을 수 있음을 마음속 깊이 허락하고 자신에 대한 기대를 내려놓는 순간, 그때 비로소 맑게 미소 지으며 삶을 있는 그대로 바라보게 될 것이다. 그때 모든 것이 가능성으로 다가올 것이다.

호르몬의 관문을
지나서 만나는 축복

우스개로 북한이 남한을 침략하지 못하는 이유가 중 2 때문이라는 말이 있다. 어떤 면에선 우스개가 아니라 일면 고개가 끄덕여지기도 하는 말이다. 몸에서 호르몬의 변화가 일어나기 시작하면서 천사같이 예쁘고 착하던 아이들이 느닷없이 몬스터급으로 변하는 시기가 바로 이때이기 때문이다. 될 수 있으면 일단은 피하는 게 상책이다. 몸 안의 변화를 겪고 있는 본인도 힘들겠지만, 주위에 있는 사람들도 앞으로 족히 몇 년은 더 이런 시간을 감수해야만 한다. 아무도 범접할 수 없는 격동적이고 부정적인 태도가 이유를 불문하고 수시로 튀어나온다.

중 2는 만으로 열세 살 정도이다. 영어로 틴에이저, 즉 'teen' 자가 붙기 시작하는 나이대로, 이른바 사춘기로 들어가는 첫 해에 해당한다. 사춘기adolescent란 어린이 시기가 끝났지만 아직 어른은 되지 않은 중간 시기로, 우리 몸이 호르몬의 변화와 그 흐름에 지배받기 시작하는 시기이다. 남성 호르몬testosterone 혹은 여성 호르몬estrogen의 영향권으로 들어가면서 목소리가 변하고 몸의 굴곡도 달라진다. 매일같이 엄청나게 무엇인가를 먹어치우지만 정신적으로는 아직 성숙하지 않았고, 부모로부터 독립하고자 하는 마음과는 달리 아직 혼자 설 능력은 없는 불완전한 시기이다.

몸과 마음이 자기 의지와는 무관하게 제멋대로 작동하면서 좌충우돌 부딪치고 행동이 과격해지기 십상인데, 대개 그 상대가 바로 앞에 있는 부모이다. 그동안 부모는 자신을 사랑해 주는, 없어서는 안 되는 완벽한 존재였지만, 이제는 날개를 펴고 혼자 날 수 있도록 그 사랑의 집착을 끊어내고 밀쳐내지 않으면 안 되는 대상이 되어버린 것이다.

나도 아이들을 기르는 동안 이런 체험을 해야만 했다. 비로소 아이를 기르는 게 쉽지 않은 일이란 걸 실감한 때가 이때였다. 그리고 마침내 나를 길러주신 부모님의 처지를 처음으로 생각하게 된 시기이기도 했다. 설마 나도 그랬으려나 하고 매번 의심했지만 그때마다 답은 '사실 나는 더 했던 거 같은데……'였다. 그때마다 "너도 나중에 아이 낳아서 한번 길러봐라" 하며 원망스럽게 질책하시던 어머니의 목소리가 바로 내가 해야 할 소리가 되고 말았다는 생각을 하니 어이가 없었다. 어머니가 한 말을 그대로 따라할 수도 없고, 침을 한 번 꼴깍 삼키고는 '나는 적어도 알고는 있으니까 상처는 받지 말아야지!' 하며 상황을 달래곤 했다.

살펴보면 성 호르몬이 분비되는 이 극적인 시기가 시작되기 직전까지의 삶은 순수성이 그대로 잘 유지되어 있는, 그야말로 인생에서 가장 아름다운 시기이다. 일생 동안 간직되는 아름다운 일들이 바로 이때에 일어난 일들이다. 구름과 시냇물, 진달래와 벚꽃의 기억, 매미가 우는 소리, 그리고 어머니나 누나의 모습…… 그 가장 인상적이고 아름다운 기억들이 바로 호르몬 변화 이전의 기억들로 만들어져 있다.

그러나 성 호르몬의 분비가 시작되면서 몸속에서 화학 변화가 일어나고 지금까지의 꿈같았던 삶은 단번에 날아가 버린다. 완전히 새로운 삶의 영역으로 들어서게 되는 것이다. 생각과 마음이 제멋대로 날뛰고 엉뚱한 말과 행동이 튀어나온다. 나중에 생각해 보면 후회할 일들 투성이다. 가슴이 뛰고 흥분되는가 하면, 시기심이 생기고 질투가 폭발한다. 이성異性을 보면 혼미해져서 좀처럼 자신을 주체하지 못한다. 그로 인해 스스로를 질책하고 수치스러워도 하지만, 그렇다고 마음먹는 대로 자신이 바뀌지도 않는다. 오히려 고통을 향해 한 걸음 더 치달린다. 인생의 막장 드라마가 이때부터 시작되는 듯하다.

결국 우리의 몸과 마음 그리고 이성理性은 성 호르몬의 단순한 화학 반응에 완벽하게 납치를 당하고, 그 화학 반응에 힘없이 복종하면서 지혜를 잃은 채 어두운 삶을 살아가게 된다.

물론 이것은 우리의 본래 인성과는 관련이 없다. 단지 몸 안에서 일어나는 화학적인 변화가 인간을 마치 이상한 동물처럼 만드는 것이다. 그리고 이 성 호르몬의 화학 작용은 이후 30~40년 동안 몸 안에서 계속되면서 우리의 일거수일투족을 조종한다. 마침내 30~40년간의 교미기를 넘기고 적당한 시간이 다가오면, 우리 몸 안에서는 또 한 번의 화학 반응이 일어난다. 성 호르몬의 양이 자연스럽게 줄어들면서 다시 원래 상태로 돌아가려는 현상이 일어나는 것이다. 그것을 완경 혹은 갱년기 Menopause(혹은 Metapause)라고 부르는데 우리 몸이 지나가야 할 또 다른 호르몬의 관문이다.

주로 40대 말이나 50대 초에 시작되는 이 현상은 사춘기 때와 마찬가지로 몸과 마음에서 많은 변화가 일어난다. 다만 사춘기 때와는 다르게 성 호르몬의 작용이 시작되면서 일어나는 현상이 아니라 거기에서 빠져나가면서 일어나는 현상이다. 성 호르몬이 분비되기 시작하는 앞쪽의 관문은 적어도 6~7년 정도의 과정을 거치면서 교미기로 들어서지만, 뒤쪽의 관문은 10여 년 정도의 과정을 거치면서 교미기에서 빠져나간다. 몸과 마음에 혼란이 야기되고, 특히 정신적으로 심각한 영향을 받으면서 자신은 물론 주위 사람들까지 모두 힘들어지는 상황이 또다시 돌아온다.

처음의 것은 아무것도 모르는 상태에서 그것이 정상이려니 하고 부딪쳤다면, 뒤의 것은 그 정상에서 빠져나가는 서글픈 일이라는 생각에 상황이 더 힘들게 다가올 수 있다. 만약 교미기가 정상이라면 빠져나가는 것은 분명 정상이 아닌 쪽으로 퇴화되어 가는 것처럼 느껴질 만하다. 그러나 이건 사실과 다르다. 삶의 길이를 80세로 계산한다면 그 가운데 교미의 기간을 뺀, 반 이상의 삶을 교미기가 아닌 상태로 살게 된다. 게다가 수명이 80세 이상으로 늘어난다면 교미 기간이 아닌 삶의 길이는 더 길어진다. 그러므로 어느 부분의 삶이 정상적인 것이라고 쉽게 단정 지을 수는 없다.

나의 경우만 보아도 순수하고 아름다운 기억은 모두가 다 열두 살 이전의 것들이다. 살면서 어려운 일을 당했을 때 힘이 되어주고 마음을 안정시켜 주는 기억들이 바로 그때의 것들이다. 때로는 그때 먹은 알사탕이나 과자를 하나만 먹어도 마음이 포근하게 안정되는 느낌을 받기도 한다. 그 어린 시절의 동네나 사람들, 개울, 신작로의 미루나무까지 모두 내가 사랑하는 것들로 마음속에 기록되어 있고, 언제 어디에 살고 있더라도 그곳을 그리워하고 그때로 돌아가고 싶다는 생각이 늘 마음속 깊은 곳에 자리하고 있다. 이렇게 그 시절은 항상 뭔지 모를 순수한 아름다움으로 채색되어 나의 DNA 속에 완벽한 기록으로 남아 있다.

그러나 열세 살 무렵 호르몬의 변화 과정을 체험하면서 내 인생에도 구구절절한 드라마가 시작되었다. 사는 게 왜 이리 힘든 것인지 이해할 수 없는 때가 대부분이었고, 나도 모르는 사이에 좌충우돌 부딪치며 무작정 열심히 살아보려고 노력했다. 그렇게 30년 정도를 같은 상태의 다른 사람들과 어울려 살다가 어느 틈엔가 몸 안에서 조금씩 또 다른 이상한 징조가 나타나는 것을 알아차렸다.

순간, 불안해지기 시작했다. 내가 배란을 할 수 있는 기간이 끝나간다는 생각이 들자 마음이 초조해진 것이다. 주치의를 찾아가 뜬금없이 물었다.

"선생님, 내 몸 안에 호르몬의 변화가 오고 있는 게 맞나요? 그렇다면 지금이라도 한 번 더 임신이 가능할까요?"

주치의가 의아한 얼굴로 나를 바라보았다.

"글쎄요, 아직은 가능할 수도 있지만, 왜요? 아이를 갖게요?"

"그게…… 이제 다시 임신할 수 없을 거란 생각을 하니까…… 혹시라도 마지막으로 한 번 더 가능할까 해서요."

의사의 의견을 물었다.

"아직 가능은 합니다. 그러나 월경이 이미 정기적이지 않으니 임신이 된다 해도 미숙아나 다운증후군에 걸린 아이를 낳을 확률이 높습니다."

그의 대답에 앞이 캄캄해졌다. 이제는 아이도 못 낳는 쓸모없는 여인으로 전락하는 기분이었다. 마지막으로 한 번이라도 나의 정상적인 삶의 의무를 만끽해 보고 싶었다. 그래서 의사에게 다그치듯 부탁했다.

"한 번 더 아이를 낳고 싶어요. 어떻게 몸 관리를 해야 하는지, 그리고 무엇을 어떻게 먹고 준비해야 하는지 알려주세요, 선생님."

내 얼굴을 물끄러미 바라보던 그가 인자한 미소를 지으며 말했다.

"그렇게 해봅시다, 그럼."

그리고 6개월쯤 지났을까, 내가 마지막으로 한 번 더 임신을 준비한다는 이야기를 하며 도움을 청했던 친구를 파티에서 만났다. 그 사이 변화가 생긴 나의 심중을 그녀에게 털어놨다.

"나, 아이 낳겠다는 생각, 포기했어. 안 낳을 거야. 안 낳아도 돼."

"어휴, 다행이다. 우리는 모두 널 은근히 걱정하고 있었어. 이 나이에 갑자기 애를 낳겠다니!" 그녀가 크게 웃으며 대답했다.

지금 아이를 낳는다면 앞으로 20년 정도를 다시 육아에 매달려야 하는 상황이니 모두들 심히 걱정했다고 했다. 그게 사실이었다. 허나 내 몸에서 여성 호르몬이 분비되지 않을 거라 생각하니 초조해지고 이제 쓸모없는 인간이 되는 게 아닌가 하는 불안감에 엉뚱한 일을 해보려고 한 것이다. 생각할수록 멋쩍은 일이었다.

마침내 주치의와도 다시 마주앉았다. 그리고 조용히 나의 심정을 설명했다. 그도 내 결정에 크게 찬성을 했다. 그러더니 느닷없이 이렇게 물었다.

"아홉 살 때를 기억하세요?"

"네, 왜요?"

그가 내 얼굴을 찬찬히 살피며 말을 이었다.

"그때 그 아름다웠던 때를…… 기억하시죠?"

"그럼요! 그때는 모든 것이 아름답기만 했어요. 순수하고 완벽했죠!"

내가 대답하며 환히 웃었다. 그때는 생각만 해도 마음이 설레고 모든 게 아름다웠다. 자유로웠고 행복했다. 마음속에 갈등이 시작되지도 않았을 때였다. 활짝 웃는 내 얼굴을 보며 그가 깊은 미소를 지으며 말했다.

"그때로 되돌아가는 거예요."

"네?"

"성 호르몬의 분비가 아직 시작되지 않았던 그때로 다시 되돌아가는 겁니다."

"네……? 그때요?"

그가 깊은 미소를 띤 채 내 눈동자를 들여다보며 다시 한 번 확인을 시켜주듯 대답했다.

"네, 그때요."

"아…… 네."

그때서야 조금씩 그의 말이 귀에 들어오기 시작했다.

"이젠 호르몬의 작용에서 벗어나 다시 한 번 자유롭게, 그리고 아름답게 살 수 있는 기회가 주어지는 겁니다. 잊지 마세요. 여인에서 여신으로……"

"아, 네."

그의 말이 끝나기도 전에 내 속에서 왈칵 울음이 솟구쳤다.

그때로부터 10년 정도, 중 2 때와 마찬가지로 마구 요동치는 내 몸 안의 변화가 나를 곤혹스럽게 했다. 하지만 그때마다 마침내 주어질 자유의 시기를 꿈꾸며 그 시간들을 견뎠다. 그리고 이런 곤혹스런 변화의 과정을 거쳐 삶의 다리를 건너간 모든 이들이 숭고해 보이기 시작했다. 어머니와 아버지, 할머니와 할아버지, 그리고 그보다 앞서 살았던 인류의 모든 원로들이 마침내 위대하게 보였다. 특히 앞서 살았던 여인들에게 절로 고개가 숙여졌다.

늙어간다는 것은, 그리고 그것을 받아들이고 묵묵히 시간과 함께 흘러간다는 것은 용기 있는 자들이 할 수 있는 위대한 일이다. 그 결과로 우리는 마침내 성별로 구분할 수 없는 영역에 다시 도착을 하고, 그곳에서 자유롭게 인간이라는 한 생명체로서 다른 생명체들과 더불어 여여하게 살아갈 수 있게 된다.

호르몬의 변화를 타고 요동치며 들어가서 혼란의 시기를 살다가, 또다시 호르몬의 변화를 타고 요동치며 나오는 것이 우리 모두가 겪는 삶의 과정이다. 대개는 그 과정에서 앞뒤를 제거한 중간, 즉 성 호르몬이 왕성하게 분비되는 교미 기간만을 중요하게 생각하는 듯하지만 사실은 그렇지 않다. 특히 갱년기 이후의 시기는 인생의 황금기, 인생 최고의 기간으로 예약되어 있는 때이다.

몸은 호르몬으로부터 자유로워지고, 그동안의 체험으로 인해 지혜가 뿌리를 내린다. 따라서 삶의 차원이 한 단계 달라지면서 인생 최고의 아름다운 시기를 맞게 되는 것이다. 그동안 눈에 보이지 않던 것들이 보이기 시작하고, 사소하게 넘겼던 것들에서 소중한 아름다움을 발견할 줄도 알게 된다.

예전만큼 눈이 잘 보이지 않는다는 말을 하지만, 어차피 그것들이 그렇게 중요한 건 아니었다. 이제는 내면의 심안心眼이 열려서 마음이 보이고 우주의 원리가 보이기 시작한다. 깜빡깜빡 잘 잊고 머리도 나빠지는 것 같지만, 원래 그것들도 그렇게 기억해 둬야 할 만큼 중요한 것들이 아니었음을 알게 된다. 지식이 사라지는가 싶으면 지혜가 그 자리를 메우고, 판단 능력이 떨어지는가 싶으면 모든 것을 받아들일 수 있는 자비가 그 자리를 메운다. 마침내 살면서 중요하지 않은 것들이 서서히 물러나며, 진실로 삶이란 무엇이고 우리가 누구인지 감지할 수 있는 감각들이 살아난다. 이건 분명 축복이다. 혼돈된 삶 속에서 이리저리 채인 뒤 어려운 호르몬의 관문을 통과한 사람들이 들어갈 수 있는 축복의 영역인 것이다.

약해진 듯한 몸으로 인해 자존심이 고개를 내리고, 움직이는 모습도 서두르지 않고 참으로 우아하다. 천천히 말하고 천천히 걸으며, 걷다가 잠시 멈추어 담장에 피어 있는 꽃을 보고 마음을 나눈다. 이제는 내 몸이 감당할 수 있는 것들만 알아서 취하고, 필요한 일들만 적당히 한다. 소중한 사람들과 소중하게 만나되 모든 사람들에게 잘 보이려고 쓸데없는 노력도 하지 않게된다. 아름다운 것을 보고 맘껏 아름답다 할 수 있고, 싫어도 싫다 하지 않고 돌아갈 수 있다. 싸워가며 이루어야 할 일도 없고, 미워해야 할 일도 없으며, 용서할 것이 원래부터 없었다는 것마저도 알게 된다. 삶의 순간들만이 실로 귀하고 아름답다는 진리에 마침내 도달하게 되는 것이다.

앞서 이 길을 걸어갔던 모든 이들에게 마음속 깊이 경의를 표한다. 그리고 지금 통과하고 있는 모든 이들에게 사랑과 응원을 보낸다. 또 앞으로 이 길을 걸어가게 될 모든 이들에게 희망을 가져도 좋다는 말과 자비의 마음을 보낸다.

라마 스토리

1948년 1월 30일, 인도의 마하마트 간디가 총격을 당했다. 마하트마 간디는 250여 년 동안 영국의 식민지로 있던 인도라는 거대한 나라를 비폭력의 방법으로 해방시키는 데 성공한 세계적인 리더이다. 인도 해방을 위해 폭력적인 방법을 사용했다면 영국과 인도 양쪽이 모두 어마어마한 희생자를 냈을 것이다. 그러나 간디는 비폭력을 선택했다. 비폭력은 그에게 선택이기에 앞서 영적인 삶의 지축이었다.

수행 요가에서 제일 기본으로 삼는 것이 아힘사Ahimsa, 즉 비폭력이다. 여기에서 말하는 폭력에는 살생뿐만 아니라 폭력적인 언어나 남을 해치고자 하는 생각까지도 포함된다. 간디는 아힘사를 철저하게 내세웠고, 그 덕에 해방의 과정에서 발생할 수 있는 엄청난 희생을 줄일 수 있었다. 일상 생활에서도 그는 철저하게 아힘사를 실천했다. 살생을 금했고 평화스런 방법으로 의식주를 해결했다. 그러나 불행히도 해방된 지 1년도 채 되지 않아 그를 반대하는 과격파의 총탄을 맞아 생을 마감했다.

세 발의 총탄을 가슴에 맞은 직후 그는 마지막으로 "라마…… 람…… 람…… 람"을 중얼거리듯 외친 것으로 알려져 있다. '라마Rama' 혹은 '람Ram'이 무엇이기에 그가 마지막 순간에 그 말을 그렇게 반복해서 외었던 것일까? 도대체 무슨 뜻이기에 그의 마지막 만트라가 된 것일까? 나는 그 '라마'란 것이 무엇인지 알고 싶은 마음을 떨쳐낼 수가 없었다. 정확히 라마란 누구이며 어떤 뜻이 있는지 기회가 있을 때마다 알아보기 시작했다.

　라마는 아바타, 즉 신이 화신(化身)이 되어 이 땅에 살았다고
전해지는 인도의 전설적인 인물이다. 힌두이즘의 우주론에는
세 가지 신이 존재한다. 브라마Brahma, 비슈누Vishnu, 시바Shiva가
바로 그것이다. 이 가운데 브라마는 쉬지 않고 우주를 창조하는
창조의 신을 말하며, 비슈누는 우주를 유지시키고 보존하는 빛
과 사랑의 신을 말한다. 그리고 시바는 모든 것을 탄생되기 이
전의 본래 상태로 돌려놓는 힘의 신이다.
　라마는 이 중에서 비슈누의 일곱 번째 환생 아바타로, 또 다
른 아바타인 크리슈나Krishna, 그리고 싯다르타Siddhartha Gautama
Buddha와 함께 비슈누의 3대 아바타로 알려져 있다. 라마, 크리
슈나, 싯다르타 이 세 사람은 모두 우주의 현상 세계를 빛 가운
데서 풍요롭게 유지시키고 보존하려는 힘을 대표하는 인물들이
다. 그리고 죽는 날까지 사랑과 자비를 실천하고 빛 가운데서
순수하게 살다 간 사람들이다. 이들은 또 인간의 아름다운 본
질을 끝까지 저버리지 않은 빛과 사랑의 화신이라는 공통점을
지니고 있기도 하다. 그들은 완벽한 용서를 통해서만 가능한 그
일을 끝까지 실천에 옮긴 사람들이기도 했다.
　그렇다고 해서 그들의 삶이 모두 완전한 것도 아니었고, 완전
한 사람들로만 둘러싸여 있었던 것도 아니었다. 하는 일마다 성

공적이었던 것도 물론 아니다. 그럼에도 그들이 빛과 사랑의 화신이 될 수 있었던 것은 그들이 우리의 원래 모습이 어떠한지를 알아차리고 진리를 깨달은 뒤 삶을 승화시킬 수 있었기 때문이다. 그리고 끝까지 지혜와 순수함을 유지할 수 있는 힘이 있었기 때문이다.

라마도 예외가 아니었다. 그는 코살라 왕국의 왕자로 태어났으나 그 삶은 순탄하지 않았다. 젊은 시절 그는 부인과 함께 숲속으로 추방되어 살다가, 악의 힘에 의해 납치된 부인 시타Sita를 구하러 먼 길을 떠난다. 부인 시타를 악으로부터 구하는 과정에서 전쟁을 벌이고 악을 멸망시키지만, 말년에는 자신의 아들과 전쟁을 치르는 슬픈 상황에 내몰리기도 한다. 결코 성공적인 삶이라 할 수는 없다. 오히려 처절하고 드라마틱한 인생의 주인공이었다. 이처럼 일생을 통해 억울하고 감당하기 어려운 시련들이 계속해서 닥쳐오지만, 그는 한 번도 절망하지 않고 운명을 저주하지도 않았다. 오직 최선을 다해 자신에게 주어진 삶에 충실했으며, 주어진 삶의 순간에서 한 번도 도망가지 않았다.

그의 이야기는 인도의 발리우드 영화에서 계속해서 다뤄지는 주제이다. 이야기 자체가 워낙 드라마틱해서 영화의 주제로 각광을 받고 있는 것이다. 그러나 정작 그의 이야기가 전하는 메시지는 스토리의 드라마틱함보다 훨씬 더 강렬하다.

그가 몇천 년이 지난 오늘날까지 신의 영역에 이른 완벽한 사람으로 섬김을 받는 것은 그가 왕자였기 때문도 아니고 부자로 태어났기 때문도 아니다. 오히려 그는 가진 것을 다 빼앗기고 숲속으로 추방을 당했으며, 야생 동물에 쫓기고 벌레에 뜯겨가며 처절하게 살아야 했다. 공주였던 부인과 함께 풀포기를 뜯어먹으며 거지처럼 생존해야 했지만 다른 누구를 미워하거나 원망한 적이 없었다. 그는 자신에게 어떤 상황이 주어지건 온전히 받아들였다. 순수한 마음을 마지막까지 잃지 않았고, 어느 한 구석에도 미워하는 마음을 들이지 않았다. 자신 앞에 주어진 일에는 정의롭고 충실했지만, 불평을 하거나 불만을 표현하는 일은 없었다. 더구나 어떠한 신에게도 자기 처지를 호소하지 않았고 신을 원망하지도 않았다. 그리고 순간을 경배하고 순간의 환희만을 체험하며 살았다. 그런 이유로 인해서 인도 사람들은 라마를 신으로 섬기며 인간의 본보기로 생각한다.

마하트마 간디는 어렸을 때 보모 할머니로부터 라마 이야기를 들으면서 자랐다. 그는 라마의 이름을 부르면 악으로부터 보호받을 수 있다고 듣고 어려운 일이 생기면 그때마다 라마의 이름을 만트라로 외었다. 특히 사람들과의 관계에서 어려운 일을 당했을 때 그는 꼭 이 만트라를 외었다.

그가 남아프리카공화국에서 인권 변호사로 일하던 시절 검은 피부를 가진 사람이라는 이유로 기차에서 떠밀려 하차를 당했을 때도 그는 그 작은 기차역에 서서 속으로 "라마, 라마……"를 읊조렸을 것이다. 그들을 미워하고 그들에게 대항하는 대신 그는 인도로 돌아가 그동안 입고 다니던 서양식 양복을 벗어버리고 진정한 인도인으로 살아가기로 마음먹는다. 그리고 자기 민족을 위해 무엇을 할 수 있을까 생각하기에 이른다. 이리하여 마하트마, 즉 위대한 간디가 다시 태어나게 된 것이다.

남아프리카공화국의 그 기차역에서 자기를 밀쳐낸 백인들을 조금이라도 미워하거나 원망했다면 그는 마하트마 간디로 태어나지 못했을 것이다. 미워하는 마음에 갇혀 그들을 원망하거나 자신의 감정을 설명하고 합리화하는 데 삶을 허비했을 것이다. 또는 이리저리 방황하거나 피해 의식에 사로잡혀 사람들에게 동정을 구하는 불쌍한 영혼이 되었을 수도 있다.

그러나 그는 '라마'를 외는 사람이었다. '라마'를 외는 사람의 마음속에는 미움이 자리 잡지 못한다. 어떤 처지에 놓여 있을 때에도 그는 미워하는 마음이나 증오를 자신의 마음속에 들이지 않았다. 실제 라마가 그랬던 것처럼 간디는 자신의 마음 어느 구석도 미움과 증오에 내어주지 않고 자기 마음의 순수함을 지켰다.

총을 맞은 그 순간, 78세의 마하트마 간디는 '라마'를 외며 순간적으로 미움과 증오를 물리쳤다. 자기를 죽이려고 총을 쏜 사람을 마지막 순간까지 미워하지 않았고, '증오'라는 감정으로부터 자신을 구했다. 총을 쏜 사람을 원망하고 증오했다면 자신의 영혼이 미움에 물든 채 끝을 맞이할 수도 있었다. 그 중요한 순간에 그는 '라마'를 외쳤다. 그게 그의 마지막 행동이었다.

증오나 미움은 그것을 품은 사람을 파괴시킨다. 미움의 대상을 해치는 것이 아니라 미워하는 마음을 가진 당사자가 해를 입는다. 미워해야 하는 이유가 정당하냐 아니냐는 상관이 없다. 미움을 품는 순간 그 미움이 마음에 뿌리를 내려 자신을 먼저 파괴하고 만다. 그것이 자연의 이치이다.

아름답고 순수한 마음을 내가 유지할 수 있느냐 아니냐는 주위 사람들이 어떤 사람이고 내가 어떤 조건에 놓여 있는지와는 무관하다. 그가 나의 이웃이건 적이건 그가 하는 행위는 그에게 책임이 있고, 그를 미워하거나 증오하는 건 나에게 책임이 있다. 나라의 경우도 마찬가지이다. 그것이 중국이든 일본이든 미국이든 그들이 벌이는 일은 그들의 몫이지만 그들을 미워하는 마음은 우리의 몫이다. 그들과 상관없이 우리는 미워하는 마음이나 증오하는 마음에서 자유로울 수 있어야 한다. 그래야 우리 마음이 자유로워지고 행복이 유지될 수 있다.

그러나 반대로 상대를 미워하는 마음을 합리화해서 다음 세대에게까지 전수한다면 이는 우리 집단 영혼의 장래에 큰 비극을 초래하게 된다. 남을 미워하고 증오하는 일이 나의 공정한 심판인 양 착각할 수 있지만, 그건 결국 나 자신에 대한 미움과 증오로 남게 되고 어두움에게 마음을 내어주는 일이다. 그러기에 미움과 증오의 감정이 아무리 합당한 이유가 있다 해도 마음에 두고 그걸 키워서는 안 된다.

무엇보다도 용서가 중요하다고 하는 것이 바로 이 때문이다. 용서만이 우리를 빛의 방향으로 인도할 수 있다. 개인적으로는 자기 마음속의 증오를 용서와 자비로 돌리고, 사회적으로는 우리의 마음속 깊이 뿌리 내려 있는 상처를 치유해서 다 같이 평화롭게 살아가려는 긍정적인 집단 의식이 필요하다. 미움이나 증오와 같은 부정적인 감정을 용서와 자비로 승화시킬 수 있다면, 과거와 같은 실수를 되풀이하지 않는 지혜가 뿌리를 내리고 밝은 미래를 지향할 수 있는 힘이 생길 것이다. 이런 변화와 힘이 바로 마하트마, 즉 거대함 혹은 위대함이다.

역사적으로 크리슈나와 싯다르타의 경우도 바로 그런 것을 실천하고 가르쳤던 사람들이다. 그들이 완벽한 사랑과 자비의 화신인 것은 미움과 증오가 그들 안에 존재하지 않았기 때문이다. 그들은 수행을 통해 마음의 어두움을 물리치고 완전한 의식의 깨달음을 얻은 뒤 내면의 맑은 순수성만을 유지한 사람들이다. 빛의 존재가 된 것이다.

옳고 그른 것을 뛰어넘은 마음의 순수성 앞에서는 미움이나 증오 같은 부정적인 마음이 존재할 수 없다. 미움이나 증오의 감정은 그런 사실을 알지 못하는 어두운 무지의 마음에서 싹튼다. 그리고 이를 극복하기 위한 노력이 곧 용서이다. 그러므로 무지에서 벗어난 맑은 의식 안에서 세상을 바라볼 수 있다면 용서라는 건 처음부터 존재할 필요가 없는 것이다.

이는 서양의 종교인 기독교의 핵심 사상이기도 하다. 기독교가 오늘날까지도 사람들의 신뢰 속에서 깊게 뿌리를 내리고 있는 것도 바로 이 때문이다. 예수는 그다지 큰일도 아닌 일로 모함을 받아 신체적인 고통을 당하고, 결국 가장 비참한 방법으로 죽음을 맞이했다. 하지만 가만 생각해 보면 그건 유태인들이 사는 그 당시 이스라엘에서나 있을 법한 일이다.

그가 십자가에 못 박히는 결정적인 이유가 된 사건은 바로 "내가 하나님의 아들이고 내가 하나님과 하나이다"라고 말한 것인데, 예컨대 우리 옆집에 사는 어떤 사람이 자신이 하나님이라고 말하고 다닌다면 어떨까? 그걸로 그 사람이 죽을죄를 지었다고 생각하지는 않을 것이다. 특히 온갖 신을 섬기는 인도 같은 나라였다면 어땠을까? 예수라는 사람이 나타나서 깨달음을 얻고 "나는 하나님과 하나다"라고 외치면서 가르친다면, 사람들은 그가 수행 요가를 통해 깨달은 것이 분명하다고 믿고 구름처럼 모여들어 그를 스승으로 모시고 그의 말을 들으려 했을 것이다.

그의 깨달음이, 그리고 "하나님과 내가 하나다"라는 그의 말이 그를 죽여야 할 만큼 큰 죄는 분명 아니다. 그러나 예수는 그런 말도 안 되는 이유로 십자가에 못 박혀 처참한 죽음을 맞이한다. 예수는 분명 억울했을 것이다. 아무것도 모르는 이 무지한 인간들이 이를 갈도록 미웠을지도 모른다. 그리고 마음에서 증오와 분노가 솟구쳤을 수도 있다. 그러나 우리가 아는 예수의 스토리는 그렇지 않다. 그는 죽음을 순순히 받아들였고, 그들에 의해 창에 찔리고 십자가에 못 박혔다. 십자가 위에서 마지막 숨을 거두면서 그는 이렇게 말한다. "주여, 저들은 자기가 무엇을 하는지 알지 못합니다. 저들을 용서하여 주소서."

인간들의 무지를 보면서 용서를 빌지언정 원망하거나 증오하지 않았다. 미운 마음을 들이지 않았고, 증오의 감정에 끝까지 굴복하지 않았다. 이것은 깨어난 자가 할 수 있는 가장 위대한 행동 중 하나이다. 마지막 순간까지 인간의 본질을 사랑했고 자신의 순수성을 유지했다. 그리고 그걸 유지한 채 육신의 생을 마감했다.

힌두 전통의 크리슈나나 라마와 가장 가까운 인물로 흔히 예수를 꼽는다. 역사적으로 보아 예수가 훨씬 더 늦게 온 인물이지만 가르침의 중심에 있는 것은 똑같다. 깨어나지 않은 어둠 속의 인간들로 둘러싸여 있는 세상은 지금이나 그때나 별반 다르지 않다. 그렇다고 해서 모든 사람들이 다 수행을 해서 깨달음을 얻을 수 있는 것도 아니다. 그러나 이런 신화적인 스승들의 아름다운 이야기는 힘든 하루하루를 살아가는 우리 현대인들의 삶에 지침이 되고 희망을 준다. 이들의 삶은 어떤 상황에서도 미움을 품지 않고 순수한 마음을 지켜나가는 데 영적인 귀감이 되는 것이다.

우리가 일상을 살면서 남을 미워하고 증오하는 마음이 들 때마다 간디와 같이 "라마 라마 라마"를 마음속으로 외쳐보면 어떨까 하는 생각을 해본다. '라마'가 아니어도 된다. 마음속에 간직하고 있는 자신만의 다른 어떤 이름을 불러보는 것도 괜찮을 것이다. 그걸 바로 만트라라고 한다. 만트라에는 말 그 자체에 커다란 힘이 있다. 그런 말을 중얼거린다거나 묵언으로 되뇌면서 어두운 마음을 몰아내는 것이다. 마음의 맑음을 유지하면서 이렇게 미움과 증오의 마음으로부터 조금이라도 자유로워질 수 있다면 자연히 마음이 평온해질 것이고, 이는 행복한 하루하루를 열어주는 결정적인 열쇠가 될 것이다.

어떠한 어려움에 처하더라도 그 상황에 휩쓸리지 않고 순간의 아름다움을 인지하고 순수함을 잃지 않을 수 있는 것이야말로 우리가 가지고 있는 진정한 힘이다.

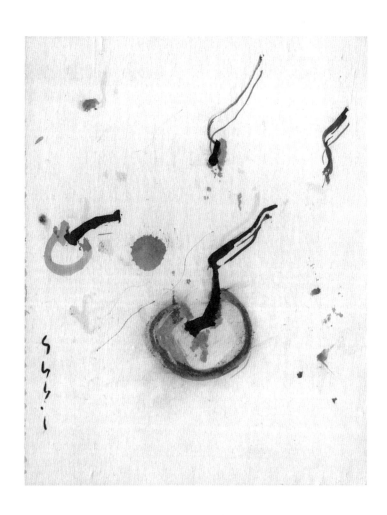

먼저 행복을 선택하라

지난 봄 어느 날, 느지막한 오전에 출판사에 가던 길이었다. 버스에서 내려 골목 안쪽으로 걸어가다 보면 아늑한 느낌의 초등학교가 나온다. 학교 정문 앞 큰 나무 아래 솜사탕 카트가 보였다. 멀리 교실 안에서 아이들 떠드는 소리가 들려왔고, 솜사탕 아주머니가 천천히 세팅을 하고 있었다. 교정에는 4월의 막바지 벚꽃이 바람에 흩날리고 있었고, 노란 개나리도 아직 담장 옆에 초록 잎과 함께 피어 있었다. 파릇파릇 올라오는 나무의 새 이파리들 사이로 운동장 안쪽에 라일락이 피어 있는 것도 눈에 띄었다.

아직 수업이 끝나지 않은 텅 빈 운동장을 배경으로 빨강 초록 노랑 파랑색의 줄무늬가 그려진 커다란 파라솔이 솜사탕 기계 위쪽으로 펼쳐져 있었다. 그리고 그 위로 봄 햇살이 눈부시게 쏟아지고 있었다. 아주머니가 솜사탕을 끼우는 나무막대들을 꺼내 한쪽에 꽂아놓고, 다시 뒤로 돌아가 또 다른 준비물을 하나씩 꺼내놓으며 분주하지 않은 모습으로 움직이고 있었다.

하늘빛부터 파라솔, 그리고 솜사탕까지 어느 하나 완벽하지 않은 것이 없는 아름다운 순간이었다. 적어도 멀찌감치 떨어져 바라보는 나에게는 그랬다. 소박한 주위 환경을 배경으로 앞뒤로 움직이고 있는 솜사탕 아주머니의 모습까지 자연스럽고 완벽한 아름다움의 일부였다.

그 순간 문득 이런 질문이 떠올랐다. '지금 내 앞에는 이렇게

완벽하고 아름다운 삶의 한 부분이 펼쳐져 있는데 저 아주머니에게는 어떨까?'

생각해 보니 그분의 마음속에서 이 순간은 천국일 가능성도 있고 지옥일 가능성도 있었다. 그리고 그건 그분이 알아차리고 있건 아니건 상관없이 진행되는 일일 터였다. 그 아주머니가 학교 앞에서 솜사탕을 만드는 이유가 먹고살기 위해서 하지 않으면 안 되는 일이라면, 그래서 그분 마음속에 원망이 깃들어 있고, 그로 인해 우울함과 슬픔이 일고 있다면, 그 일은 그분에게 힘들고 고통스러운 노동일 것이다. 자신의 팔자가 사나워 이 고생을 한다고 생각할 수도 있고, 자신이 부양해야 하는 가족들과 자신의 처지를 원망하고 있을 수도 있다. 그렇다면 지금의 솜사탕 준비 과정은 팔자 나쁘고 능력 없는 한 여인의 형편없는 직업 행위로 전락하고 말 것이다.

오직 먹고살기 위해서 해야 하는 일이라고 생각한다면 그런 일은 결코 즐거울 수만은 없다. 따라서 그가 만드는 솜사탕은 당연히 그저 그런 보통의 솜사탕이 될 테고, 그걸 사는 사람에게도 그저 그런 솜사탕이 될 수밖에 없다.

그러나 그분이 과거나 미래가 아니라 자신이 만드는 솜사탕과 자신에게 펼쳐진 그 순간에만 머물고 있다면 상황은 180도로 다를 것이다. 파란 하늘을 배경으로 펼쳐진 오색의 파라솔, 그리고 솜사탕, 아이들 소리, 만발한 꽃과 향기까지 그야말로 완벽한 순간이다. 파란 하늘과 라일락 향기에 행복한 마음이 요동치고, 멀리서 들려오는 아이들의 소리에 활기가 솟구치며, 하늘을 향해 펼쳐져 있는 오색 파라솔 아래로 감사하고 행복한 노래가 터져 나올 수도 있다. 그리고 그런 희열의 기쁨으로 솜사탕을 만들고 있다면 그건 분명 솜사탕 그 이상일 것이다.

누가 보아도 그 아름다운 장면의 주인공은 솜사탕 아주머니였다. 그러나 아무리 아름다운 순간이라 해도 그것을 알아차리지 못하고 있다면 그건 더없이 불행한 일이 될 수 있다. 개인의 의식에 따라 그 순간은 아름다운 상황이 될 수도 있고 비참한 고통의 상황이 될 수도 있는 것이다.

현재라는 지금 이 상황은 항상 다른 차원의 요소가 함께 존재한다. 다만 개개인의 의식이 얼마나 깨어서 알아차리느냐에 따라 삶의 선택이 달라질 뿐이다. 순간에 깨어 알아차리고 행복을 선택할 것이냐, 아니면 과거와 미래 그리고 관념에 의해 (선택의 여지 없이) 자동으로 끌려갈 것이냐의 차이이다.

1920년대쯤 중동 동방정교회의 신부로 일생 동안 신앙 생활을 해온 한 주교가 정년퇴직을 하게 되었다. 주교는 신부 생활을 하는 동안 다른 종교의 수행자들에게도 많은 관심을 갖고 있었다. 그중에서도 그동안 들은 바가 많았던 히말라야의 요가 수행자들이 궁금했다. 그들은 어디서 어떻게 수행을 하며 사는지, 그리고 삶을 어떻게 바라보는지 직접 만나 알아보고 싶었다. 마침내 정년퇴직을 하게 된 그는 그동안 말로만 듣던 히말라야의 수행 요기Yogi를 찾아가 보기로 마음먹었다. 히말라야의 성지聖地들도 둘러보고 일생 동안 자신이 닦아온 가톨릭 수행의 깊이도 풀어볼 수 있겠다는 부푼 기대를 안고 그는 히말라야를 향해 긴 여정을 떠났다.

히말라야 중턱의 한 동굴 주변에 유명한 수행 요기가 살고 있다는 말을 들은 퇴직 신부는 그를 만나기 위해 산으로 올라갔다. 험난한 산길을 걸어서 마침내 동굴이 있는 곳에 도착한 신부는 저 멀리 돌 위에 비스듬히 누워 있는 요기를 발견했다. 따끈한 햇볕 아래서 긴 천조각 하나만 몸에 두른 요기는 마른 듯한 몸매에 맑은 눈동자를 지닌 자그마한 사람이었다. 신부는 조심스레 그 수행 요기 앞으로 다가갔다. 자신들의 체계적이고 엄격한 수도 생활에 비해 너무나도 보잘것없어 보이는 그의 모습이 의외로 놀라웠다.

그는 어린아이와 같이 해맑게 웃으며 앉아 있는 수행 요기에게 자신을 소개하고는 이윽고 질문을 던졌다.

"요기시여, 당신은 삶이 무엇이라고 생각하십니까?"

질문을 받은 요기가 잠시 신부를 바라보더니 환한 미소를 지으며 눈을 살며시 감았다. 그러고는 말을 이었다.

"아······! 삶이란 따스한 봄날에 봄바람을 타고 퍼져나가는 재스민의 꽃향기같이 달콤한 것이지요."

노신부는 깜짝 놀란 표정을 지으며 반박하듯 물었다.

"아니 삶이란 게 봄바람에 퍼져나가는 재스민 꽃향기라니요? 그게 무슨 말씀입니까?"

신부가 말을 이었다.

"지금까지 수도원에서 수행하면서 스승에게 배운 것은, 삶이란 장미의 가시와도 같아서 어디를 붙잡아도 아프고 움직일 때마다 피를 흘리게 된다는 것이었습니다. 삶이란 이렇게 고통스럽고 아픈 것이지 않습니까?"

요기가 천천히 눈을 뜨더니 노신부의 얼굴을 올려다보고 환하게 미소 지으며 말했다.

"아, 그래요······? 그건 스승의 말을 무조건 믿고 그렇게 선택한 당신의 삶이 그런 것일 뿐이지요."

이야기는 여기서 끝난다. 그러나 이 이야기가 담고 있는 내용은 깊다. 관념이나 개념을 통해서 안 삶의 모습은 고통의 가시로 표현되지만, 삶의 진리를 깨달은 자에게 삶이란 봄바람에 퍼져나가는 꽃향기인 것이다. 한 사람에게는 이 삶이 피 흘리는 고통이고 싸워서 이겨내야 하는 대상이라면, 다른 한 사람에게는 이 삶이 신성한 천국 그 자체인 것이다. 세상의 모습은 다를 바가 없지만 마음의 깨달음에 따라서 두 사람의 현실은 완전히 반대가 될 수도 있다는 말이다.

자신의 수행을 통해 깨달음의 안쪽에 있던 요기는 순간에 온전하게 깨어 있었으며, 체험 속에서 삶의 본질을 알아차리고 있었다. 그러나 다른 한 사람은 삶의 현실을 피 흘리는 고통으로 받아들이고 있었다. 아픈 고통의 현실을 참고 견디는 것이 거룩한 삶이며, 그 결과 이곳이 아닌 다른 어딘가에 천국이 약속되어 있다고 믿고 있었던 것이다. 삶이 피 흘리며 고통받는 지옥과 같은 곳이라면 이곳이 아닌 머나먼 '저곳'에 천국이 있다고 약속해 주는 것이 맞는 이론일 수밖에 없다. 그리고 그것을 무조건 믿음으로써 지금 이 순간의 고통을 이겨내고 받아들이게 될 것이다.

그러나 천국이 머나먼 저곳에 있는 것이 아니라면 어떻게 될까? 지금 바로 이곳에 천국이 존재하고 있는데 단지 우리가 알아차리지 못하고 있다면? 그렇다면 그건 분명 안타까운 일일 것이다.

히말라야의 그 수행자는 이곳에 이미 천국과 지옥이 공존하고 있으며, 어느 쪽을 체험할 것이냐는 자신의 선택이라고 이야기하고 있다. 천국은 나중에 어딘가로 가서 찾아야 하는 가상의 장소가 아니라 이미 이곳에 존재하는 실존 현상이며, 의식을 맑게 하는 연습을 통해서 실제 체험할 수 있는 실상이라고 말하고 있는 것이다. 봄바람에 퍼져나가는 재스민 향기처럼 아름다운 삶은 바로, 지금, 이 순간 우리와 함께 현존하고 있으며, 우리는 의식을 통해 그걸 알아차리기만 하면 되는 것이다. 그리고 의식적인 선택을 통해 지금 바로 그 다른 차원의 삶으로 들어갈 수 있는 것이다.

어느 날 가회동 대로를 지나가는데 반대편에서 고래고래 소리치는 목소리가 들려왔다. 가던 길을 멈추고 건너다 보니 중년 남자 한 사람이 미친 듯이 소리를 지르며 지나가는 사람들에게 화를 내고 있었다.

한참을 소리치고도 화가 사그라들 기미가 보이지 않았고, 큰 길가는 아수라장이 되어가고 있었다. 느닷없이 욕을 먹으며 지나가는 사람들도 그렇지만, 누구보다 힘들고 아파 보이는 사람은 바로 그 사람이었다. 물론 본인은 그걸 알아차리지 못하고 있을 것이다. 자신은 정당한 일을 하고 있다고 생각하는 것이 분명했다. 그러나 그건 자신의 몸에 박힌 가시가 너무 아파서 지르는 비명이요 고통을 견디지 못해 거리가 떠나가라 울부짖는 괴성에 다름 아니었다.

그러나 이런 심각한 장면도 풍선을 타고 조금 높은 곳으로 올라가서 내려다보고 있다고 생각하면 바로 달라 보일 수 있다. 한낮에 대로에서 지나가는 사람들을 상대로 고래고래 소리 지르며 욕을 하는 본인도 그렇고, 느닷없이 욕을 먹고 재빨리 그곳을 빠져나가려는 행인들도 그렇고, 순수한 목격자의 눈으로 내려다본다면 상황은 달라 보인다. 함께 존재하는 다른 차원의 현실을 알아차릴 수 있게 된다.

의식을 갖게 된다는 것이 바로 이런 것이다. 한 가지 사고에만 빠져 있던 의식을 깊은 수렁에서 건져내 다른 차원의 공간으로 띄워 올릴 때 다른 차원의 맑은 체험이 열린다. 상황은 변하지 않지만 의식에 의해서 다른 차원의 현실을 체험하게 되는 것이다.

나의 일생에서 가장 젊은 날은 오늘이며, 내 생애 최고의 순간은 바로 지금이다. 숨을 들이쉬고 내쉴 때마다 우리는 마지막 숨을 향해 달려가고 있고, 오늘 나는 내 생애 최고의 행복을 누릴 권리가 있다. 그리고 이는 내가 지금 바로 선택할 수 있다. 언젠가 먼 훗날에 나의 최고의 날이 올 것 같고 무엇인가 이룬 뒤의 어느 날에야 행복을 찾을 수 있을 것 같지만 그건 착각에 불과하다.

누구든 지금 당장 행복을 선택하면 된다. 우선 행복을 선택한 뒤에 그것이 어떤 일이든 다가가면 된다. 행복을 선택한 다음, 내 앞에 다가오는 그 무엇이든 그냥 하면 된다. 행복을 찾기 위해 무언가를 찾아다니는 것이 아니라 그 무엇을 하건 마음의 행복을 먼저 선택할 수 있다는 이야기이다.

삶이 장미의 가시일지 봄바람에 퍼져나가는 재스민 향기일지는 지금, 우리의 마음과 의식적인 선택에 달려 있다.

오늘은 죽기에 가장 좋은 날

아메리카 인디언들이 백인들에게 자신들의 땅을 빼앗기는 과정은 길고 처참했다. 유럽에서 건너온 백인들은 지금의 미국 땅을 차지하기 위해서 대륙의 동부에서 시작해 서부로 이동하면서 한 부족 한 부족씩 인디언들의 땅을 빼앗았고, 인디언들은 자신들의 목숨과 명예를 걸고 끝까지 용맹스럽게 싸우다 죽어갔다.

인디언 부족들이 항복을 하기 직전의 마지막 전투는 사실 질 것이 빤한 전투였다. 이미 승부가 난 것이나 다름없는 상황이었지만, 인디언들은 그냥 물러서지 않았다. 울며불며 살려달라고 매달리는 것도 용맹스런 그들이 취할 마지막 선택은 아니었다.

전투가 있는 날 아침, 전사들은 부족의 여자들과 어린아이들에게 작별 인사를 한 뒤 말에 올라타, 멀리 전투가 벌어질 벌판을 굽어보며 자신들의 마지막 하루를 생각한다. 그들의 운명을 선택할 시간이 된 것이다. 순순히 땅을 내어주고 항복할 수도 있고, 말을 타고 다른 곳으로 도망을 갈 수도 있지만, 그들은 마지막 전투를 선택했다. 그러고는 쏟아지는 햇볕을 받으며 이렇게 말한다. "오늘은 죽기에 가장 좋은 날이구나!"(It's A Good Day to Die!) 용맹스런 전사답게 그들은 이렇게 마지막 전투를 선택하고 말을 내달려 적진으로 향한다.

죽음이란 것이 존재한다는 것을 처음 알았을 때 나는 가슴이 터질 것만 같은 두려움에 숨을 쉴 수가 없었다. 아마도 대여섯 살 무렵이었던 것 같다. 마을에서 상여가 나가는 날이었다. 6·25전쟁 후에 여기저기 흩어져 있는 쇠붙이들을 주워다 팔며 혼자 살던 우직한 동네 청년이 산에 버려진 폭탄을 잘못 건드려 느닷없이 목숨을 잃은 것이다. 늘 같이 다니던 반려견이 마을로 뛰어 내려와서 이웃 아저씨를 끌고 산으로 올라가 그의 주검을 발견하게 되었다고 했다.

동네 사람들은 모두가 슬픔에 빠졌다. 마을 바깥의 상여집에 있는 상여를 가져다 마을 사람들이 다 함께 꽃 장식을 했다. 그러면서 내내 슬픈 노래를 불렀다. 상여가 나가는 날도 내내 노래를 불렀다. 꽃 달린 상여를 메고 우리 집 앞 신작로를 지나가면서, 두 걸음 앞으로 내딛었다가 다시 한 걸음 뒤로 물러나며 아주 천천히 마을을 빠져나갔다. 화려한 꽃상여와 슬픈 노래, 어딘가 얼이 빠져 있는 듯한 어른들의 표정…… 내가 모르는 무언가가 그리고 슬픔과 공포가 나의 가슴을 압박해 왔다. 어린 나는 그날 싸리나무 울타리 뒤에 숨어 그 광경을 놓치지 않고 끝까지 지켜보았다.

그 후로도 매일같이 산모퉁이에 있는 그 상여집을 멀리서 지켜보며 죽음이 무엇인지 생각했다. 그러나 죽는다는 게 무엇이며 왜 죽는 건지, 죽으면 어디로 가는지, 왜 갑자기 사람이 없어지는지, 이 세상 밖에 또 다른 무언가가 있는 건지, 내가 모르는 게 무엇인지…… 불안하고 무서웠다. 아무리 생각하고 고민해도 두려움만 깊어갈 뿐 그 어디에서도 답을 찾을 수 없었다. 게다가 주변에서 그 문제에 대해 입을 여는 사람도 없었다. 어느 누구도 그 일에 대해 다시 말하지 않았다. 미지未知에 대한 나의 공포와 의문은 날이 갈수록 커져만 갔다.

이런 죽음에 대한 공포와 의문은 누구라도 언젠가는 경험을 하게 마련이다. 그건 싯다르타의 경우에도 다르지 않았다. 처음으로 병들어 고통받는 자와 죽는 자를 보았을 때 그는 놀라 숨이 막힐 지경이었다. 10대 소년이던 그는 궁 안에 살면서 죽음이나 고통이라는 체험으로부터 철저히 보호를 받고 있었다. 그러다가 마침내 처음으로 죽음이라는 걸 보게 된 것이다.

궁의 현자로부터 나름의 설명을 듣지만, 그가 갖고 있던 의문은 사라지지 않고 오히려 더 깊어만 갔다. 게다가 자신의 탄생으로 인해 그는 어머니를 잃었다. 죽음이란 것이 이미 그의 삶속 깊은 곳에 자리 잡고 있었던 것이다. 그런 그가 누구도 죽음을 피해갈 수 없다는 사실을 알게 되었을 때 더 이상 자신에게 주어진 안락한 삶에 안주하고 있을 수는 없었다.

서른 살이 넘어, 지금이 아니면 영원히 삶과 죽음 그리고 고통이란 것이 무엇인지 답을 찾지 못할 수도 있다고 생각한 그는, 삶에 대한 자신의 집착을 발견하고, 그 순간 서슴없이 모든 것을 뒤로하고 궁을 떠난다. 그는 맨 먼저 자신이 가지고 있던 것들을 모두 버리고 삭발을 한다. 그리고 스승을 찾아 나선다. 그가 궁금했던 질문에 대한 근본적인 답을 얻기 위해 그는 수행요기가 되어 계속해서 여러 곳을 떠돈다.

그는 삭발한 뒤 다시는 머리를 꾸미지 않았고 머리가 자라자그냥 꼬아서 틀어 올렸다. 장례 때 시체를 쌌던 긴 천을 몸에 둘러 옷을 삼았고, 시체를 태운 재를 몸에 발라 늘 죽음과 함께머물고 죽음을 상기했다. 당시 이런 요기들의 풍습은 오늘날까지도 지속되고 있다. 인도의 바라나시 강가에서 화장된 시체들의 재는 요기들에게 신성한 것으로 여겨진다. 그들은 시체의 재를 몸에 문지르기도 하고 이마에 바르기도 한다. 죽음을 상기시키고 죽음과 매 순간 함께하면서 마음을 비우고 마침내 깨달음에 도달하고자 하는 것이다.

우리는 태어나는 순간 삶과 함께 죽음을 약속받는다. 현상세계에 태어난 모든 생명체는 언젠가는 이 현상 세계로부터 갈라지는 죽음을 맞아야만 한다. 이건 변하지 않는 아주 명확한사실이다. 태어나서 첫울음이 터지는 순간, 동시에 죽음을 확인하는 것이다. 그건 물, 불, 흙, 공기, 공간 등 지구의 요소들로 만들어진 우리 몸이 그것들을 다시 지구로 돌려주는 작업이기도하다. 그러면 지구는 그 물질들을 다시 순환시켜 또 다른 생명체가 태어나는 곳에 유용하게 사용한다.

이 물질들은 또 원래의 모습으로 분해되거나 흡수되어 땅을 윤택하게 하기도 한다. 다른 물질들과 합쳐져 강으로 흘러가기도 하고, 증발하여 구름이 되기도 한다. 또는 나무의 영양분이 되어 나무로 변신하기도 하고, 다른 생명체의 귀한 먹을거리가 되기도 한다. 이렇게 우리의 몸은 땅에서 얻은 다른 생명체들의 부분이고, 따라서 우리의 몸도 때가 되면 분해되어 다른 새 생명체의 삶을 위한 부분이 된다. 이런 이유로 아메리카 인디언을 포함한 모든 전통 문화에서는 자연을 신성하게 여긴다. 선조들의 죽은 몸이 나무가 되고 강물이 되고 구름이 되어 우리와 함께한다는 것을 알고 나 또한 언젠가 그들과 하나가 될 것을 알기 때문이다.

죽음이 세상에서 사라지는 것이라고 생각하면 두려울 수 있지만, 가만히 살펴보면 죽는다고 무조건 없어지는 것은 아니다. 죽음은 이 모양에서 저 모양으로 변하는 것, 즉 변화transformation를 의미할 뿐 완전히 없어지는 것은 아니다. 꿈틀꿈틀 기어 다니던 벌레가 어느 날 나비가 되는 것과 다르지 않다. 나비가 되는 과정에서 벌레가 사라지지 않으려 한다면, 벌레와 나비 어느 한쪽도 성공하지 못하고 흙으로 돌아가 처음부터 다시 시작해야 할 것이다.

모든 것은 과정이다. 지구상의 모든 존재는 살아가는 형태만 바꾸어갈 뿐 지구의 의식과 생명의 한 부분으로서 계속 살아간다는 점에서는 변함이 없다.

우리에게는 이렇게 하드웨어에 속하는 신체적인 몸 외에도 소프트웨어에 속하는 영혼이 있다. 그 영혼도 마찬가지이다. 환생 에너지로 되어 있는 현상 세계의 모든 것은, 우리 눈에 보이는 것이거나 아니거나 우리 몸과 똑같은 방식으로 분해되고 머물다가, 다시 에너지화되어 나타나기도 하고, 그럴 필요가 없을 때에는 비현상 세계로 돌아간다. 현상 세계이건 비현상 세계이건 에너지는 에너지 그 자체로서 존재하며, 이 에너지는 아무런 의식이 없는 무의미한 상태가 아니라 의식이 있는, 즉 깨어 있는 상태이다. 우주를 이루는 원래 기운인 에너지가 깨어서 의식을 가지고 있다는 말이다. 그래서 '알아차리고 있는 우주Conscious Universe'라고 말하는 것이다. 그리고 이 같은 우주 의식의 작은 한 부분이 우리 개개인의 영혼이다.

여기서 지구의 물질로 이루어진 이 몸과 우주의 순수 에너지인 영혼을 이어주는 것이 바로 숨이다. 숨은 영혼과 몸을 잇는 다리와 같은 역할을 한다. 실처럼 가늘게 들어왔다 나갔다 하는 단순한 그 숨이 우리가 이 세상에 살아있다는 증거이다. 어느 한 순간 그 숨이 나갔다 다시 들어오지 않으면 바로 몸과 영혼이 분리가 되며, 그것을 우리는 '죽음'이라고 부른다.

이 분리가 의식의 '깨달음'에도 결정적인 역할을 한다. 그래서

'영혼의 때'가 된 사람의 죽음을 마하 사마디Maha Samadhi, 즉 '위대한 마지막 깨달음'이라 부른다. 그러나 살아있는 동안에도 수행을 통해 이런 체험을 할 수 있다. 이것을 '깨달음'이라고 하는 것이며, 우주의 진리를 단번에 체험하게 되는 다른 차원의 경지를 가리킨다. 그래서 명상의 시작은 숨으로부터 시작되고, 그 숨을 통해서 비로소 몸의 차원을 넘어 영혼의 뒷면으로 미끄러져 들어갈 수 있게 되는 것이다.

진리를 알고 궁극의 자유로움을 얻기 위해서는 또 다른 차원의 죽음이라는 변화의 과정이 필요하다. 다시 말해 내가 알고 있는 모든 것들의 종말, 즉 '나Aham'라는 에고 의식의 종말 말이다. '나'라는 존재와 함께 모든 욕구와 집착이 동시에 사망하고, 중추 신경부터 말초 신경까지 완벽한 고요가 형성되었을 때, 비로소 우리의 본래 모습인 영혼이 순수 에너지 그 자체로 체험될 수 있다. 다시 말해 경계 안에 갇혀 있지 않은 순수한 빛이 되는 것이다.

베다Veda, Upanishads에서는 이 상태를 '삿 칫 아난다Sat Chit Ananda'라는 말로 표현하는데, 이 상태는 '순수한 존재being' '깨어 있는conscious' '가장 황홀한 기분bliss' 등으로 묘사된다. 삶과 죽음 그리고 고통에서 완벽히 벗어난 천국의 상태를 가리킨다고 할 수 있다. 다만 이 상태는 체험으로써만 가능하며, 배워서 지식으로 알거나 상상력을 통해서는 이해할 수 없는 전혀 다른 차원에 속한다.

싯다르타도, 티베트의 고승 밀라레파도, 그리고 라마나 마하르시도 살아서 이런 경지를 넘어선 사람들이다. 고대로부터 현재에 이르기까지 이 경지에 도달한 사람은 이보다 많지만 그 경지에서 인류를 위해 세상에 직접 뛰어들어 가르칠 수 있었던 사람들의 수는 많지 않다. 깨달음으로 변화된 몸이 고밀도의 거친 세상을 견디기가 쉽지 않기 때문이다.

기독교의 상징인 부활도 이와 크게 다르지 않다. 부활의 조건은 분명 죽음이다. 죽음이 없는 부활은 존재하지 않는다. 죽음이 있어야 다시 태어남이 가능하다. 여기서 죽음이란 곧 육신의 죽음을 말한다. 이는 몸의 생존을 위해서 몸과 함께 존재하는 '에고'의 죽음이라 할 수 있다. 이 죽음이라는 관문을 통과해서, 몸으로 제한되어 있는 나Aham라는 한계를 뛰어넘는 순간 다른 차원의 세계를 체험할 수 있는 것이다.

요가에서는 매번 모든 것을 내려놓고 무無의 상태로 돌아가는 연습을 시킨다. 늘 처음 해보는 초보자의 마음으로 연습을 시작하고, 몸이 알고 있는 모든 것을 내려놓고 죽음으로 젖어드는 '사바사나savasana'라는 자세로 마무리한다. 그뿐 아니라 일상에서도 죽음이라는 것을 가장 가까이 상기하며 살 수 있도록 연습을 한다. 결국 비운다는 것의 궁극적인 행위는 죽음으로 상징되며, 죽음은 다음 차원의 단계로 연결되는 관문, 즉 변화 transformation의 결정적인 순간이 되는 것이다.

죽음을 항상 코앞에 두고 죽음과 함께 살아간다면, 다시 말해서 다음 어느 순간에라도 내가 삶을 내려놓고 죽을 수 있음을 늘 의식하고 산다면, 우리 앞에 존재하는 것은 바로 '지금'이 '순간'뿐임을 알아차리게 된다. '순간'의 체험에 온전히 깨어 있을 때 삶은 완벽하게 아름답고 경이로워진다. 따라서 우리가 결정하는 크고 작은 선택들도 모두 달라질 수밖에 없다.

지금 이 순간이 나의 삶에서 가장 아름답고 중요한 순간임을 알아차린다면, 내일이란 것도 또 다른 순간일 뿐 정작 나타나지 않는 관념에 불과하다는 것을 알게 된다. 따라서 오늘 이 순간을 흡족하고 아름답게 체험한 사람이라면 마지막 순간에도 흡족하고 아름답게 삶을 내려놓을 수 있다.

제2차 세계대전 말 유태인 학살 수용소에서 죽을 차례를 기다리며 하루하루를 연명하다가 살아난 한 유태인의 말이 기억난다. 그는 비록 지독히 처참한 날들이었지만 그 안에서 죽음을 기다리고 있던 사람들은 그 며칠 동안 '아름답고 지고한sublime 영원의 순간들'을 체험했다고 말했다. 죽음이 눈앞에 다가온 그들에게 이 현상 세계는 마치 슬로 모션으로 돌아가는 아름다운 영화처럼 보였다는 것이다. 그들의 마음에는 오직 사랑만 남아 있었고, 그들은 순간에 깨어 있었으며, 그들이 숨 쉬는 '순간'은 다른 차원의 '영원'으로 이어지는 숭고한 '순간'들이었다. 이렇게 그들 앞에서 흐르는 매 순간은 시공간을 뛰어넘는 '위대한 순간'으로 승화되었다고 그는 증언했다.

'순간'만이 존재한다는 사실을 체험하는 일이 인간에게 미치는 영향은 실로 놀랍다. 이것을 시공간을 넘어선 초자연적인 체험이라 말하는 이들도 있을 것이다. 이런 체험에서는 삶의 절망스런 모습이 아니라 오히려 극히 아름다운 삶의 실체를 보게 되기 때문이다. 그래서 삶의 순간을 놓치지 않고 사랑으로 살 수 있다면, 그와 똑같이 삶의 순간을 아름답게 내려놓을 수도 있을 것이다. '지금'은 내 생애 가장 아름다운 순간이며, 또한 매 순간은 이 삶을 여여하게 내려놓을 수 있는 최고의 순간이 되는 것이다.

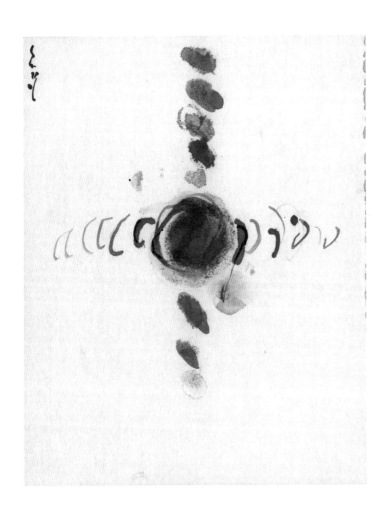

4부

우리는 모두 하나로 연결되어 있다

이 몸이 내 것이라는 생각

몸이 없으면 이것도 없고 저것도 없다. 이 세상도 없으며 저 세상도 없다. 몸이 있으니 삶도 있고 죽음도 있고, 몸이 있으니 사랑도 있고 고통도 있다. 몸이 없으면 무지도 없고 깨우칠 일도 없다. 몸이 있기 때문에, 모든 것이 시작되고 이루어지고 사라지는 것을 경험한다. 몸을 통해서 존재 의식을 느끼며, 몸을 통해서 영적인 체험을 하기도 한다. 행복감을 느끼고 우주의 경이로움을 알아차리는 것도 몸이 있으니 가능한 일이다.

그러나 우리는 이런 몸에 대해 과학에서 언급하는 제한된 이론을 제외하고는 사실 알고 있는 것이 거의 없다. 태어날 때 부여받은 이 몸을 어떻게 사용해야 하는지 그 설명서를 따로 받은 적도 없다. 어떻게 숨 쉬어야 하는지, 먹는다는 것은 무엇인지, 어떻게 앉는 것이 좋으며, 어떻게 걸어야 하는지, 마음이 불편하다는 건 무엇이며 그럴 땐 어떻게 해야 하는지, 머릿속이 터질 듯 복잡해지는 건 왜 그런 건지, 무엇이 그런 마음을 진정시킬 수 있는지, 또 몸을 통해서 알 수 있는 다른 차원의 체험들은 어떤 것이 있으며 어떻게 가능한지 아무도 가르쳐준 적이 없다.

유치원부터 고등학교 혹은 대학교를 졸업할 때까지 우리는 국어를 배우고, 수학을 배우고, 외국어를 배우고, 과학을 배우고, 시험 잘 치는 방법도 배웠다. 전문가가 되어 사회에 기여하고 경제 활동을 잘하도록 가르치는 교육을 좋은 교육이라 생각했고, 그렇게 훈련을 받아왔다. 그러는 동안 나의 몸은 알아서 움직이고 소화시키고 흡수하고 배설하면서 힘을 모으고 자가 치유까지 해가면서 살아가고 있었다. 무의식적으로 숨 쉬고, 주어진 대로 먹고, 되는 대로 움직였다. 그러면서도 의심 없이 이 몸이 '나의 것'이라 여겼고, 심지어 '나'라고 믿었다. 그러고는 늘 상황에 반응하며 별다른 의식 없이 몸을 부리며 살았다.

그러나 가만히 살펴보면 이 몸이 정작 '나의 몸'이라고 부르기에는 조금 문제가 있다. 정확히 말해서 이 몸 안에서 살고 있는 생명체는 나 혼자가 아니기 때문이다. 땅이 그러하고 바다가 그러하듯이, 우리의 몸 안에도 수없이 많은 미생물체들이 함께 살고 있다. 그것도 지극히 많은 숫자의 미생물체들이 이 몸을 자기들의 세계로 알고 살아가고 있다.

눈썹에 붙어 살고 있는 생명체만 해도 수억 마리에 이른다는 보고를 본 적이 있다. 피부도 그렇고, 입 안도 그렇고, 발톱 속도 그렇다. 내장 안은 말할 것도 없다. 프로바이오틱probiotics이라 부르는 수없이 많은 미생물체들이 장腸의 벽을 자신들의 군락지로 이용하고 있다. 그리고 그들은 우리 몸 안에서 서로에게 이득을 주면서 공존하는 법을 터득한 존재들이다. 그들의 평화로운 군락지 형성이 우리 몸의 건강 상태에 직접적인 영향을 주는 것은 물론이다. 그들과 내가 평화롭게 공존할 때 몸이 건강하다고 말한다. 그들의 웰빙이 나의 웰빙과 직접적인 관계가 있는 것이다. 이 몸을 나의 것이라 생각하는 것만큼 이 몸체는 그들의 것이기도 한 셈이다.

이 몸이 나만의 것이 아닐 수 있다는 생각을 하게 하는 대목이 또 있다. 이 몸이 정말 내 것이라면 내 의지에 의해 몸이 운영되어야 할 것이다. 그러나 꼭 그런 것만은 아니다. 가만히 살펴보면 이 몸은 나의 의지와 무관하게 움직이고 있다는 것을 알 수 있다. 알아서 숨이 쉬어지고, 알아서 소화·흡수·배설되며, 또 자라고 치유되고 늙어간다.

정확히 말하면 숨을 쉬는 것 하나도 정작 내가 하는 일이 아니다. 나의 의지와는 상관없이 무언가 혹은 누군가에 의해서 알아서 숨이 쉬어지고 있다. 들이쉬고 내쉬는 숨이 멈추지 않고 계속 이어지는 것은 내가 의식적으로 하는 일이 아니라 어떤 지혜의 메커니즘이 자동으로 하는 일이다. 먹는다는 것도 그렇다. 어떤 것을 먹을지 하는 선택은 몸이 보내는 신호에 내가 반응을 하는 것이다. 설령 조금은 나의 의지가 개입된다손 치더라도 그걸 소화하고 흡수하고 치유하고 배설하는 과정에서는 어느 하나도 내가 하는 일이 없다. 그것도 무언가 지혜로운 힘에 의해 정확하게 이루어지고 있다.

숲속에 있는 나무가 그러하듯이, 흐르는 강물이 그러하듯이, 하늘을 나는 철새가 그러하듯이, 몸은 '스스로 그러하게' 알아서 살아가고 있다. 신비스런 어떤 지혜에 의해 자연적으로 살고 있는 생명체, 그게 몸이다.

내가 어렸을 때 즐겨 불렀던 노래 중에 〈아름다운 것들〉이란 노래가 있다. 노래 가사 중에 이런 부분이 있다. "바람아, 너는 알고 있나? 비야, 네가 알고 있나?" 이 노래의 나머지 가사는 그때도 지금도 잘 모른다. 그러나 이 부분만은 지속적으로 내가 기억하고 부르는 대목이다. 이 대목은 내가 궁금한 점을 사람이 아닌 자연에서 구할 수 있다는 방향을 제시해 주고 있다. 사람이 아니라 자연에서 답을 찾을 수 있겠다는 어렴풋한 기대가 이 노래를 계속해서 부르게 했다는 생각이 든다.

보르는 것이 전부였던 어린 나에게 답을 줄 만한 사람은 아무도 없었다. 어른들은 바빴고, 선생님은 교과서에 있는 것만 가르쳤다. 게다가 선생님들은 왠지 무서워서 가까이하기 어려웠다. 그래서 무언가 내가 진짜 궁금한 걸 물어본다는 것은 엄두도 내지 못했다. 목사님은 다른 나라 이야기로 항상 흥분해 있었고, 스님은 모습부터도 이질적이고 엄중해 보여서 감히 곁으로 다가갈 수 없었다.

그래서 나도 노래의 가사처럼 바람에게 묻고 비에게 물었다. 남이 들을까봐 혼자서 조심스럽게 묻고 대답을 기다렸다. 내가 누구일까? 이 몸은 무엇일까? 왜 아플까? 왜 잠이 올까? 왜 목이 마를까? 안 먹으면 어떻게 될까? 이 몸 안에서 내다보고 있는 이건 무엇일까?

비도 바람도 당장 답을 주지는 않았다. 비의 신비로운 모습을 알아보기까지 오랜 시간이 걸렸고, 바람의 신비스런 대화를 알아듣기까지 또다시 오랜 시간이 걸렸다. 명상이라는 걸 한 번도 해보지 않았던 어린 때였지만, 내 의식 안에서 알 수 없는 무언가가 24시간 깨어서 늘 지켜보고 있다는 것만은 어렴풋이 알아차리고 있었다. 그래서 더 답답했다. 이게 뭘까? 내가 지금 어디에 있는 걸까? 여기가 어디일까? 어느 때는 너무 답답해서 '나는 모르지만 뭔가…… 분명히 알고 있어. 그냥 가만히 있자.' 그렇게 나 스스로에게 대답을 해버린 적도 있었다.

그러면서 어느 사이엔가 내 몸을 탐색하는 버릇이 생겼다. 내가 생각하기만 하면 움직여주는 몸의 부위들이 신기했다. 내가 손가락을 움직이고 싶으면 움직이겠다고 생각만 하면 된다. 그럼 바로 손가락 하나하나가 정교하게 마음먹은 대로 움직여준다. 발가락도 마찬가지다. 손가락만큼은 아니지만 마음먹은 대로 나름 정교하게 움직여준다. 숨을 잠시 멈추어볼 수도 있고, 목청을 움직여 소리를 내볼 수도 있다. 나는 그런 것이 너무도 신기해서 한참씩 혼자 앉아 손가락과 발가락을 움직여도 보고 코를 들먹거려도 보았다. 그때마다 정확하게 생각한 대로 움직여주었다. 마음만 먹으면 말이다.

지금도 가끔 거울 앞에 앉아서 손가락도 움직여보고 발가락도 움직여본다. 아직도 신기하다. 내가 그동안 보아온 어떤 정교한 기계보다 더 정교하다. 컴퓨터로 움직이는 로봇을 보면 어딘가 뻣뻣하고 어색하다. 그러나 내 몸은 거기에 비교할 수 없을 정도로 정교하고 부드럽게 움직인다. 게다가 생각을 할 수 있다는 점부터 감정의 기복이 있다는 점까지, 가장 정교하다는 컴퓨터보다도 더 정교하다. 그뿐만이 아니다. 돌발적인 상황에서는 마음과 상관없이 정확한 판단 하에 자율적으로 몸이 움직이기도 한다. 순간적으로 정확한 반응을 하는 것이다.

그러나 알고 보면 그게 늘 그랬던 건 아니다. 반사 신경이 아직 잘 발달되지 않은 유아 시절에는 몸을 전혀 쓸 줄 모른다. 뒤집기나 기어 다니기 등 아주 간단한 동작을 익히는 것만 해도 아주 많은 실수와 연습을 통해 가능하다. 몸이 콩나물처럼 쑥쑥 자라는 청소년기에도 몸을 자유롭게 쓰기에는 어려움이 많다. 그 때문에 생각과는 달리 몸이 엉뚱한 일을 하기 일쑤이다.

나의 기억에도 이 시기에는 몸을 쓰기가 원만하지 않은 때였다. 시도 때도 없이 자주 넘어지는 바람에 무릎에 피딱지가 마를 날이 없었다. 일명 '빨간약'을 발라서 겨우 딱지가 마를 만하면 냅다 다시 미끄러져서 또 벌겋게 피가 나도록 벗겨지곤 했다. 내 마음과 몸이 함께 움직이지 못한다는 증거였다. 가야 할 곳에 마음은 이미 가 있는데 몸은 그걸 따라잡지 못하고 걸음을 놓쳤을 것이다. 마음을 작동해서 몸을 바르게 사용하는 방법을 아직 터득하지 못한 때였다. 매일같이 자라는 몸 안에서 살고 있는 것이 생소했을 것이다.

마음과 몸이 함께 움직이는 걸 마스터할 때까지는 꽤나 오랜 시간이 걸린다. 경우에 따라서는 생전에 자기 몸을 정확히 사용할 줄 모르고 살다 가기도 한다. 적당히 살다가 어느 순간부터 몸이 심각한 신호를 보내기 시작하면 얼떨결에 이 약 저 약으로 몸이 유지되기를 바란다. 그래도 몸의 성질과 중요성을 이해하지 못한다면 일생을 몸의 노예가 되어 힘겹게 사는 수밖에 없다.

삶의 변화의 시기에서 내가 만난 것이 하타 요가였다. 하타 요가란 몸을 써서 하는 요가이다. 나이 마흔이 다 되어 장작처럼 뻣뻣한 몸을 가지고 요가를 시작한 것이다. 그때 나는 비로소 숨 쉬는 방법을 처음으로 배웠다. 요가를 배우지 않은 사람들이 대부분 그렇듯이 숨을 거꾸로 쉬고 있다는 것을 그때 알았다. 발바닥의 중요함도 처음으로 배웠고, 정확하게 서고 움직이는 방법도 그때 처음 배웠다. 바르게 앉는 방법도 배웠다. 편히 자는 방법도 배웠다. 내가 가지고 태어난 이 몸이 어떤 물체이며 어떤 기능을 갖고 있는지, 어떻게 바르게 사용할 수 있는지 비로소 하나씩 배워나간 것이다.

그동안 어디에서도 들은 바가 없던 정보들이었다. 그리고 그 정보들은 설명만 듣고 알 수 있는 성질의 것이 아니었다. 체험을 통해야만 알아차릴 수 있었다. 실제 삶에서도 체험을 통한 것들이 지혜가 된다. 아무리 머리로 기억을 해도 소용이 없다. 몸으로 기억하기까지 생각보다 오랜 시간이 걸리는 이유이다. 그래서 하타 요가 수행에서는 몸이 기억할 때까지 매번 처음부터 다시 연습에 임해야 한다. 겸손한 마음은 기본이다. 목표를 두지 않고 지속적으로 조금씩 배워 나가다 보면 서서히 변화가 일어나는 것을 지켜볼 수 있다. 그제야 마침내 몸을 통해 마음을 들여다볼 수 있는 명상이 가능해진다. 마음이 고요해지고 내 존재에 대한 의식이 깨어나기 시작한다. 그리고 이때부터 몸과 마음의 실상이 보이기 시작한다.

하타 요가를 통해서 이 몸이 '내 것'이라는 생각이나 이 몸이 '나'라는 생각은 착각일 뿐임을 알게 되었다. 작은 생명의 씨앗으로부터 시작해, 땅이 생성한 물질을 섭취하며 자란 이 몸은 다시 땅으로 되돌려주어야만 하는 물체이다. 이 몸이 내 것이라고 아무리 우겨도 이 땅은 털끝 하나도 남기지 않고 어김없이 돌려달라고 할 것이고, 우리는 조건 없이 되돌려주어야 한다. 그때까지만 우리는 이 몸을 사용하는 기회를 가질 뿐이다.

그렇다면 내가 잠시 빌려 쓰고 있는 이 몸이 어떤 물체이며 어떤 기능들을 가지고 있는지 알아차리는 것이 매우 중요해진다. 잠시 머물다 갈 이 몸을 깨끗하게 잘 쓰다가 되돌려주는 일이 우리의 기본적인 의무라는 것도 분명하게 드러난다. 그리고 이를 알아차리게 되면서 무엇을 입에 넣을 것인가, 무엇을 볼 것인가, 어떤 소리를 내고 들을 것인가, 어떤 느낌을 어떤 방법으로 표현할 것인가…… 이런 모든 것이 의식적인 선택에 의해서 이루어질 수 있다는 것도 알아차리게 된다.

순간순간 이루어지는 이런 선택들이 별것 아닌 작은 일처럼 느껴지지만, 의식적인 선택들을 해나갈 때 비로소 삶이 충만하고 윤택해질 수 있으며, 다른 차원의 의식적인 삶 또한 가능해진다. 우리가 살고 있는 이 세계에 가장 필요한 의식 변화 혹은 의식 혁명의 근본이 되는 것도 바로 이 '의식적 선택'이다.

반응에서 반응으로 이어지는 무의식적인 삶에서 깨어나 의식적으로 선택하는 작은 행위들이야말로 우리를 진정한 자유인으로 살아갈 수 있도록 이끈다. 나아가 우리의 삶을 다른 차원의 삶으로 승화시킬 수 있는 가능성을 열어준다. 제한된 몸의 영역을 뛰어넘어 우리가 갖고 있는 인간으로서의 모든 가능성을 현실로 불러올 수 있는 것이다.

깨어 있는 의식으로 자신의 마음을 알아차리고 모든 행위를 선택해서 할 수 있기 위해서는 그 선택의 순간마다 매번 연습을 해나가는 수밖에 없다. 그렇게 하다 보면 어느 틈엔가 나 혼자만이 아니라 주위를 변화시키고 사회를 변화시키게 됨을 알아차리게 될 것이다. 나 하나의 변화가 세상을 변화시키고 나 하나의 작은 선택이 지구를 변화시키게 되는 것이다.

슬픔은 인간만 느끼는
감정이 아니다

벚꽃이 막 피어나기 시작할 때였다. 양재천 벚꽃을 보기 위해 산책을 나섰다. 서울의 남쪽 끝에 있는 개천이라 서울에서는 봄이 제일 먼저 도착한 듯했다. 벚꽃이 피기 시작하는 때가 대개 3월 말에서 4월 초로 낮에는 따끈한 햇살 덕에 봄 기운이 확연히 느껴지지만, 여전히 칼바람이 스쳐 지나가곤 해서 마음을 놓을 수는 없다. 그래도 활짝 피어 있는 벚꽃을 보면 저절로 환성이 튀어나오면서 걸치고 있던 외투를 단번에 벗어버리고 싶어진다.

양재천 벚꽃을 보기 위해 2차선 도로의 건널목을 지나 계단을 올라가면 바로 둑방 길이 나온다. 그리고 개울 쪽으로 내려가는 계단이 다시 나타난다. 둑방 길에는 양쪽으로 벚꽃이 피어 있고, 둑방 아래 작은 산책로에도 벚꽃이 즐비하다. 개천가에서 보면 가끔 자라가 물 가운데 있는 돌 위에 앉아 있는 것이 보이기도 하고, 팔뚝만한 잉어가 뛰어오르는 것이 눈에 띄기도 한다. 흰 두루미나 청둥오리도 눈에 띈다. 그리고 살찐 까마귀들이 떼로 몰려다니며 봄이 돌아온 걸 무척이나 기뻐한다.

개천 아래로 연결되는 산책로를 따라 계단을 반쯤 내려섰을 때였다. 까마귀 떼가 요란한 소리를 내며 무언가를 찍어대고 있는 것이 보였다. 조심스레 다가가서 들여다보았다. 한 뼘 남짓한 조그만 봄 뱀이었다. 굵기는 손가락 정도밖에 되지 않았지만 이제 막 알에서 깨어났는지 기름을 발라놓은 듯 새까만 피부가 봄볕에 반짝이고 있었다. 그 꼬마 뱀을 살찐 까마귀들이 떼로 달려들어 한 번씩 쪼아가며 공격하고 있었다.

엉겁결에 내가 사건에 뛰어들었다. "에이, 에이, 안 되지! 얘는 아직 어리잖니. 너희는 얘 없어도 되는데……"라고 구슬리며 까마귀들을 우선 설득시켰다. 한 해 전에도 똑같은 사건을 목격한 적이 있었다. 그때는 이미 뱀이 목숨을 잃고 까마귀들도 자리를 뜬 뒤였다. 장난을 치며 놀다가 뱀이 죽자 그대로 두고 날아가 버린 것이다. 안타까운 마음에 죽은 뱀을 거두어 풀숲에 묻어주었는데, 오늘은 내가 아주 적당한 순간에 그 자리에 있게 되어 천만다행이란 생각이 들었다.

까마귀들이 나를 의식하더니 뱀을 쪼아대던 걸 멈추었다. 그러고는 한두 발치 물러나더니 왜 그러냐는 듯 나를 빤히 바라보았다. 그 바로 앞에 꼬마 뱀이 기진맥진해서 흙길에 머리를 내려놓고 있었다. 몇 차례 쪼인 모양이었다. 몸을 덥히려고 봄볕에 따끈해진 흙길로 멋모르고 나왔다가 변을 당한 것 같았다. 태어난 지 얼마 안 된 새끼인 것이 역력했다.

자연의 섭리에 끼어들고 싶은 마음은 없었지만 이 상황을 모른 척하고 지나갈 수도 없는 노릇이었다. 우선 까마귀들에게 물러날 것을 설득했다. 그러고는 손짓으로 날아가라는 표시를 했다. 아쉬운 듯 까마귀들이 하나둘씩 가까운 나뭇가지로 올라가 앉았다. 내가 한쪽 무릎을 굽히고 뱀을 향해서 내려앉았다. 꼬마 뱀도 천천히 고개를 들어 나를 정면으로 바라보았다. 내가 조용히 말을 건넸다.

"네가 아직 어려서 뭘 모르는 거 같은데, 너무 일찍 나오셨네요. 게다가 볕이 따뜻하다고 무조건 이쪽으로 나오면 안 되지. 위험해, 위험. 오케이? 세상에 나오자마자 살아보지도 못하고 이렇게 개죽음을 당하면 안 되잖니?"

반쯤 일으켜 세운 몸으로 나를 똑바로 쳐다보는 꼬마 뱀에게 흙바닥을 가리키며 말했다.

"여기, 여기…… 노, 노. 알았어? 여기, 노, 노."

그 아이 뒤쪽으로 시멘트로 만들어진 높은 턱이 있었고, 그 위로 파랗게 돋아난 풀들이 덮여 있었다. 그곳을 가리키며 다시 말을 이었다.

"빨리 몸 돌려서 저리로 들어가. 이쪽은 내가 지킬 테니까, 지금 들어가. 오케이? 까마귀가 또 올 거야, 금방. 그러니 빨리 올라가, 빨리."

꼬마 뱀이 얼굴을 올려 세우고는 나를 빤히 바라다보았다. 뭔가 알아차리려고 나를 주시하고 있는 것 같았다.

"고마워하는 건 알겠는데, 어서 머리 돌려. 알았지? 좋아, 좋아. 그대로 돌아서 저쪽으로 올라가라고. 빨리. 오케이?"

계속해서 중얼거리며 풀숲 쪽을 향해 신호를 보냈다. 내 얼굴을 빤히 응시하던 꼬마가 알아들은 듯 한순간 고개를 180도로 돌렸다. 그러더니 머리끝을 시멘트 턱 위로 올렸다. 잽싸게 풀 사이로 머리를 박더니 아랫몸을 끌어올리며 그곳으로 스르르 사라져 들어갔다.

"좋아, 잘했어. 바로 그거야. 그래, 잘 가. 앞으로는 조심하고."

이렇게 뱀과 나는 헤어졌다. 몸을 반쯤 일으킨 채로 나를 똑바로 응시하던 그 꼬마 뱀의 모습이 내 머릿속에 사진을 찍어놓은 듯 기록되었다. 그 아이의 눈이 내 마음의 한 부분이 되었다. 언제든지 원하기만 하면 내 안에 있는 그 아이의 모습이 되살아날 수 있는 것이다. 그 아이의 마음에도 내가 찍혔을 것이다. 내가 보는 것과 형상은 다르겠지만 그 아이의 DNA 기록에도 내가 찍혔을 것이다. 태어나자마자 체험했던 까마귀에 대한 무서운 기억을 나의 기억이 덮었을 것이다. 이렇게 우리 삶의 체험은 이어진다. 그것이 인간이든 동물이든 식물이든 모든 생명체는 의식으로 깨어 있으며, 체험은 이렇게 기억으로 기록된다.

멕시코만을 향해 열려 있는 미국 플로리다 주의 서부는 평화스러운 해안으로 이루어져 있다. 대서양에 비해서 물은 따뜻하고 잔잔하며, 해안선이 오밀조밀한 탓에 작은 무인도 섬들이 무수하게 많다. 이 때문에 수없이 많은 동물이나 새들이 살고 있으며 물고기들도 알을 낳고 서식하기에 아주 적당한 곳이다. 특히 맹그로브라는 물 나무들로 가득한 낮은 섬들은 백로들이 떼를 지어 함께 서식하며 새끼를 낳아 기르는 서식처로 보호를 받고 있다.

내가 살던 그곳 해변가의 집 앞에도 작은 섬들이 여러 개 있었다. 가끔 손으로 젓는 카누나 카약을 타고 조용히 다가가면 백로들의 삶을 가까이서 접할 수 있다. 물론 카약에서 내려 그 안으로 접근하는 것은 금지되어 있다. 그들을 놀라게 해도 안 된다. 그저 조용히 노를 저어 지나가는 것만이 허용된다. 그들의 삶을 절대로 방해해서는 안 되기 때문이다.

내가 그들이 있는 섬으로 가끔 놀러 가듯 섬에 살고 있는 대백로 한 마리가 매일같이 우리 집으로 놀러 오곤 했다. 우리는 그 아이를 '하이High'라는 이름으로 불렀다. '하이'는 그 자태가 눈부시게 아름다운 아이였다. 두 다리로 곧게 서면 긴 목과 머리가 내 눈높이까지 올라왔고, 우아한 자태에 자수를 놓은 것 같은 긴 꼬리가 걸을 때마다 하늘거렸다. 양쪽 눈 옆에 있는 연두색 점은 멀리서 보아도 파랗게 빛이 났다.

소박하게 생긴 암컷에 비해서 '하이'는 한 눈에도 멋진 수컷임을 알 수 있었다. 간혹 암컷과 함께 올 때도 있었지만 주로 혼자 오는 때가 많았다. 내가 집에 없을 때에는 수영장 부근에서 혼자 놀거나, 우리 집 개인 선착장에서 서성거리면서 내가 귀가하기를 기다리곤 했다. 내가 집에 있는 날이면 아침부터 곧바로 발코니로 날아들어 왔다. 나무로 만들어진 넓은 발코니에서 어슬렁거리다가 뒷문을 열어주면 슬며시 리빙룸 안까지 들어왔다. 3층짜리 집의 리빙룸은 3층까지 천장이 트여 있고, 커다랗고 긴 창문들이 둥글게 바다를 향해 나 있었다.

하이는 리빙룸에 들어와서 놀다 가는 것을 즐기는 듯했다. 부엌 쪽으로 붙어 있는 간이 식탁의 수툴stool에 올라앉아 내가 주는 생고기나 코셔Kosher 핫도그를 먹고는 우아하게 리빙룸 안을 걸어 다녔다. 아직 어렸던 조쉬와 조이가 노는 것을 소파 뒤편에서 슬쩍 넘겨다보기도 했다. 그러나 항상 적당한 간격을 유지하는 것으로 자신의 야생성을 확인시켰다. 조쉬나 조이도 적당한 간격을 유지하면서 하이를 놀러 온 친구처럼 자연스럽게 대했다. 저녁때쯤 되어 하이는 뒷문으로 슬그머니 빠져나가 넓은 날개를 펴고 높이 날아서 다시 섬으로 돌아가곤 했다.

그러던 어느 날 늦은 아침까지 하이가 날아들지 않았다. 가만히 보니 선착장 바로 뒤쪽에 있는 작은 섬의 맹그로브 나뭇가지 끝에 간신히 매달리듯 올라앉아 있는 것이 보였다. 무슨 일인지 내가 소리를 내어 불러도 아무런 반응도 하지 않고 바닷물 쪽만 뚫어져라 내려다보고 있었다. 오후가 되면서 썰물 때가 되어 파도가 밀려나가고 있었다. 하이가 맹그로브 섬 끝에 있는 작은 모래밭으로 내려앉았다. 그러고는 무언가를 부리로 잡아끌고 있는 것이 보였다. 뛰어나가 선착장 끝에서 자세히 보니 그곳에 다른 백로 한 마리가 누워 있었다.

움직임이 없는 것으로 보아 이미 죽었거나 죽어가는 것처럼 보였다. 썰물에 쓸려 나가는 백로의 몸을 하이가 부리로 잡고는 안쪽으로 끌어당기고 있었다. 하이의 식구이거나 가까운 친구가 틀림없어 보였다. 안간힘을 쓰면서 그 백로를 끌어당기다가 지치면 다시 맹그로브 나뭇가지 위로 날아올라 지켜보았다. 그리고 잠시 후 또다시 내려가 백로를 끌어내길 반복하고 있었다. 하이의 기진맥진하고 슬픈 모습에 가슴이 아파왔다. 그러나 아무리 안타까워도 내가 도와줄 수 있는 상황이 아니라는 것을 잘 알고 있었다.

내가 가까이 있어도 하이는 물결에 휩쓸리고 있는 그 다른 백로에게서 한 번도 눈을 떼지 않았다. 식음을 전폐하고 하루 종일 그곳에서 떠날 생각을 하지 않았다. 석양이 뉘엿뉘엿 지기 시작한 때에도 그는 그곳에서 한 발자국도 움직이지 않고 자리를 지켰다. 하루 종일 그를 바라보면서 선착장 끝에 앉아 있던 나의 얼굴도 눈물로 범벅이 되었다. 썰물이 빠져나갈수록 그 백로의 몸은 조금씩 바다 쪽으로 쓸려나갔고, 하이는 묵묵히 그걸 감수하면서도 최선을 다해 부리로 그 몸을 잡아 올리려 했다. 깜깜해져도 하이는 떠나지 않았다. 그렇게 밤이 깊어갔다. 그리고 그 뒤로 며칠 동안 하이의 모습은 보이지 않았다.

자연 가까이서 살다 보면 자연스럽게 자연의 법을 터득하게 된다. 그건 우리가 마음대로 어떻게 할 수 없는 숭고한 것이며, 모든 생명체들은 그 법에 복종할 수밖에 없다. 우리를 비롯해 모든 것을 포함하고 있는 자연이 '스스로 그러하게' 움직이는 그 철저한 현상을 거스를 수는 없다. 그런 자연이 늘 치유적이거나 아름답기만 한 것도 아니다. 오히려 처절하며 가혹하고 때로는 폭력적이기도 하다. 견디기 어려울 만큼 힘들고 아프기도 하다.

그러나 또 한편 화려하고 아름답고 부드럽고 우아하다. 우리가 알고 있는 모든 감정과 생각의 요인들이 자연 속에 다 들어 있다. 이런 생각과 감정은 우리 인간만이 갖고 있는 것이 아니라 모든 생명체가 다 가지고 있다. 우리와 98퍼센트 이상의 DNA를 공유하고 있는 포유동물인 경우에는 말할 것도 없지만, 그렇지 않은 경우라도 마찬가지이다. 하늘을 나는 새도 짝의 죽음을 슬퍼하며 식음을 전폐한다.

뉴욕 센트럴파크의 백조 이야기도 유명하다. 호수에 항상 같이 다니던 백조 한 마리를 어떤 정신병자가 엽총으로 쏘아 죽인 일이 있었다. 남은 백조 한 마리가 혼자서 살아가나 했는데, 식음을 전폐하더니 얼마 가지 않아 호숫가에서 죽은 채로 발견되었다. 자연 속에서 생존하는 모든 생명체는 그 모습이 어떻든 쉽지 않게, 그러나 나름대로 아름답게 이 세상을 살아간다. 어렵고 슬프지만 그래도 용감하게 삶을 선택하고 체험해 간다. 이런 사실은 모든 생명체들이 공유하는 부분이며, 같은 언어를 쓰고 있지 않지만 서로의 모습에서 그것을 확연히 알 수 있다.

꼭 과학자나 전문가들이 연구해 놓은 연구 자료를 보아야만 다른 동물이나 생명체들이 의식이 있는지 혹은 느낌이나 아픔이 있는지 하는 기본적인 것들이 확인되는 것은 아니다. 조금만 눈여겨본다면 누구나 한눈에 알아볼 수 있다. 아침에 막 끌어올린 그물에서 바다 생선이 펄떡거리면서 뛰고 있는 것을 보면, 그들이 기뻐서 뛰는지 아니면 숨을 쉬지 못해서 죽을 것 같아 뛰는지 누구라도 쉽게 알 수 있다.

잘 모르겠다면 누군가가 자기 얼굴을 욕조 물속에 2분간만 담가 눌러놓는다고 생각해 보라. 숨을 쉬지 못하면 이것도 저것도 필요 없이 살려고 팔딱거리게 될 것이다. 그게 삶을 살고 있는 모든 생명체의 기본적인 반응이다. 그런 사실을 묵인한 채 남의 고통 앞에 기뻐하고 남의 슬픔 위에 나의 행복을 쌓고자 한다면 그건 가장 어두운 무지의 모양새가 아닐 수 없다.

마하트마 간디는 이렇게 말한다. "어느 한 나라나 사회의 위대함은 그들이 동물을 어떻게 대하느냐에 따라 그 정도를 짚어볼 수 있다."(The greatness of a nation can be judged by the way its animals are treated.) 다른 생명체를 알아볼 수 있는 눈을 갖고 있느냐 아니냐에 따라 개인과 국가의 수준과 정도를 가늠할 수 있다는 말이다. 다른 생명체들보다 위대하다는 생각에 빠져 있다거나 다른 생명체를 해치면서도 알아차리지 못하는 것이야말로 정말 슬픈 일이 아닐 수 없다.

우리의 생명이 귀한 것처럼 그들의 생명도 귀하다. 그리고 살아있는 모든 생명체는 숭고하며 성스럽다. 그것들이 어떤 모습을 하고 어떤 소리를 내든 그들은 우리와 내면으로 서로 연결되어 있으며 서로의 생명을 위해 상호 의존한다. 그들이 없는 우리의 존재는 생각할 수 없고, 우리 또한 그들 삶의 한 부분이다. 우리가 어느 생명체에 비해 우월한 것이 아니라 같은 시간, 같은 장소에서 서로에게 의존하고 공손하는 하나의 몸통들이라는 점을 기억해야 한다.

둘이 아니라 바로 하나인 것이다.

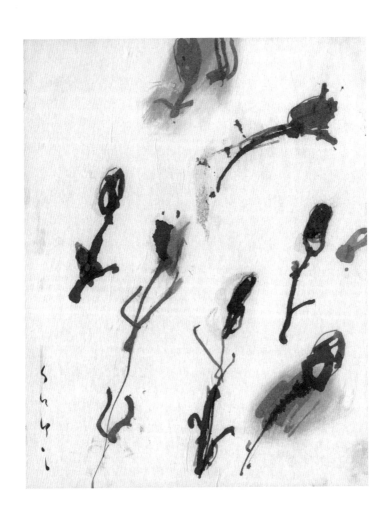

천국도 지옥도
마음 안에 있다

짙은 아프리카식 발음의 영국식 영어를 쓰는 자메이카 사람들의 말투는 영어권 사람들도 잘 알아듣지 못한다. 그래서 자메이카에 도착하면 초긴장을 하게 된다. 공항에 내린 순간부터 내가 원하는 대로 되는 건 별로 없다. 공항 직원들의 일하는 모습만 봐도 답답하기 이를 데 없고, 일이 해결되었다손 치더라도 그게 확실하다는 보장은 절대 없다. 그래서 다시 더 긴장한다.

"노 프라블럼 만No problem man!"

내가 잔뜩 긴장하고 있는 게 티가 나는 모양이다. "아무 문제 없어요"라며 싱글싱글 웃으며 한 마디씩 던진다. 긴장할 것 없다는 이야기다. 모든 게 다 잘될 거란 확신을 심어주려는 말인지, 아니면 이제 막 비행기에서 내린 긴장한 이방인이 딱해서 하는 말인지는 알 수 없다. '그래 맞아…… 다 잘될 거야. 노 프라블럼 만!' 나 자신에게 주문을 외면서 어렵게 렌트카 수속을 끝내고 공항을 빠져나간다.

하늘은 파랗고 땅은 녹색으로 넘실거린다. 네그릴Negril로 향하는 길로 접어들자 멀리 바다가 보인다. 그야말로 맑은 청록색 잉크를 들이부어 놓은 것만 같다. 길가에 나와 있는 사람들도 자유로워 보인다. 대충 걸쳐 입은 강렬한 색깔의 옷과 강하게 곱슬거리는 머리 모양이 남들은 크게 신경 쓰지 않는 것 같아 보인다. 군데군데 보이는 마을을 지나칠 때면 온갖 색깔로 장식한 집들이 마음을 더 밝아지게 한다. 어떻게 저런 색을 집에다 칠

할 생각을 했을까, 내 상상력 밖의 일이다. 마음이 뻥 뚫리고 환해지는 것 같다.

당시 내가 살고 있던 플로리다에서 카리브 해의 섬들까지는 비행기로 두 시간 남짓밖에 걸리지 않았다. 나는 가끔 주섬주섬 옷가지를 챙겨 카리브 해에 있는 섬으로 여행을 떠나곤 했다. 카리브 해에는 수많은 섬들이 파란 바다를 사이에 두고 운집해 있다. 그중에서도 자메이카는 정돈된 다른 섬들에 비해 색다른 매력을 지니고 있는 곳이다. 자연은 아름답고 사람들은 느슨하다. 때로는 너무 느슨해서 이방인늘을 긴장시킬 정도이다.

길가 나무그늘 아래로 바나나와 코코넛을 파는 좌판이 나타났다. 일단 코코넛 물을 하나 마시고 시작해야 될 것 같았다. 차를 세우자 청년 한 명이 싱글싱글 웃으며 내게 다가왔다.

"원 달러 내면 내가 차를 지켜줄게요!"

주차장도 아닌데 관광객인 걸 단번에 알아챈 걸까, 벌써부터 주차 요금을 받으려는 것 같아 가볍게 사양했다.

"아, 괜찮아요. 아무데도 가지 않아요. 여기서 그냥 코코넛만 마실 거예요."

"노 프라블럼 만."

청년은 문제없다며 덤벙거리면서 좌판 쪽으로 나를 따라왔다. 나는 상인에게 코코넛 하나를 잘라달라고 부탁해서 빨대를 끼워 마시기 시작했다. 차를 지켜주겠다던 그 청년이 다시 말을 걸었다.

"간자는 어때요? 간자도 있는데요."

'간자'란 흔히 말하는 대마초를 일컫는 말이다. 자메이카에서는 대마가 잘 자란다. 그리고 일상적으로 그들은 대마초를 사용한다. 대마초를 신성하게 여기는 라스터패리어니즘Rastafarianism이라는 종교도 자메이카에 근거지를 두고 있다. 요즈음은 이 종교가 은근히 세계적인 문화 종교로 자리를 잡아서 어디를 가든 머리를 꼬아 길게 기르거나 틀어 올린 채 빨강, 노랑, 초록, 검은색의 화려한 모자나 옷을 입고 다니는 라스터패리언Rastafarian들을 흔히 만날 수 있다. 젊은이들이 열광하던 세계적인 가수 밥 말리Bob Marley도 그들을 대표하는 라스터패리언 가수이며, 레게 음악이 바로 그들의 장르이다.

이렇게 자메이카는 특이한 문화와 예술 그리고 종교의 발상지이다. 그리고 자유스럽다. 아무렇지도 않게 길거리에서 코코넛과 간자를 함께 팔고, 이에 대해 뭐라는 이도 없다.

"10달러어치만 사세요. 특별히 많이 드릴게요. 좋은 간자예요."

한 번 더 나의 의중을 떠본다.

"괜찮아요. 다음에요"라고 얼버무린 뒤 나는 차를 몰아 재빨리 그 자리를 떠났다.

네그릴은 자메이카 섬 서쪽 끝에 있는 작은 마을이다. 바닥이 들여다보이는 청록색 바다가 하얀 백사장의 해변을 품고 있다. 그 바다 위로 매일 저녁 해가 떨어진다. 마을의 한쪽은 울창한 숲이고, 다른 한쪽은 암벽으로 이루어진 높지 않은 절벽이 해안선을 따라 구불거리며 이어진다. 그 절벽 끝에서 투명한 바다로 아이들이 하루 종일 뛰어내리며 논다. 가히 지상의 천국이라 할 만하다.

그 네그릴에서 몬테고 베이 쪽으로 가다가 오른쪽으로 접어들면 산 쪽으로 향하는 길이 나온다. 그 길을 따라 계속해서 올라가다 보면 자메이카 특유의 작은 마을들이 나온다. 관광객이나 이방인은 주로 해안 주변에서 머무르기 때문에 외지인은 거의 눈에 뜨이지 않는 산동네들이다. 이런 산동네들은 늘 모험심 강한 나의 마음을 자극한다. '저런 곳에는 어떤 사람들이 살까? 어떻게 생긴 집에서 살까? 무얼 먹고 살까? 동네는 어떻게 생겼을까?' 지도에 작은 점들로 나타나 있는 마을들이 궁금해서 견딜 수가 없었다.

다음날 나는 오래된 도요타 렌트카의 창문을 모두 내린 채 산동네로 향했다. 마실 물과 요기가 될 만한 음식들을 뒷좌석에 대충 챙겨 넣고 길이 잘 표기되어 있는 지도도 마련했다. 지금과는 달리 그 당시는 인터넷도 없고 GPS도 물론 없었기 때문에, 모든 건 자신의 감각을 따라서 방향을 잡아야 했다.

기온은 더할 나위 없이 적당했고, 태양은 그야말로 눈부시게 빛났다. 이런 날의 하루는 잘 포장된 신의 선물을 받은 듯 흥분된다. 오관은 잘 간 칼날처럼 새파랗게 살아서 가동되고, 살아 있다는 것에 대한 희열이 핏줄 속에서 느껴진다.

하루 종일 이 마을 저 마을을 다니다가 해가 서쪽으로 기울기 시작할 무렵, 고지에 있는 어느 마을에 도착했다. 기울어져 가는 햇빛에 황금빛으로 물든 마을 한가운데서 장이 열리고 있었다. 동네 장날이었다. 우연치고는 운이 좋은 날이었다. 이런 산동네에서 장을 만나기란 쉽지 않은 일이다. 며칠 전부터 미리 날짜를 잡아 장을 구경할 수도 있었겠지만, 우연히 일어나는 일을 그대로 받아들여 체험하는 것은 훨씬 더 흥미진진하다.

우선 차를 세울 곳을 찾았다. 시장 한쪽 길가에 차를 세울 수 있도록 표시되어 있는 것이 눈에 띄었다. 두 대의 차 사이에 길게 주차하자, 그새 어디서 보았는지 아이 하나가 뛰어왔다.

"원 달러, 원 달러. 차를 지켜드릴게요!"

불법 주차도 아닌데 또 차를 지켜준다는 말에 의아했지만 나는 가볍게 거절했다.

"괜찮아요. 오늘은 필요 없어요!"

청록색 바다가 멀리 내려다보이는, 석양의 마을 장터는 그야말로 꿈같이 아름다웠다. 장터에 있는 사람들의 얼굴은 모두 황금빛으로 이글거리고 있었고, 깊숙한 눈동자는 검은 피부 속에서 맑게 반짝거렸다. 바다는 바다대로, 하늘은 하늘대로, 숲은 숲대로, 사람은 사람대로, 태양은 태양대로 강렬한 빛깔로 함께 타올랐다. 색과 빛의 향연이었다.

　장터에는 근처 시골 마을의 할머니나 아주머니 들이 각자 집에서 기른 채소나 과일을 광주리에 담아가지고 나와서 줄지어 앉아 팔고 있었다. 모두 처음 보는 채소와 과일이었다. 그 가운데 80살쯤 되어 보이는 할머니가 팔고 있는 과일이 눈에 들어왔다. 자기 집 뒤뜰에서 따온 것이 분명했다. 짙은 녹색으로 크기는 무화과만 하고 단단해 보이는 껍질에서는 반지르르 윤기가 났다. '도대체 이게 무얼까? 그냥 먹는 과일일까, 아니면 약으로 쓰는 열매일까?'

　호기심에 찬 눈으로 들여다보자 할머니가 그 과일 두 개를 쥐어들더니 나에게 내밀었다. 주름으로 뒤덮인 할머니의 검은 피부가 석양에 빛났고, 환한 미소는 인자해 보였다. 과일 두 개가 황금빛 햇빛에 반짝이는 검은 손에 담겨 짙푸른 초록색으로 빛났다. 순간적으로 나는 그 아름다운 손과 과일 그리고 빛이 어우러진 모습에 넋을 잃었다.

　넋 놓고 바라보는 나에게 할머니가 과일을 사겠느냐고 물었다. 나는 그게 어떤 과일인지 모른다는 표정을 지어보이며 고개를 저었다. 할머니가 과일 하나를 두 손으로 꾹 눌렀다. 과일이 갈라졌다. 안에 있는 희고 투명한 과육이 드러났다. 신기한 마음에 할머니의 손짓을 하나도 놓치지 않고 지켜보았다. 두 쪽 가운데 한 쪽을 천천히 자기 입에 넣으며 이렇게 먹어도 좋다는 표정을 지었다. 그러고는 남은 한쪽을 내게 권했다. 검은 손 안에 가지런히 놓여 있는 초록색 과일의 투명한 과육 반쪽을 받아 나도 조심스레 입 안으로 밀어 넣었다.

짭짤한 버터 한 덩이를 입에 넣은 기분이었다. 입 안으로 들어가자마자 사르르 녹는데 지금까지 한 번도 먹어보지 못한 맛이었다. 게다가 당연히 단맛일 줄 알았는데 의외로 짠맛이 아닌가. 입 안에서 고소하게 녹는 맛이 그동안 먹어본 어떤 것과도 비교되지 않을 정도로 황홀했다. 낯선 그 초록색 과일 한 쪽에 온몸이 녹아내렸다. 크게 미소를 짓자 그것 보라는 듯 할머니도 크게 웃어 보였다. 과일을 받아들고 할머니에게 1달러를 건넸다. 흡족해하는 할머니의 미소를 뒤로하고 바다가 보이는 쪽으로 발걸음을 돌렸다.

수평선 저 멀리 석양이 장엄하게 바다로 떨어지고 있었다. 낮 동안 태양에 달구어진 남국의 산동네는 아직도 열기로 후끈거렸다. 나는 할머니에게 산 과일 하나를 마저 벗겨서 입에 넣고 유유히 시장 길을 걸어 차를 세워놓은 곳으로 갔다. 사람들의 얼굴도 석양에 달궈진 듯 붉게 빛났다. 그들은 풍요로운 모습으로 천천히 움직이고 있었고, 세상은 여유롭고 아름다웠다. 시공간 안에서 움직이는 모든 것들이 더없이 아름답고 행복해 보였다.

황금빛으로 빛나고 있는 렌트카의 열쇠 구멍에 키를 넣어 돌린 뒤 앞문을 열었다. 뜨겁게 달구어진 차 안의 공기가 후끈 쏟아져 나왔다. 열기가 빠지기를 기다리며 먼 바다 쪽을 한 번 더 내려다보았다. 석양의 끝자락이 이글거리며 수평선을 향해 떨어지고 있었다. 모든 것이 완벽했다. 내 눈앞에 보이는 모든 것이 완벽 그 자체였다. 있는 그대로 이 지구는 천국임에 틀림없어 보였다.

차 안의 열기가 어느 정도 빠져나가자 나는 장바구니를 옆자리에 던져놓고 운전석에 올라앉았다. 그러고는 창문을 반쯤 열고 시동을 걸었다. 지금 떠나면 어두워지기 전에 네그릴에 있는 호텔로 돌아갈 수 있을 것이다. 가는 길도 무척이나 아름다울 것이다. 태양이 떨어지고 있는 바로 그쪽이 호텔이었다.

그런데 이상했다. 키를 아무리 돌려도 차의 시동이 걸리지 않았다. 키 돌아가는 소리만 날 뿐 엔진이 전혀 움직이지 않았다. 몇 번 더 돌려보았지만 마찬가지였다. 마음에 의심이 들기 시작했다. 그러곤 덜컥 겁이 났다. 공포가 급격히 내 마음을 사로잡았다. 머릿속이 멍해졌다. 처음부터 다시 생각해야 했다. '여기가 정확히 어디였지? 네그릴에서 얼마나 올라온 것일까? 이럴 땐 어떻게 해야 하는 거지?' 아무리 생각을 해도 머릿속은 점점 더 하얀 백짓장이 되어갈 뿐이었다.

고개를 들어 밖을 내다보았다. 모두가 얼굴이 검고 낯선 흑인들뿐이었다. 엉겁결에 차의 문을 열고 밖으로 나왔다. 주위에 오가는 사람들을 다시 둘러보았다. 어찌된 일인지 사람들의 얼굴은 인자해 보이지도 않고 평화로워 보이지도 않았다. 갑자기 장터의 모든 사람이 하루의 일과에 지쳐 찌들어 있는, 꾀죄죄하고 보잘것없는 사람들로 보였다. 어떻게 된 일일까? 열기에 달구어진 뜨거운 공기가 나의 허파를 짓누르기 시작했다. 곁을 지나치는 사람들의 이글거리는 눈빛이 금방이라도 나를 덮칠 것만 같았다. 순간적으로 나는 다시 차 안으로 뛰어들었다. 그리고 안에서 문을 잠갔다. 반쯤 열려 있던 창문도 올려 바깥과의 접촉을 완전히 차단했다.

밖을 내다보았지만 인자해 보이는 사람은 없었다. 행복하고 여유 있어 보이는 사람도 없었다. 불안해 보이는 검은 얼굴들이 초조하게 지나가고 있을 뿐이었다. 땀이 비 오듯 흘러내리기 시작했다. 공기가 통하지 않는 차 안의 온도는 급격히 올라갔고, 나의 공포가 몸 안의 열기를 더 끌어올렸다. 숨이 막혀서 질식해 버릴 것만 같았다. 몇 분 전까지도 존재했던 '완벽한 천국'은 온데간데없고 한순간에 이글거리는 불길에 타들어 가는 지옥 속에서 내가 신음하고 있었다.

마지막 한 줄기의 용기라도 끄집어내야 했다. 어떻게 해서든 그곳에서 문을 열고 나오지 않으면 그대로 질식사해 버릴 것만 같았다. 내가 정확히 어디에 와 있는지도 모르는 상황에서 어떻게든 공중전화라도 찾아 경찰이든 구조대든 아니면 해변가 호텔에라도 연락을 해야 했다. 어두워지면 상황이 더욱 심각해질 것이다. 더 이상 차 안에서 버틸 수 없을 정도로 숨이 막혀왔다. 있는 힘을 다해 잠금쇠를 풀고 문을 열었다. 그리고 후들후들 떨리는 다리를 안정시키려 애쓰며 겨우 밖으로 나와 섰다.

일단 차의 후드라도 열어야 문제 있는 차량이라는 표시가 될 것 같았다. 그러나 다른 한편으로는 오히려 나를 노리는 사람에게 타깃이 될 것 같기도 했다. 하루 종일 여유롭게 즐기며 다니던 바로 그곳이 이젠 범죄 현장의 중심처럼 암울하게 느껴졌다. 우선 큰 숨을 한 번 내쉬고는 아무 일도 없는 사람처럼 유연하려고 애썼다. 그러고는 차의 후드를 열고 안을 들여다보며 어떻게 할지 방법을 생각했다.

그때 사십대 후반 정도로 보이는 흑인 남자 한 명이 내게 다가왔다. 그러더니 사투리가 그리 강하지 않은 미국식 영어로 내게 말을 걸었다. "무슨 문제 있어요?" 나를 바라보고 있는 그의 얼굴을 올려다보자 겁에 질려 속이 부르르 떨려왔다. "차에 무슨 문제가 있는 모양이죠?" 그가 다시 물어왔지만 나는 공포에 얼어붙어 입을 뗄 수가 없었다.

그가 나의 공포를 직감한 모양이었다. 자기가 이곳에서 존경받는, 믿을 만한 사람이라며 자신을 소개했다. 그의 목소리에 신뢰가 가긴 했지만, 그렇다고 덜컥 지금 내 문제를 털어놓기에는 불안했다. 하지만 달리 방법이 있는 것도 아니었다.

"아, 네, 그게…… 차가 시동이 걸리지 않아서요. 아까까지만 해도 괜찮았는데……"

그가 단번에 내 문제를 알아차린 듯했다.

"아, 그렇군요. 저는 엔지니어가 아니라서 문제를 직접 도와드릴 순 없습니다. 하지만 내가 내려가는 길에 정비소에 들러 사람을 올려 보내겠습니다. 여기서 그대로 기다리면 됩니다. 일이 끝나면 5달러를 현금으로 주면 돼요. 그럼 전 가보겠습니다!"

"아, 네. 감사합니다."

개미 소리만한 목소리로 겨우 인사를 한 뒤, 사람들 사이를 지나 골목 쪽으로 사라져가는 그 남자의 뒷모습을 바라보았다. 그러나 문제는 이제부터였다.

'저 남자가 누구였을까? 정말 나를 도와주려 했을까? 아니면 혹시…… 다른 생각을 가지고 있는 건 아닐까? 길도 모르는 여자가 혼자 고립되어 있는 걸 확인했으니 누구를 보내서 나를 해칠 수도 있지 않은가? 어떻게 해야 하지?'

그가 나에게 약속한 것은 달랑 말 한 마디뿐이었다. 그러고는 어디론가 사라져버렸다. 이제 조금 있으면 땅거미가 질 시간이다. 혹시 그때를 기다리려는 수법이 아니었을까? 수만 가지 생각이 나의 머릿속을 날아다녔다. 설령 그렇다손 치더라도 어떻게 손을 쓸 방법이 따로 있는 것도 아니었다. 불안감은 점점 높이 치솟았고, 시간이 흐를수록 나는 공포의 늪 속으로 깊이 빨려들어 가고 있었다.

얼른 차 안으로 다시 들어갔다. 문을 걸어 잠그고 창문이 올려져 있는지도 확인했다. 머리를 운전대에 대고는 그 사람 말이 사실이기만을 빌었다. '그래도 그 사람을 그냥 보내는 게 아니었는데…… 이제 어쩌지? 다른 방법으로라도 도움을 청할 걸……'

시간은 시계 바늘을 붙잡아 묶어놓기라도 한 것처럼 천천히 흘러가고 있었다. 멈추어버린 듯 천천히 가고 있는 시간과 서서히 빛을 잃어가고 있는 시장 언덕의 낯선 공간 속에서, 나는 홀로 궁극적인 인간애humanity에 대한 믿음의 시험대에 올라서 있었다. 인간성 자체에 대한 나의 믿음이 거미줄 같은 끈에 가느다랗게 매달려 있었다. 천국의 실상과 지옥의 실상이 한꺼번에 내 앞에서 그 존재를 드러낸 것 같았다. 시간은 이미 이곳에서 영원히 멈추어버린 듯했고, 나는 오직 한 가닥 가느다란 희망에 매달려 있었다.

그곳에서 얼마나 오래 기다렸는지는 지금도 정확히 헤아려지지 않는다. 어두워지기 직전이었던 것 같다. 누군가가 유리창을 두드렸다. 운전대에 머리를 들이대고 있다가 고개를 들어보니

스무 살이 될까 말까 한 남자 한 명이 차 안을 들여다보고 있었다. 그의 표정으로 보아 나를 구하러 온 것이 틀림없었다. 나는 시야가 바로 환해졌다.

맞다! 그가 보낸 사람이었다. 그는 처음부터 믿을 만한 사람이었던 것이다! '아니, 인간은…… 그래도 믿을 만한 존재로구나……' 눈물이 왈칵 쏟아졌다. 아…… 역시, 사람이란 그 모습과 색깔과 언어를 막론하고 믿어볼 만한 가치가 있는 그런 존재였던 것이다. 석양 무렵 보았던 시장의 실상은 천상의 체험이었던 것이 분명했다. 다만 두려움이 덮치자 나의 마음이 단번에 지옥의 실체를 체험하게 된 것일 뿐이었다. 모두가 다 한 순간에 일어난 일이다. 내 마음 밖의 세상은 그것이 장터였건 해 떨어지는 언덕 위의 마을이었건 조금도 변한 것이 없었다. 사람들도 마찬가지였다. 변한 건 나의 마음뿐이었다. 내 마음이 그저 천국과 지옥을 오간 것뿐이었다.

그러나 나의 내면의 마음은 바깥세상의 실체를 바꾸어놓았다. 지옥과 같이 느껴진 것이 아니라 의심 없이 지옥 그 자체였고, 몸이 괴롭고 고통스러운 것도 상상이 아닌 실체였다. 숨이 막혀 죽을 것 같은 공포에 시달린 것도 한 치의 의심 없는 사실이었다. 상황만 변한 것이 아니라 몸 안의 화학 분비물도 산성으로 변했을 것이다. 호르몬의 흐름도 달라졌고, 그래서 숨이 막히고 진땀나는 고통을 연출해 냈을 것이다. 그에 반해 시장의 아름다운 모습을 느끼고 있던 순간에는 세로토닌이 분비돼 마음이 천국을 체험하고 몸이 행복감에 젖어들었을 것이다.

사랑love(joy)과 두려움fear(hatred)은 한 마음 안에서 함께 공존한다. 두려움이 커지면 사랑이 있을 자리가 좁아지고, 사랑이 커지면 두려움이 있을 자리가 줄어든다. 이원성으로 이루어진 이 현상 세계를 살고 있는 한 이 가운데 어느 하나도 우리 마음에서 완전히 제거할 수는 없다. 그러나 그것을 알아차린다면 자신을 위해 두려움과 혐오를 선택할 사람은 없을 것이다. 누구라도 사랑과 기쁨과 자유를 선택할 것이다.

다음날 아침 다시 상쾌한 마음으로 호텔에서 식사를 마친 나는 하얀 도요타 렌트카를 몰고 다시 오초리오 폭포를 향해 떠났다. 코코넛 열매의 달콤한 물을 빨대로 들이켜며 야자수 아래서 휴식을 취하기도 하고, 청록색 바다가 넘실거리는 해변을 따라가며 신나게 노래를 부르기도 했다.

마침내 도착한 폭포에 가기 위해 공터에 차를 세웠다. 어디서 나타났는지 남자아이 하나가 내게로 달려왔다.

"당신 차를 지켜드릴게요! 원 달러입니다."

"아, 네…… 그래요."

나는 얼른 1달러를 건네며 아이에게 부탁했다.

"이 차, 나중에 시동 안 꺼지게 잘 봐줘요!"

"노 프라블럼 만!!"

태양 볕에 반짝이는 검은 피부에 하얀 이를 드러낸 그가 나를 보며 환하게 웃었다.

매일 나와 한 몸이 되는 그들

아침결에 뭔지 모르게 불편해 몸을 뒤척이다 잠에서 깼다. 눈꺼풀이 잘 떨어지질 않았다. 몸이 부은 듯도 하고 근질거리기도 한 것이 기분이 영 좋질 않았다. 겨우 자리에서 일어나 거울 앞에 얼굴을 들이밀었다. 아니나 다를까, 입술 위가 벌겋게 달아올라 있었다. 얼굴은 붓고, 턱에도 울긋불긋 무언가 자리를 잡아가고, 넓적다리 안쪽과 허리 뒤에는 이미 벌건 꽃이 피어올랐다. '아뿔싸! 내가 뭘 먹었지?' 바로 생각나는 것이 이 질문이었다.

어젠 내내 집에서 밥을 먹었는데…… 그럼 그저껜? 아침? 점심? 아! 그거다! 만두집에서 서비스로 준, 조미료 맛 가득했던 그 국물. 그것을 무심코 먹었던 게 사고로 이어진 것이다. 먹으면서도 찜찜했는데, 다 마시고 나서 보니 밑바닥에 조개가 있는 게 아닌가. 몸 컨디션이 좋지 않을 때 싱싱하지 않은 어패류를 먹으면 몸에서 반응을 나타내는 일은 어제오늘의 일이 아니다. 그때마다 곤욕을 치렀는데 이번에도 예외가 아니었다.

그러나 이런 예는 조개 국물만이 아니다. 저녁 한 끼만 잘못 먹어도 아침에 일어나면 얼굴이 붓고 혓바닥이 하얗게 되어 있는가 하면 하루 종일 머릿속이 혼미하다. 반대로 신선하고 기운이 맑은 음식을 먹거나 적은 양으로 소박하게 먹고 나면 몸도 가볍고 명쾌하게 느껴진다. 시간이 지나면서 피부도 훨씬 맑아지고 마음도 더 긍정적이 된다. 사람이 먹는 음식은 그 사람의 건강 상태를 결정하고 모습과 성격에도 커다란 영향을 미친다.

고대의 인도 의학인 아유르베다의 이론에 의하면 우리의 몸은 물water(72%)과 공기air(6%), 땅earth(12%), 불fire(4%) 그리고 공간ether(6%)으로 만들어진 유기 생명체이다. 이 생명체는 다른 생명체의 기운을 섭취·흡수하지 않으면 안 되는 조건을 가지고 있다. 섭취한 물질은 우리 몸 안에 이미 내재된 특수한 조직 능력에 의해 분해·섭취되고 변화된 뒤 필요 없는 물질은 배설된다.

이런 행위는 의식적으로 혹은 우리 마음대로 이루어지는 게 아니라 온전히 몸의 지혜에 의해서 자동으로 이루어진다. 예를 들어 밥 한 공기를 먹었다 하자. 그 밥은 우리 몸 안에 있는 자체 지능에 의해 자동으로 분해되고 흡수되어 우리 몸의 한 부분으로 변형된다. 적당히 필요한 곳에서 필요한 모양새로 나의 몸이 되는 것이다.

내가 밥 한 공기를 먹었다 해서 그 밥이 직접 걸어 다니며 나의 행세를 하는 건 아니다. 누군가가, 다시 말해서 우리 몸 안에 있는 어떤 지혜의 기능이 밥을 우리 몸으로 변형시키는 것이다. 그뿐 아니라 몸은 스스로 치유하고 창조한다. 단지 우리가 할 수 있는 일은 무엇을 얼마만큼 언제 공급하느냐이다. 우리의 선택에 달린 것이다. 우리 몸 자체 지능의 '기억memory'에 있는 자연적인 것을 기본으로 섭취해야지 그렇지 않은 가공 물질이나 우리 몸으로 변형될 수 없는 물질을 섭취하면 몸은 쉽게 감당할 수 없게 되고, 이로 인해 이상 현상이 생긴다.

이외에도 음식은 한 사람의 감정을 좌우하기도 하고 정신의 맑고 어두움을 가르기도 한다. 아무 생각 없이 입에 넣은 적은 양의 음식이라 하더라도 그것을 몸의 자체 기능이 감당해야 하는 짐은 상상외로 무거워질 수 있으며, 특히 자연적인 것이 아닌 가공 물질인 경우에는 더욱 그렇다. 그 때문에 먹는 것에 대한 의식적인 선택이 중요하다. 우리 몸 안으로 들어가는 모든 것을 습관적으로 혹은 무의식적으로 아무렇게나 섭취하는 것이 아니라 의식적으로 선택할 수 있어야 한다.

아무리 고도로 발달된 사회에서 살고 있는 초현대인이라 할지라도 우리 몸은 아직도 고대 조상들의 것과 크게 다르지 않다. 우리는 자연적인 유기 물질로 만들어진 몸을 소유하고 있으며, 따라서 땅이 생산한 또 다른 유기 물질만을 섭취할 수 있도록 DNA 기억 속에 프로그램되어 있다. 그러나 적당치 않은 먹을거리를 지속적으로 섭취한다면 우리의 몸과 마음은 정상적으로 유지될 수 없다. 따라서 '의식적인 선택'이야말로 우리 삶에 결정적으로 중요하다.

먹는 것이 넘쳐나고 먹는 행위가 오락이 되어 있는 지금, 진정 음식이란 게 무엇이며 어떤 과정을 거쳐 우리 몸까지 전달되는지 알아차리는 사람은 별로 없다. 몸에 좋다는 음식을 찾아서 먹는 것에는 익숙하지만, 정작 몸이 필요로 하는 음식이 어떤 것인지 생각해 보지는 않는다. 특히 먹는 행위라는 것이 어떤 의미가 있는지도 알아차리지 못한 채 이것저것 아무거나 입에 넣는 것이 일상이 되었다.

요가 철학에서는 우리의 몸을 네 가지로 나눈다. 첫 번째로 실제로 만져지는 몸인 육체physical body가 있고, 두 번째로는 가슴과 연결되어 있는 감정체emotional body가 있다. 세 번째로 사고체思考體라고도 하는 멘탈체mental body가 있고, 마지막으로 에너지체energetic body가 있다. 건강하다는 것은 이 네 가지 몸이 이상적인 상태에 있는 것을 말한다. 몸과 마음과 정신과 기운이 하나하나 잘 조화롭게 흘러야 진정한 건강 상태라 할 수 있으며, 한 가지가 무너지면 다음 단계의 몸도 같이 무너질 수밖에 없도록 서로 깊게 연결되어 있다.

내가 지금 밥에 나물과 된장국을 먹었느냐, 아니면 커피와 크루아상 샌드위치를 먹었느냐는 배를 채운다는 의미에서는 별 차이가 없어 보일 것이다. 그러나 그것이 여러 층위의 몸에 작용하는 점에서는 큰 차이가 난다. 현미밥에 김치, 나물 등은 우리 몸의 메모리에 있는 일차 자연 음식이다. 그래서 그것들이 몸으로 들어왔을 때 이것으로 무엇을 할 것인지 우리 몸은 이미 알고 있다. 몸의 고대 기억에 의해 단순 식품들을 쉽게 소화·흡수하고 배설할 수 있다.

그런데 크루아상 샌드위치와 커피는 모두 첨가물이 포함되어 있는 가공 식품이며, 이런 식품을 섭취했을 때 우리 몸은 이물체를 어떻게 해야 할지 몰라 혼란스러워하게 되고, 이걸 빨리 몸 밖으로 내보내기 위해 분주해진다. 그래서 온몸의 기운이 소화·흡수·배설로 집중되며 몸이 힘들어지는 증세가 나타나는 것이다. 몸이 힘들어지면 당연히 그 안에서 공존하는 감정체나 멘탈체도 영향을 받게 된다. 몸이 흔들릴 때 마음과 정신이 같이 흔들리게 되는 것이다.

예를 들어서 우울증이 있거나 감정의 기복이 심한 사람이 있다 하자. 그 문제를 단순히 감정이나 마음의 문제로 여길 수도 있지만 꼭 그렇지만은 않다. 감정과 생각 또한 몸이 없으면 실제 존재하지 않는 부분이고, 몸은 그동안 우리가 먹은 것들이 변형되어 만들어진 것이기 때문에, 우선 먹는 것들을 통해 몸을 바로잡는 것이 중요하다. 단순 자연 식품을 섭취·흡수해서 우선 몸이 편한 상태가 되어야 마음이나 정신적인 문제를 치유할 수 있는 것이다. 처음부터 부작용이 심한 약보다는 알맞은 음식과 적당한 운동으로 치유를 시작하되, 그중에서도 특히 삼가야 할 음식을 삼가는 것이 중요하다. 그게 바로 가공 식품과 단순 탄수화물이다. 우울증상이 있는 사람들이 유념해야 할 식품들이다.

단순 탄수화물은 설탕을 비롯해서 쌀밥이나 흰 밀가루 같은 것들인데, 이런 것을 먹고 나면 바로 기분이 좋아진다. 거기에다 커피까지 한 잔 곁들이면 기분이 바로 '업up'된다. 단것을 먹으면 순간적으로 기분이 업되는 슈거 하이sugar high 현상이 나타나는데, 문제는 그 상태에 계속 머물러 있지 못한다는 것이다.

슈거 하이는 30분 정도만 지나면 떨어지기 시작한다. 다시 우울해지는 것이다. 그런데 이번엔 조금 더 깊게 우울해진다. 그러면 다시 설탕 넣고 커피 한 잔 마시든지 달달한 쿠키나 케이크 한 쪽이라도 먹어야 한다. 그럼 다시 또 올라간다. 결국 하루 종일 올라갔다 내려갔다 하면서 점점 깊게 감정이 휘둘리고 몸도 힘들어진다. 이런 상황에서 술까지 마신다면 당연히 상태는 더 심각해진다. 감정은 걷잡을 수 없이 높이 치솟았다 깊은 나락으로 떨어지고, 점점 그 진폭이 커지면서 이미 우울증이 있던 사람이라면 자살을 생각하는 상황으로까지 발전될 수 있다.

이렇게 먹는다는 행위는 우리 몸의 다른 부분인 감정체나 멘탈체, 에너지체에 연쇄적으로 영향을 미치면서 건강을 해치는 것은 물론이고 삶의 질 또한 극적으로 떨어뜨린다. 이 때문에 감정체나 멘탈체의 문제를 바로잡거나 우울증 치유가 필요한 사람일수록 입에 들이는 음식을 소홀히 해서는 안 된다.

식재료를 조리할 때에도 가능한 한 첨가물을 쓰지 않는 것이 좋다. 있는 그대로 기본적인 조리를 해서 먹는 것이 건강에도 훨씬 좋다. 우리가 고대로부터 먹어오던 먹을거리에는 이미 자연의 아름다움이 고스란히 들어 있다. 색깔도 그렇고 형태도 그렇다. 향내도 그렇고 맛도 그렇다. 그걸 먼저 알아보는 게 중요하다. 이미 최상으로 아름다운 것을 알아보지 못하면 아름다움을 인위적으로 만들어보겠다는 엉뚱한 짓을 하게 된다. 이미 존재하는 아름다움을 알아보는 눈만 있다면 우리의 식탁은 자연적인 것들로 풍성해질 것이고, 더불어 우리의 생활도 자연스레 아름답고 윤택해질 것이다.

먹는다는 건 성스러운 일이다. 또한 남의 생명을 조건으로 하기에 처절한 일이기도 하다. 때문에 우리는 적어도 남의 생명체의 기운을 섭취한다는 사실을 매번 알아차려야 한다. 그리고 그 기운으로 내 몸이 만들어지고 유지된다는 사실도 늘 깨어서 알아차리고 있어야 한다. 그러면 무엇을 먹을지 그 선택은 자연스럽게 달라질 것이다.

내 몸이 소중하듯 모든 생명체는 소중하다. 두 눈을 가진 생명체는 말할 것도 없지만 그것이 풀잎 몇 조각일지라도 그렇다. 그것이 내 몸 안으로 들어와 나와 한 몸이 되는 과정을 알아차리고, 그것을 고맙고 또 고맙게 받아들여야 할 것이다. 그들의 생명이 나의 몸이 되고 내가 그들과 한 몸이 되는 것이다. 그 덕에 내가 이 순간을 살아서 삶을 체험하고 있다는 사실을 잊어서는 안 될 것이다.

너의 날숨이 나의 들숨이 되고

외출했다가 집으로 돌아오면 프린세스 데이지가 슬금슬금 현관 앞까지 나와서 나를 반긴다. 자다가 깬 눈으로 자기 몸을 내 다리에 문지르고 비벼댄다.

프린세스 데이지는 얼룩덜룩 검은 색깔을 띤 고양이로, 3년 전쯤 어미 고양이가 버린 미숙아 길고양이였다. 다른 형제들에 비해 크기가 절반도 안 되어 어미를 따라다니지도 못하고 골목 귀퉁이에 버려져 있었다. 한 손에 쏙 들어오는 작은 몸집에 병색이 돌고 꾀죄죄한 새끼 고양이였다.

동네 사람들과 의논한 뒤 나는 일단 병원에 데려가 보기로 했다. 약을 처방하고 주사를 맞고 겨우 목숨은 건졌지만 차마 다시 길거리로 내보낼 수는 없었다. 물로 대강 얼굴을 씻긴 뒤 이불을 깔아놓고 그 위에 뉘어놓았다. 어미젖을 못 먹은 탓인지 내 살이 보이기만 하면 달려들어 핥는 것이 삶의 의지가 있는 것 같아 보였다. 측은한 생각에 다시는 그런 험한 일 당하지 말고 귀하게 자라라는 뜻에서 프린세스 데이지Princess Daisy(데이지 공주)라고 이름을 지어주었다.

그 아이가 무럭무럭 자라서 이제 세 살이다. 그러나 아직도 길고양이 같은 행동을 한다. DNA에 그 기억이 남아 있는 모양이다. 해치는 사람이 없는데도 아주 작은 소리만 들려도 깊숙한 곳에 쏙 들어가 숨어버린다. 얼룩덜룩 검은 털 색깔 때문에 바로 옆에 있어도 잘 눈에 띄지 않는데도 될 수 있으면 다른 사람

눈에는 절대 뜨이지 않으려 한다. 그래서 나는 '닌자'라는 별명도 붙여주었다.

그래도 밖에서 귀가하는 나의 발자국 소리는 멀리서도 알아듣는다. 내가 현관문을 열면 자다 깬 눈으로 비실거리며 문 앞에 나와 앉아 있다. 그러고는 내 다리와 옷에 코를 들이대면서 무언가 냄새를 맡는다. 내가 무릎을 굽혀 내려앉으면 이내 자신의 코를 내 코에다 들이대고 찬찬히 냄새를 맡는다. 아주 면밀하게 나의 코와 입에서 나는 냄새를 살핀다. 내가 밖에서 어디를 갔는지, 무슨 사냥을 했는지, 무엇을 먹었는지 면밀하게 검토하는 모양새다. 나의 코 속으로도 그 아이의 숨 냄새가 솔솔 들어온다. 그 아이가 내쉬는 숨이 내 폐 안으로 밀려들어 오고, 내가 내쉬는 숨을 그 아이가 빨아 당긴다. 우리는 이렇게 서로 잠시 킁킁거리며 다시 만난 의식을 치른다. 이 행위에는 '키스 키스'라는 이름을 붙였다.

가끔 집에 있을 때에도 데이지가 잠에서 깨어 나올 때 내가 "키스 키스!" 하면 슬쩍 다가와 코를 들이밀어 내 코와 닿을 만한 곳에 놓는다. 그리고 우리는 다시 숨을 교환한다. 숨 키스인 셈이다. 프린세스 데이지의 숨이 내 안으로 들어오고 내 숨이 그 아이 안으로 들어간다. 묘하게 기분이 푸근하다. 잠시 숨을 섞으면서 둘이 하나임을 확인하는 순간이다.

이런 순간은 사실상 생각보다 흔하게 체험한다. 사람이 많은 공공장소에서는 서로가 알게 모르게 숨을 섞는다. 어느 겨울, 출근 시간에 서울 외각에서 시내로 들어오는 지하철을 탄 적이 있다. 차를 마시고 밥 대신 사과와 당근 그리고 파슬리 등을 갈아 마신 뒤 쌀쌀한 공기를 가르며 지하철역까지 종종걸음으로 걸어갔다. 열차가 도착하자마자 비좁은 열차 안으로 발을 들여놓았다. 열차 문이 닫히자 이내 훅 하고 김치 냄새가 나의 폐를 압도했다. 아니 정확히 말해서 김치찌개 냄새였다. 익은 김치라 해야 할까?

몇 분이 지나기도 전에 나의 전신은 내면과 외면을 다 포함해서 김치찌개와 하나가 되었다. 그것도 내가 먹은 것이 아니라 다른 사람들이 먹은 김치찌개로! 고개를 돌려 둘러보았다. 거의 다 출근을 하거나 등교를 하는 젊은이들이었다. 의아한 생각이 들었다. 한 동네 쪽에서 오는 지하철은 맞지만 이 많은 사람들이 모두 다 아침 식사에 김치찌개를? 그쪽 동네는 유난히 아침에 김치찌개를 먹는 풍습이라도 있나?

어찌되었건 별 수 없이 나도 김치찌개로 아침 식사를 한 격이 되고 말았다. 그들이 내쉬는 숨을 내가 들이쉬고 내가 내쉬는 숨을 그들이 들이쉬는데 나 혼자 거기에 동참하지 않을 도리는 없는 일이었다. 우리는 이미 숨으로 연결된 하나의 몸이기 때문이다.

이렇게 우리는 둘이 아니다. 이건 사람과 사람 사이에서만 있는 일도 아니고, 고양이와 사람 사이 혹은 반려견과 사람 사이에서만 있는 일도 아니다. 지구 위에 살고 있는 모든 생명체는 알게 모르게 서로의 숨과 기운을 주고받는 한 몸체이다.

그중에서도 사람과 한 몸을 이루는 가장 두드러진 존재는 나무, 즉 식물이다. 푸른 잎을 가진 식물은 인간이 지구상에 존재할 수 있게 된 가장 근본적인 이유를 제공한 생명체이다. 다시 말해서 나무가 지구상에 존재하지 않았다면 우리 인간도 이 지구상에 애당초 존재하지 않았을 것이다. 가스로 뒤덮인 고대 지구의 대기 속에서 이산화탄소와 태양열을 흡수해서 생존하는 생명체가 생성되었고, 그것이 바로 식물, 즉 나무라는 생명체이다. 그리고 그 태양열을 활성화시키는 과정에서 나무가 내뿜는 가스가 산소이다. 산소가 지구상의 대기에 차기 시작하면서 산소를 흡수하는 생명체가 생성되기 시작했다. 그 가운데서도 마지막 끝자락에 포유류, 그리고 그중에서도 제일 끝자락에 우리 인간이라는 종이 태어났다.

우리는 나무가 내뿜는 숨에 우리의 생명줄을 매달고 있다. 이건 아주 간단한 사실이지만 실제로 이 사실을 이해하고 있는 사람은 적은 듯하다. 나무가 없었다면 처음부터 우리는 이 지구에 오지도 못했을 것이다. 게다가 지금 이 순간에도 우리의 생명은 오로지 나무에 의존해 존재하고 있다. 나무를 단순히 원자재 정도로 생각한다면 그건 대단히 큰 착각이다. 인간이라는 존재는 그 생명 자체가 나무에 매달려 있는 미미한 존재일 뿐이며 나무는 우리 인간 생명의 근원이다.

이렇게 나무와 인간은 한 숨으로 호흡하는 한 몸이다. 나무가 내쉰 숨을 우리가 들이쉬고 우리가 내쉰 숨을 나무가 들이쉰다. 이같이 아름다운 조화는 그 어디에도 없을 것이다. 한 숨으로 서로를 들이쉬고 내쉬다니…… 그래서 우리는 나무와 함께 있을 때 묘한 편안함을 느낀다. 그뿐만 아니라 마음이 기쁘고 충만해지며 몸이 맑아지는 것을 알게 된다.

집중적으로 명상을 공부하던 시절, 나는 나무들이 울창한 곳들을 찾아다녔다. 3천 년이나 된 레드우드 숲은 일시에 나를 개미보다도 작은 존재로 변신시킨다. 하늘을 향해 솟아 있는 높다랗고 웅장한 생명체 앞에서 나는 위대함이라는 것이 진정으로 무엇인지를 절감한다. 또 내가 얼마나 미미한 존재인지도 말이 아닌 실제 체험으로 느낀다. 어마어마한 생명력을 가진 그 존재 앞에 서면 저절로 말이 사라진다.

그들이 내뿜는 숨에 압도된 채 무릎을 꿇고 앉으면 언제까지고 일어날 수가 없다. 그건 내가 명상을 하려고 한다는 목적 의식에서 비롯된 것이 아니라 그러지 않을 수 없는 내 몸의 자연적인 반응이다. 그곳에서는 시간이 다르게 흐른다. 나라는 존재는 이미 사라져 없고 가늘게, 아주 가늘게 오가는 숨소리만 보이고 들린다.

순간순간 쉬고 있는 나의 숨소리를 느낄 수 있다면 나무의 숨소리도 들을 수 있을 것이다. 이는 꼭 거대한 나무여야만 그럴 수 있는 것이 아니다. 일상에서 자주 보는 길가의 가로수나 풀 한 포기여도 마찬가지이다. 나의 날숨이 곧 그들의 들숨이 되고, 또 그들의 날숨이 나의 들숨이 된다. 집단을 이루고 살아가는 우리 인간들 또한 서로 숨을 섞으며 살아가고 있다. 그가 적이든 친구이든 무관하다. 한 장소에 있는 모든 사람들은 운명적으로 동시에 숨을 교환하고 있다.

내가 친구와 커피숍에서 말다툼을 하고 있다 하자. 원하든 원치 않든 친구의 흥분된 날숨을 내가 들이쉬고 나의 흥분된 날숨을 분명 친구가 들이쉬게 된다. 그 옆의 화분에 나무가 있다면 그 나무가 내쉬는 숨을 그 친구도, 나도 함께 들이쉬게 된다. 동시에 나와 친구가 쏟아내는 숨을 그 나무가 들이쉰다. 이건 내가 가상으로 지어내는 스토리가 아니다. 당장 눈앞에 보이지 않더라도 누구나 쉽게 이해할 수 있는 분명한 현실이다.

이 현실, 즉 나와 친구 그리고 옆에 있는 나무의 숨이 하나라는 사실을 알아차리는 순간, 그 장소는 다른 차원의 시공간으로 변할 수 있다. 그곳은 이내 서로 다른 생명체들이 숨을 맞교환하며 삶을 풍미하는 신성한 실존의 장소로 변하고, 우리는 그 안에서 거친 생각을 하며 거친 언어를 쓰고 있는 자신의 미숙한 모습을 발견하게 될 것이다.

우리가 서로 다른 몸이 아니라 숨을 나누는 한 몸이라는 사실을 알아차리고, 옆에 있는 나무와 내가 다르지 않은 한 몸이라는 사실을 알아차린다면, 우리의 생각과 행동은 단번에 변할 것이다. 우리는 한 마디의 말이라도 서로에게 감사하고 위로가 되는 말을 선택해서 할 것이고, 주위는 자연스레 부드러운 분위기가 될 것이다. 따라서 그곳은 평화로운 커피숍이 될 것이다.

이것이 바로 지혜이다. 내가 나의 숨을 알고 있을 때, 그리고 주변의 상황을 있는 그대로 감지할 수 있을 때, 주변이 함께 변하기 시작한다. 이는 다시 더 큰 변화로 이어진다. 또한 그걸 알아차리는 개인의 삶도 자연적으로 순하고 아름다운 삶으로 변하지 않을 수 없다.

우리에게 숨은 생명 그 자체이다. 태어나면서 첫 숨을 쉬었고, 세상을 하직하는 순간 마지막 숨으로 생명을 마무리하게 된다. 숨은 분명 우리 몸 안에 처음부터 부착되어 있던 그런 것은 아니다. 그러나 숨이 있어서 우리는 살아있다고 말할 수 있고 숨이 끝나면 생명이 다했다고 말할 수 있다. 한 숨 한 숨으로 우리는 시간의 흐름을 감지하고, 흐르는 시간 속에서 숨을 통해 그 삶의 흐름을 의식한다.

처음부터 우리 몸 안에 존재하지는 않았지만, 숨은 안과 밖을 자유로이 들락거리며 내면의 세계와 외부의 세계를 연결한다. 신비롭게 오가는 이 숨에 의해 우리는 실오라기처럼 서로에게 연결되어 있다. 서로 같이 들이쉬고 내쉬며 존재를 확인하고 진리를 소통한다. 그리고 운명을 나눈다. 짧지만 한없이 아름답고, 그래서 정열을 다할 수 있는 이 소중한 삶을 우리 모두는 이렇게 공유한다. 우리 모두는 서로 다른 존재들이 아니라 결국 하나의 생명체로 공존하는 것이다.

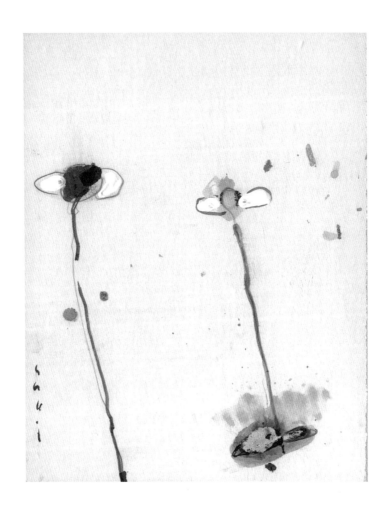

어느 날 눈을 떠보니

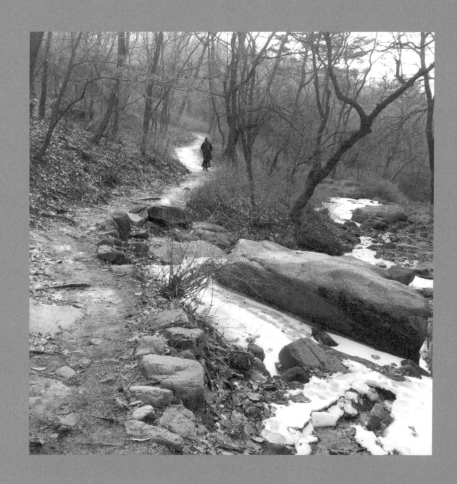

어느 날 눈을 떠보니 이곳이었다. 나의 의지와는 관계없이 여기 이 현상 세계에서 눈을 뜬 것이다. 그건 물론 나의 선택은 아니었다. 적어도 의식적인 선택은 아니었다. 아니면 내가 선택했다는 사실이 기억에서 사라진 것인지도 모른다. 그러나 그건 그리 중요하지 않다. 어쨌건 눈을 떠보니 이곳이다. 산이 산으로 보이고, 물이 물로 보이고, 구름이 구름으로 보이고, 파란 하늘이 유리구슬 모양으로 투명하게 보인다.

'이게 무얼까? 여기가 어딜까?'라는 생각을 본격적으로 하기까지는 적어도 20년 이상이 걸렸다. 정확히는 태어난 지 21년쯤 지난 어느 날이었다. '여기가 어디지? 이게 뭐지? 내가 누구지? 이렇게 이상한 반 구슬 속에 서 있는 나는 누구지? 이곳은 정녕 어디일까? 내가 왜 이곳에 있는 것일까? 내가 내다보고 있는 이 상황은 무엇일까?' 같은 질문들이 내 안을 가득 채웠다.

어쨌든 그동안 배워서 들은 바로는 내가 살고 있는 이 지구는 둥글고 빙글빙글 자전을 하고 있다고 했다. 그뿐만이 아니라 어마어마한 속도로 날아가며 저 거대한 태양의 주위를 돌고 있단다. 그냥 그렇게 알고 있으면 되는 듯했다. 그러나 현실은 끝나지 않는 호기심과 질문으로 이어졌다.

'그럼 저 태양은……?'

맞다. 그것도 마찬가지다. 한 시간에 78만 킬로미터의 무서운 속도로 은하계 안을 달리고 있다.

'그럼 그 은하계는……?'

맞다! 그것도. 그것도 마찬가지로 어마어마한 속도로 움직이고 있다.

'아! 정말 여기가 어딜까? 난 누구일까? 어떻게 여기 와 있을까?'

미칠 것 같았다.

그러나 생각해 보니 그것보다 더 황당한 일이 있었다. 그건 내가 이런 현상 세계를 살아가기 위해서 다른 생명체의 목숨을 취해야만 한다는 사실이었다. 그것이 동물이든 식물이든 무엇이든 그렇다. 나와 똑같은 입장으로 이 이상스러운 곳에서 깨어나 살고 있는 다른 생명체의 생명을 취해야만 내가 살 수 있다니! 헉 하고 숨이 멎을 뻔했다. 이건, 정말 황당하고 힘든 콘셉트였다.

'어쩌지? 이 현상 세계에서는 내가 살아남기 위해 남을 먹어 치워야 한다고?'

그러니까 먹이 사슬에서 제일 위에 있다는 나는 그야말로 무엇이든 살아있는 것은 먹어치울 수 있는 무시무시한 존재가 아닌가! 이 한 몸 살아가기 위해 다른 생명체를 무자비하게 먹어 치워야 한다는 사실에 소스라치게 놀랐다. 그래서 다시 나 자신을 자세히 들여다보았다. 무엇이든 먹을 것은 그 냄새만 맡아도 일시에 황홀한 느낌과 함께 침이 고였고, 요리를 멀리서 보기만 해도 나도 모르는 사이에 목구멍으로 침이 꼴깍 넘어갔다. 내가 의식적으로 하는 일이 아님에도 불구하고 마구 일어나는 이런 반응들은 아무리 생각해도 이해할 수 없는 내 몸속의 자동 현상이었다.

동물이건 식물이건 모두 먹을 것들로 보였다. 하루 종일 보고 또 보아도 마찬가지였다. 그리고 그걸 보고 또 찾아다니느라 정신없이 분주한 나 자신을 발견했다. 이 모든 것을 먹어치우려고 일부러 이 세상에 온 것인지 의심이 갈 정도였다.

남의 집 뜰에 잘생긴 감이 주렁주렁 열린 걸 보면 갑자기 마음이 움직인다. '아, 맛있겠다. 따서 먹고 싶다.' 한여름에 파릇파릇 자란 상추라는 풀을 보아도 정말 시원하게 쌈을 해서 먹고 싶다. 남의 것임에도 그렇다. 딸기도, 오이도, 감자도, 고구마도 그렇다. 오직 목구멍이 꼴깍거릴 뿐이다. 그뿐만이 아니다. 물속에서 헤엄치는 물고기도 먹을 것으로만 보인다. 살아있는 생명이 유연하게 물을 가르며 지나가는 것이 신비롭다는 생각이 들기 전에 목구멍이 먼저 꼴깍거린다. 네 다리로 걸어 다니는 동물도 마찬가지다. 커다란 눈을 멀뚱거리며 나를 바라보는 소나 돼지도 그렇고, 심지어는 하늘을 나는 멋진 새까지도 나에게는 먹잇감이다. 못 먹을 게 없다, 이 세상에는.

인정 많고 아름다운 나의 내면의 감성은 어디로 간 것일까?

그들의 울부짖는 비명 소리가 들리지 않는 것도 아니고 그들의 불쌍한 처지가 보이지 않는 것도 아닌데, 진정 내 안의 사랑은 어디로 간 것일까? 자비와 사랑을 하루 종일 말하면서도 먹잇감만 보면 순식간에 살인자의 미소를 띠고 침을 질질 흘리면서 목구멍을 꼴깍거리고 있는 나의 정체는 무얼까? 꼴깍거리는 목구멍은 거기서 멈추지 않고 모든 것을 취하고 싶은 욕망으로 변신해 날개를 퍼덕이며 하루 종일 요동을 친다.

적어도 들판에 있는 소들은 풀만 먹는다. 그래서 풀이 가득 자라 있는 들판에 있으면 그들은 행복하고 평화롭다. 머리 위에 들새가 떼를 지어 날아가도 마음의 요동 없이 여유롭다. 그저 풀이 자라는 초원에만 있으면 그곳이 곧 그들의 천국이다. 그러나 난 그렇지가 않다. 온종일 무엇이든 먹고 싶은 욕망이 일어난다. 끝없이 소유하고 싶은 욕구가 솟구친다. 그것이 원래 타고난 몸의 욕구이고 내가 그런 존재일 수밖에 없다는 사실이 정말 억울하다. 내가 꼭 이렇게 게걸스럽게 먹고 살아야 한다는 것이 받아들여지지 않는다.

'내가 왜 이럴까? 왜 이리도 분주할까? 먹어도 먹어도 계속해서 일어나는 이 욕망은 과연 끝이 있기는 한 것일까?'

아침을 먹으며 점심 생각을 하고, 점심을 먹으며 저녁 생각을 하고, 저녁을 먹으며 내일 먹을 것을 생각하면서 흥분하고 분주해 한다. 이곳에 있는 걸 먹으면서 먼 곳에 있는 다른 먹을거리들을 꿈꾸기도 하고, 먼 곳에 가면 생전 못 먹은 사람처럼 그곳의 먹을거리들을 입 안으로 우겨넣는다. 이런 끝없는 욕구를 알아차리고도 변함없이 노예처럼 끌려 다니는 내 꼴이라니, 정말 형편없어 보인다.

'모든 것을 다 먹지만 않아도 된다면, 단순히 풀만 먹어도 된다면…… 들판의 소들처럼 평화로울 수 있지 않을까?'

'정말 이곳은 어디이며 모든 것을 닥치는 대로 먹어치우는 이 몸은 도대체 무엇일까? 그럼에도 불구하고 깊숙한 곳에서 고요히 깨어 이 모든 걸 지켜보는 이 의식은 또 무엇일까?'

젊은 시절의 나에게 삶이란 온통 의문투성이였다.

풀만 먹고 살아보기로 결심했다. 최소한 내가 해볼 수는 있는 일이었다. 먹기 위해서 미친 듯 살지 않아도 된다는 것을 증명해 보이고 싶었다. 그리고 소같이 평화로워지고 싶었다. 먹기 위해서 허겁지겁 사는 것이 아니라 유유히 평온함 속에 거하면서 나라는 존재를 깊이 알아내고 싶었다. 먹는 것에 대한 생각을 끊는다면 가능할 것도 같았다. 그래서 무조건 풀만 먹었다.

그런데 얼마 가지 않아 역효과가 나고 말았다. 나의 몸이 강하게 반기를 들었다. 아무거나 먹지 않겠다는 의지가 순식간에 무너졌다. 오히려 먹고 싶다는 충동이 더욱 강하게 일어나서 정신을 차릴 수가 없었다. 그래서 좀 더 강하게 노력해야겠다고 생각했다. 금식 명상에 들어갔다. 나는 먹기 위해 태어난 존재가 아니라는 사실을 상기하며 사흘 동안 물만 마셨다. 이번에 나의 의지는 달랐다. 무슨 일이 있어도 먹을 것에 개의치 않으리라 다짐했다.

그러나 이번에도 쉬운 일이 아니었다. 배가 고파올수록 나의 머릿속에는 먹을 것들만 아른거렸다. 나의 의지를 우롱하듯 평소 좋아하던 음식들이 차례대로 떠올랐다. 냄새도 났고, 눈앞에 보이는 듯도 했다. 심지어는 언젠가 먹었던 과자 부스러기들까지 떠올라 나를 괴롭혔다.

이렇게 나는 금식 명상을 하는 사흘 동안 밤과 낮을 가리지 않고 먹을 것만 생각했다. 내가 스물한 살에 최초로 시도한 금식 명상은 환상과 고통 속에서 처참한 실패로 끝나버렸다. 그래서 적어도 당분간은 일단 먹는 것에 대한 생각을 접어두기로 했다.

그 이후 또 다른 문제들이 표면으로 떠오르기 시작했다. 이번엔 누구나 똑같이 경험한다고 믿어 의심치 않던 현실 세계의 객관성에 대한 것이었다. 내가 바라보고 있는 지금 이 현상 세계가 나의 눈에만 이렇게 보인다는 사실을 마침내 알게 된 것이다. 약한 의지에다 이젠 나의 무지까지 감지되니 더욱더 참담한 심정이 되었다. 내가 보고 있는 이 현실이라는 것이 내게만 이렇게 보인다고? 내 옆에 있는 어느 누구도 나와 똑같은 현실을 보는 사람은 없다고? 그 말은 내가 믿고 있는 이 현실이 허상일 수도 있다는 얘기가 아닌가?

그렇다면 다른 동물들은 어떤가? 잠자리가 보는 세계는? 각도가 모두 갈라지면서 수없이 많은 이미지가 한꺼번에 보인다고? 뱀은 어떤가? 적외선으로 감지되어 보인다는데 그게 어떤 이미지인지 나의 체험엔 없다. 하지만 뱀이 보는 이 현상 세계의 모습이 나와는 확연히 다르다는 것만은 확실했다. 개와 고양이도 마찬가지다. 닭이나 오리가 보는 세계, 악어가 보는 세계, 돼지가 보는 세계, 귀뚜라미가 보는 세계, 뻐꾸기가 보는 세계는 어떤 것일까? 물속에 사는 물고기는? 새우는? 돌고래는? 나무도 분명 의식의 세계 속에 있는데 나무들은 어떨까? 장미는? 진달래는? 그리고 민들레에게는 세상이 어떤 것일까? 같은 땅 위에 살고 있는데 그들에게는 이 땅의 모습이 내가 보는 이런 모습이 아니라니! 생각을 하면 할수록 미궁에 빠져드는 듯했다.

'아…… 어쩌지? 난 정말 뭐지? 여기가 어디지? 그리고 그걸 내다보고 있는 내 안에 있는 이 의식은 누구지?'

또 다른 의문들이 시작되었고 또다시 반복되었다. 미칠 지경이었다. 알고 싶었다. 적어도 여기가 어디이고 내가 누군지는 알아야 했다. 알지 않고는 한시도 지탱하기 어려운 다급한 상황까지 밀려가고 있었다. 기본적인 것도 알지 못하는 상태에서 이렇게 무조건 살아있어야 할 이유를 찾기 어려웠다. 더구나 살아있는 다른 생명의 목숨을 가혹하게 앗아가면서까지 내가 삶을 지속해야 하는 이유를 발견할 수 없었다.

알아야만 했다. 진실을 알 수만 있다면 거기에 목숨을 걸 수 있겠다는 생각이 들었다. 그것은 일생을 걸고서라도 찾아 나설 만한 가치가 있을 것 같았다. 어차피 죽을 거라면 그전에 꼭 내가 왜 사는지 그리고 내가 누구이며 여기가 어딘지를 알고 싶었다. 더구나 아무것도 모르는 채로 남의 생명만 해치고 살다가 의미 없이 사라진다는 것은 아무리 생각해도 명쾌한 일이 아니었다. 그들이 두려워하고 아파하고 신음하는 존재들이라면 더욱 그랬다.

두 눈을 가지고 사랑을 표현하는 존재들을 더 이상 닥치는 대로 먹어치우며 아무렇지도 않은 듯 살아갈 수는 없었다. 수없이 많은 그들을 피 흘리게 하고 고통을 겪게 하면서까지 나의 목숨을 연명해야 할 필요를 느끼지 못했다. 내 아픔은 처절하게 느끼면서 다른 생명체의 피 흘림은 아무렇지도 않다면 그건 분명 무언가 크게 잘못되었다는 생각이 들었고, 그런 사실은 나를 심히 불편하게 했다. 내 목숨만 귀하고 다른 생명체의 목숨이 귀한 걸 알아보지 못한다면 그건 내가 완벽한 무지 속에 있음을 보여주는 것이 분명했다.

어딘가에서, 누군가에게 답을 얻으려 떠돌아다닌 지 십수 년, 마침내 밖이 아닌 내 안으로 눈을 돌려 답을 찾기 시작한 지 다시 10여 년, 그리고 그 이후 삶이 바뀌고 또다시 20여 년이 지났다. 그렇게도 절실하게 찾아다니면서도 당장 눈앞에는 아무것도 보이지 않아서 제자리걸음질만 하는 것 같은 날이 대부분이었다. 아니 뒷걸음을 치고 있다는 생각을 한 것도 한두 번이 아니었다. 어둠 속에서 이리 치고 저리 박고 그러다 몸이 다 깨지나 싶었던 때들도 많았다. 어느 쪽을 둘러보아도 빛이 보이지 않는 깜깜한 암흑 속에서 절망했던 날들이 지금도 생생하다.

그러나 어느 날 문득 돌아보니 절실히 찾은 만큼 조금씩 지혜가 쌓여가고 있다는 것을 알게 되었다. 앞뒤가 조금씩 훤히 뚫리면서 동이 트듯 시야가 밝아왔고, 멀리서 새소리가 들리는 듯 귀가 밝아왔다. 서서히 모든 것이 보이기 시작했다. 그리고 서서히 모든 것이 들리기 시작했다. 그리고 느닷없이 태양이 떠올랐다. 빛이었다. 낱낱이 들여다보였다. 낱낱이 들렸다. 그동안 애절하게 물었던 나의 의문에 낱낱이 답이 보이기 시작했다.

살아있는 모든 생명체들과 내가 둘이 아니었다. 보는 눈은 달라도 우리는 같은 존재였다. 내가 눈을 뜨자 그들이 먼저 내게 다가왔다. 우리는 서로를 내다보고 있었고 서로를 알아차리고 있었다. 아무런 노력을 하지 않아도 있는 그대로 모든 것이 조화로웠다.

그 이후 이제는 무언가를 찾아 떠날 필요가 없어졌다. 그들의 생명을 먹고 또 먹지 않는 것으로 인해 고통받을 필요도 없어졌다. 그들을 먹어야겠다는 욕구 자체가 일어나지 않았다. 나의 몸이 변화된 것이다. 두 눈으로 나를 바라보고 있는 그들이 조금도 나의 먹잇감으로 느껴지지 않았다. 잠시 이곳에 와서 마주하게 된 귀하고 아름다운 존재들이었고 그 사실이 경이로웠다.

욕구가 사라지니 몸이 편하고 마음이 평화로워졌다. 몸이라는 한정된 공간 안에 갇혀 있던 의식이 몸의 한계를 넘어 자유로워지면서, 존재하는 모든 것이 하나로 이어져 있다는 사실을 깨달은 것이다.

모든 존재는 내가 알고 있는 가장 아름다운 것보다도 더 아름다운 것으로 만들어져 있었다. 그들은 이미 내가 원래 누구인지 알아보고 있었다. 나도 그들의 본성을 알아보았다. 희열이 일었다. 나는…… 마침내 그들에게 진정한 인사를 할 수 있었다.

나·마·스·떼!

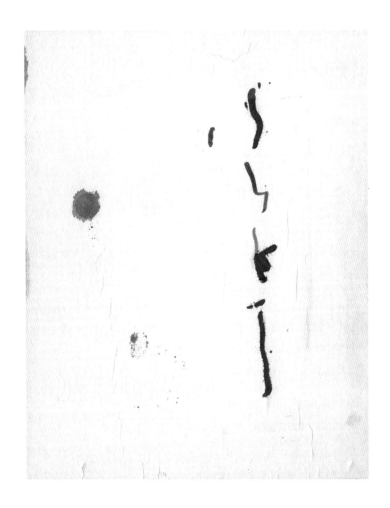

샨티의 뿌리회원이 되어
'몸과 마음과 영혼의 평화를 위한 책'을 만들고 나누는 데
함께해 주신 분들께 깊이 감사드립니다.

개인

이슬, 이원태, 최은숙, 노을이, 김인식, 은비, 여랑, 윤석희, 하성주, 김명중, 산나무, 일부, 박은미, 정진용, 최미희, 최종규, 박태웅, 송숙희, 황안나, 최경실, 유재원, 홍윤경, 서화범, 이주영, 오수익, 문경보, 최종진, 여희숙, 조성환, 김영란, 풀꽃, 백수영, 황지숙, 박재신, 염진섭, 이현주, 이재길, 이춘복, 장완, 한명숙, 이세훈, 이종기, 현재연, 문소영, 유귀자, 윤홍용, 김종휘, 이성모, 보리, 문수경, 전장호, 이진, 최애영, 김진회, 백예인, 이강선, 박진규, 이욱현, 최훈동, 이상운, 이산옥, 김진신, 심재한, 안필현, 유성철, 신용우, 곽지희, 전수영, 기숙희, 김명철, 장미경, 정정희, 변승식, 주중식, 이삼기, 홍성관, 이동현, 김혜영, 김진이, 추경희, 해다운, 서곤, 강서진, 이조완, 조영희, 이다겸, 이미경, 김우, 조금자, 김승한, 주승동, 김옥남, 다사, 이영희, 이기주, 오선희, 김아름, 명혜진, 장애리, 한동철, 신우정, 제갈윤혜, 최정순, 문선희

단체/기업

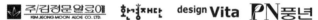

이메일로 이름과 전화번호, 주소를 보내주시면 샨티의 신간과 각종 행사 안내를 이메일로 받아보실 수 있습니다.

전화 : 02-3143-6360 팩스 : 02-6455-6367
이메일 : shantibooks@naver.com

위대한 일은 없다
위대한 사랑이 있을 뿐